군림천하

군림천하 32

1판 1쇄 발행 2016년 5월 2일
1판 4쇄 발행 2021년 3월 26일

지은이 | 용대운
발행인 | 신현호
편집장 | 이호준
편집 | 송영규 최종건 정재웅 양동훈 곽원호 조정범 강준석
편집디자인 | 한방울
영업 · 관리 | 김민원 조인희

펴낸곳 | ㈜ 디앤씨미디어
등록 | 2002년 4월 25일 제20-260호
주소 | 서울시 구로구 디지털로 26길 111 JnK디지털타워 503호
전화 | 02-333-2513(대표)
팩시밀리 | 02-333-2514
E-mail | papy_dnc@dncmedia.co.kr
홈페이지 | www.ipapyrus.co.kr

값 9,000원

ISBN 979-11-7033-207-7 04810
ISBN 978-89-267-1535-2 (SET)

君臨天下

용대운 대하소설

군림천하

4부 천하의 문[天下之門]

32

천양현음(天陽玄陰) 편

PAPYRUS
파피루스

目次

흑룡강
길림
요녕
신강
내몽고
하북
삼월보
산서
검보
산동
녕하
섬서
청해
감숙
초가보
화산파
석가장
곤륜파
소림사
남궁세가
강소
공동파
종남파
하남
안휘
혁리가
남해 청조각
서장
청성파
무당파
사천
당문
호북
구궁보
절강
포달랍궁
구양가
아미파
호남
형산파
강서
귀주
복건
점창파
운남
광서
광동
해남검파
해남도

君臨天下 武林全圖

제 323 장

월녀투원(越女鬪猿)

제323장 월녀투원(越女鬪猿)

종남파의 고수들 중 실제로 임영옥이 검을 펼치는 장면을 본 사람은 극소수에 불과했다. 낙일방과 동중산, 그리고 진산월뿐이었다.

그나마도 사 년 전의 까마득히 오래전 일이라 그 후로 임영옥의 검술이 어느 경지에 올라가 있는지는 누구도 정확히 알지 못했다. 진산월만이 어렴풋이나마 그녀의 경지를 짐작하고 있을 뿐이었다.

자연히 비성흔에 맞서는 그녀를 보는 종남파 고수들의 얼굴에는 긴장과 불안의 빛이 어려 있을 수밖에 없었다.

그녀가 먼저 몸을 날려 비성흔에게 접근하며 검을 펼쳤을 때, 종남파 고수들 사이에서 헛바람을 집어삼키는 소리가 들려왔다.

"헉!"

신중에 신중을 기해도 시원치 않을 판에 그녀가 너무 성급하게 달려드는 것이 아닌가 하는 불안감이 들었던 것이다.

하나 이내 그들은 눈을 크게 부릅떠야만 했다.

단순히 가볍게 일검을 내뻗은 것 같은데, 폭발하는 듯한 검화(劍花)가 수십 개나 피어오르며 단숨에 비성흔의 전신을 뒤덮어 버렸던 것이다. 그것은 장내의 누구도 예상치 못했던 경이로운 장면이었다. 오직 진산월만이 그것이 월녀검법 중의 절초인 옥녀산화(玉女散華)임을 알아보았을 뿐이었다.

비성흔 또한 순간적으로 놀랐음이 분명했다. 건장한 그의 몸이 한순간 움찔거렸던 것이다. 하나 그는 풍부한 대적 경험을 지닌 고수답게 이내 평정을 회복하고 수중의 검을 힘껏 흔들었다.

파파파팍!

수십 개의 검광이 빗발치듯 사방으로 솟구쳐 올랐다. 그 검광들은 이내 그의 주위를 에워싸고 있는 검화들과 격렬하게 부딪혔다.

채채채채채챙!

듣기만 해도 모골이 송연해질 정도로 날카로운 음향이 연거푸 터져 나오며 허공을 뒤덮었던 수십 개의 검화와 검영들이 순식간에 사라져 버렸다.

임영옥은 달려오던 몸을 멈춰 세웠고, 비성흔 또한 그 자리에 우뚝 서 있었다.

하나 안력이 예리한 사람이라면 검을 쥔 그녀의 손이 가늘게 떨리고 있는 것을 알아볼 수 있을 것이다. 또한 비성흔의 왼쪽 옆구리 부근 옷자락이 살짝 베여 있는 것도 발견하게 될 것이다.

얼핏 보기에는 평수(平手)를 이룬 것 같아도 임영옥이 선공을 취했다는 것을 고려해 본다면 비성흔이 약간 더 우세했다고 봐야 할 것이다.

그 이유는 곧 밝혀졌다.

쫘아악!

갑자기 그녀 주변의 땅이 뿌연 먼지를 일으키며 여기저기가 갈라지기 시작했다. 그것은 마치 예리한 검기가 사방을 무섭게 휩쓸고 지나간 것 같았다. 뒤늦게 이러한 현상이 나타난 것은 그만큼 그 검기가 빠르고 은밀했다는 방증이었다.

이것이 바로 원공검법의 최고 경지에 오른 자만이 발출할 수 있다는 원영만기였다. 비성흔이 처음부터 대뜸 원영만기를 사용한 것은 그만큼 임영옥의 옥녀산화에 위기감을 느꼈기 때문이었다.

임영옥은 첫수로 월녀검법의 절초를 펼쳤고, 비성흔은 그에 대한 대응으로 자신의 비장 절학인 원영만기를 사용했다. 비록 당장의 우열은 가려지지 않았으나, 그들이 처음부터 자신의 최고 절학들을 사용했다는 것은 그들의 싸움이 당초의 예상보다 훨씬 더 격렬해질 것임을 의미하는 것이었다.

이번에는 비성흔이 먼저 달려들었다. 커다란 체구에 유난히 긴 팔을 지닌 그가 쏜살같이 움직이자 마치 거대한 성성이가 달려드는 것 같은 압도감이 느껴졌다.

그의 검이 허공에서 괴이한 궤적을 그리며 임영옥의 미간을 향해 날아들었다. 곧장 찌르는 것도 아니고 베는 것도 아닌, 비스듬히 사선(斜線)을 그리며 날아드는 검의 모습은 언뜻 보기에도 괴이하고 신랄했다. 원공검법 중의 금원휘과(金猿揮戈)라는 초식인데, 검초의 변화가 여타 검법의 그것과는 판이하게 달라서 경험이 풍부한 고수들조차도 제대로 대응하지 못하고 당황하기 일쑤였다.

임영옥 또한 순간적으로 어떻게 막아야 할지 망설이는 모습이었다. 검으로 막자니 사선으로 비틀어진 상대의 검이 마음에 걸렸고, 피하자니 검의 움직이는 각도가 언제라도 직선으로 찔러 들어올 수 있을 것 같았다.

임영옥은 제삼(第三)의 방법을 선택했다. 그녀는 수중의 장검을 크게 휘둘렀다. 마치 선녀가 커다란 부채를 부치는 듯 멋들어진 동작이었다.

그러자 갑자기 비성흔의 눈앞으로 십여 개의 검영이 빠르게 다가왔다. 도대체 어떻게 이런 검영들이 거리를 뛰어넘어 난데없이 불쑥 나타날 수 있었는지 의문이 아닐 수 없었다. 비성흔은 계속 금원휘과의 초식을 고집했다가는 그녀의 몸에 검이 닿기도 전에 자신이 먼저 검영에 당할 것임을 알아차렸다.

그녀가 펼친 검초는 월녀검법 중의 궁선요영(宮扇搖影)이라는 것으로, 짧은 거리에서 단지 하나의 동작만으로 빠르게 상대를 공격하는 초식이었다. 특히 커다란 부채만큼의 길이를 단숨에 압축해 들어가는 묘용이 있어서 지금 같은 상태에서의 반격으로는 가히 최고의 수법이라고 할 수 있었다.

다만 궁선요영에는 한 가지 단점이 있었다. 동작이 큰 만큼이나 몸의 허점을 드러내기 쉬웠던 것이다.

아니나 다를까? 비성흔의 눈이 번쩍 빛나며 금원휘과의 식을 재빨리 비원탐도(飛猿貪桃)로 바꾸었다. 사선으로 움직이던 검이 직선으로 바뀌며 빛살 같은 속도로 임영옥의 좌측 옆구리를 찔러 갔다. 그곳이 바로 궁선요영의 가장 큰 약점이었던 것이다.

그 순간, 임영옥의 몸이 한 차례 빙그르르 돌았다. 그와 함께 세찬 검풍이 비성흔의 얼굴에 몰아닥쳤다.

궁선요영을 펼치면 옆구리에 허점이 드러난다는 것을 그녀가 몰랐을 리 없었다. 그녀는 그 허점을 보완할 방법을 연구했고, 그것이 바로 지금 펼치고 있는 선녀선무(仙女旋舞)였다.

그렇게 되자 오히려 비성흔이 그녀가 파 놓은 함정에 빠진 꼴이 되고 말았다.

하나 비성흔은 대적 경험이 누구보다 풍부한 인물답게 단번에 절묘한 묘책을 발휘했다. 임영옥의 옆구리를 찔러 가던 그의 검이 빙글 돌며 벼락같은 일검이 아래에서 위로 그녀의 목을 향해 폭사되었다.

그 속도와 변화의 절묘함은 눈으로 보고도 믿기 힘들 정도였다.

"아앗?"

구경하고 있던 누군가의 입에서 짤막한 비명 소리가 터져 나왔다. 누가 보기에도 그녀의 목이 그대로 비성흔의 검에 꿰뚫려 버릴 것만 같았던 것이다.

빠르게 회전하며 비성흔의 전면으로 다가서던 임영옥의 교구가 그대로 허공으로 솟구쳐 올랐다.

파앗!

잘린 옷자락이 허공에 나풀거리는 순간, 그녀의 몸은 어느새 바닥으로 바짝 내려선 채 물을 박차고 날아가는 제비처럼 비성흔을 향해 돌진해 가고 있었다.

그녀가 비성흔의 살인적인 일검을 어떻게 피하고 비성흔에게 접근할 수 있었는지 제대로 알아본 사람은 거의 없었다. 다만 그녀의 목을 노리고 허공으로 찔러 들어간 검을 미처 회수하지 못한 비성흔이 위기에 몰렸다는 것은 누구나가 알 수 있었다.

비성흔의 코앞으로 다가간 그녀가 눈부신 속도로 검을 휘두르는 순간, 비성흔의 입에서 엄청난 폭갈이 터져 나왔다.

"합!"

그와 함께 허공으로 쳐들렸던 검이 가공할 위세로 아래로 떨어져 내렸다. 천지를 일도양단하는 듯한 검의 기세는 그야말로 무시무시한 것이었다.

임영옥은 어쩔 수 없이 검을 거두고 옆으로 피해야만 했다. 계속 검을 휘둘렀다면 비성흔의 앞가슴을 피범벅으로 만들 수 있을지 모르지만, 대신 그녀의 몸은 그대로 두 조각이 나고 말았을 것이다.

쫘악!

그녀가 지나간 자리가 움푹 파이며 돌가루가 사방으로 휘날리는 광경이 그것을 증명했다. 그 가공할 위력에 중인들의 머리끝이 쭈뼛해졌다.

한바탕 격렬하게 맞부딪혔던 그녀와 비성흔이 잠시 움직임을 멈추고 팽팽한 대치에 들어갔다.

비성흔이 금원휘과의 식으로 공격해 들어가고, 뒤이어 그녀가 궁선요영의 식으로 반격하고, 그것을 뒤집어 비성흔이 살인적인 일검을 날리고, 그녀가 몸을 뒤집어 그것을 피하며 비성흔에게 접근하다 뒤로 물러서기까지는 그야말로 숨 한두 번 내쉴 사이밖에 흐르지 않았다.

그만큼 긴박하고 살벌한 순간의 연속이어서 지켜보는 사람들은 눈조차 제대로 깜박일 수 없었다.

그녀의 목을 노렸던 비성흔의 일검은 원공검법 중에서도 가장 살기 짙은 초식인 맹원탐조(猛猿探爪)였고, 그 무시무시한 일검을 피한 그녀의 수법은 월녀보 중의 반월선무(半月仙舞)와 수상월영(水上月影)이었으며, 가공할 기세로 내리꽂히던 비성흔의 마지막 일격은 궁원멱식(窮猿覓食)이었다.

두 사람이 펼친 초식들은 하나같이 절초가 아닌 것이 없었으며, 그들의 공수(攻守)는 더할 수 없이 날카로우면서도 위력적이었다.

잠깐 멈춘 듯했던 두 사람 사이의 검투가 다시 시작되었다.

이번에는 누가 먼저라고 할 수 없을 정도로 거의 동시에 서로를 향해 달려들었다.

비성흔은 무시무시한 원영만기를 잔뜩 끌어올린 상태에서 원공검법의 절초들을 쉴 새 없이 펼쳐 내며 그녀를 압박해 들어갔다. 그에 비해 임영옥은 표홀하면서도 우아하게 검을 휘두르고 있었는데, 가볍고 부드러운 동작임에도 검초의 변화는 더할 수 없이 빠르고 영활했다. 그래서인지 거칠고 예리한 비성흔의 검이 그녀의 검에 막혀 좀처럼 본연의 위력을 나타내지 못하고 있었다.

중인들은 비성흔의 실력은 이미 익히 소문으로 알고 있었지만, 그동안 이름조차 제대로 들어 보지 못한 종남파 여검객의 솜씨를 보고는 그야말로 벌린 입을 다물지 못하고 있었다. 당대 무림의 어떤 여고수가 형산파 오결 중에서도 몇 손가락 안에 꼽히는 실력자인 비성흔과 이와 같은 팽팽한 싸움을 벌일 수 있단 말인가?

여인치고는 비교적 훤칠한 키였으나, 비성흔에 비하면 절반밖에 되어 보이지 않을 정도로 가녀린 몸으로 거칠고 무시무시한 비성흔의 검에 정면으로 맞서는 그녀의 모습은 말 그대로 하늘의 선녀를 연상케 했다.

시간이 흐를수록 그들의 격투는 점점 더 치열해졌고, 그만큼 보는 이의 가슴을 철렁이게 하는 살벌한 순간들이 거푸 이어졌다.

비성흔의 검이 예리한 파공음을 내며 그녀를 향해 무서운 기세로 짓쳐 들 때면 당장이라도 그녀의 아리따운 몸이 몇 토막으로 잘려 처참한 시신이 되어 버릴 것만 같았고, 그녀의 섬섬옥수에 쥐어진 검이 유연하면서도 섬세하게 비성흔의 검초 사이를 파고들 때면 금시라도 비성흔이 피를 뿌리며 쓰러질 것만 같았다.

언뜻 보기에는 그녀가 조금 더 유리한 듯했다. 비성흔은 이미 몇 군데의 상처를 입고 있어 적지 않은 피를 흘리고 있는 반면에 그녀의 몸은 단 한 군데의 상처도 없이 깨끗했기 때문이다.

하나 실력이 뛰어나고 안목이 예리한 몇몇 고수들은 오히려 시간이 갈수록 비성흔이 더 우세할 거라고 생각했다.

그녀의 안색이 갈수록 창백해지며, 꼭 다문 입술에 얼핏 핏기가 보이고 있었던 것이다. 그것은 그녀가 감당하고 있는 원영만기의 기운이 조금씩 그녀를 압박해 들어가고 있음을 의미하는 것이었다.

더구나 비성흔은 이와 같은 살벌한 격전을 적지 않게 경험한 노련한 인물이었다.

반면에 임영옥은 비성흔 같은 절정 검객은커녕 다른 고수들과 싸워 본 경험도 그리 많지 않았다. 이러한 경험의 차이는 격전이 계속될수록 그녀에게 무거운 짐이 될 수밖에 없었다.

그들의 예상은 점점 현실화되어 갔다.

격전이 오십 초를 넘어서 백 초에 육박하는 순간, 그와 그녀의 검이 여느 때보다 강하게 맞부딪혔다.

캉!

귀청이 떨어지는 듯한 음향과 함께 그녀의 몸이 휘청거리며 뒤로 주춤 물러났다. 비성흔의 강력한 원영만기를 힘겹게 막아 내던 그녀가 마침내 처음으로 확연한 약세를 보인 것이다.

그것을 본 비성흔의 검초가 더욱 빨라지고 검기는 더욱 매서워졌다. 비성흔 또한 지금이 그녀를 꺾을 절호의 기회라고 생각하고 전력을 다하고 있음이 분명했다.

파파파팟!

사방이 온통 비성흔이 발출한 원영만기의 기운에 휩싸였고, 부서진 돌가루가 휘날리며 눈도 제대로 뜨기 어려워졌다. 지금 비성흔이 펼친 것은 노원광란(怒猿狂亂)이란 초식으로, 원공검법 중에서도 가장 위력적이었으나 그만큼 공력의 소모가 심해서 비성흔도 좀처럼 시전하지 않는 절초 중의 절초였다.

무섭게 휘몰아치는 원영만기의 검기는 수십 가닥이나 되었다. 그중 한 가닥에라도 맞게 되면 쇠로 만든 금강동인(金剛銅人)이라도 잘리고 말 것이었다.

누가 보기에도 그녀가 지금 절체절명의 위기에 처해 있음을 알 수 있었다. 종남파 고수들의 얼굴에도 절망의 그림자가 떠올랐다.

그리고 바로 그 순간, 그녀는 지그시 눈을 감았다.

그녀의 귀로 다양한 소리들이 들려오고 있었다.

바람 소리, 사람들의 고함 소리와 누군가 놀라 외치는 비명에 가까운 소리, 옷자락 펄럭이는 소리, 검날이 바람을 가르는 소리, 수십 개의 강력한 기운들이 노도와 같은 기세로 다가오는 소리…….

그리고 그 많은 소리들에 섞여 거의 들리지 않는 아주 희미한 소리 하나가 있었다.

조용하고 유난히 긴 호흡 소리.

그 호흡은 규칙적이면서 일정한 흐름이 있었고, 어떤 상태에서도 숨이 가빠지거나 흔들리지 않았다. 그 나직한 호흡이야말로 절정의 경지에 도달한 검객만이 가질 수 있는 부동심(不動心)의 흔적이었다.

그 호흡의 깊은 울림이 흘러나오는 원천이 마치 눈으로 보는 것처럼 머릿속에 선명하게 그려졌다.

임영옥은 다시 눈을 떴다. 시야에 들어오는 것이라고는 자신의 사방을 폭풍처럼 휘몰아쳐 들어오는 수많은 검기의 홍수뿐. 그중 어디에도 그녀가 몸을 피할 곳은 존재하지 않는 것 같았다.

검을 쥔 그녀의 손이 유난히 창백해 보이는 순간, 그녀의 검이 가늘게 떨리기 시작했다. 그 떨림은 점차로 증폭되어 이내 하나의 커다란 움직임을 이루어 냈다.

우우웅…….

마치 멀리서 벌 떼가 날아오는 듯한 음향과 함께 그녀의 검에서 눈부신 검광이 구름처럼 피어올랐다. 그것은 지금까지와는 확연히 다른, 시리도록 새하얀 검광이었다. 그 검광은 이내 폭죽처럼 피어올라 순식간에 그녀의 몸 주위로 폭사되어 갔다.

파파파파파팡!

엄청난 파공음과 세찬 경기가 주위를 온통 뒤집어 놓았다. 반경 삼 장 이내의 땅이 거북의 등가죽처럼 갈라지며 크고 작은 돌조각이 사방으로 비산(飛散)되었다.

그야말로 무시무시한 격돌이 아닐 수 없었다.

그녀는 몸을 휘청이며 뒤로 다섯 걸음이나 물러났다.

그녀의 낯빛은 너무나 창백해서 단 한 점의 혈색도 찾아볼 수 없을 정도였다. 게다가 항상 총명하게 빛나던 눈빛도 탁하게 흐려져 있었다.

하나 그녀의 몸에는 단 한 군데의 핏물도 보이지 않았다.

놀랍게도 그녀의 검에서 솟구친 검광들은 그녀의 전신을 무섭게 압박해 들어오던 수십 개의 검기들을 하나도 놓치지 않고 정확하게 격중시켰던 것이다. 그것은 그 검기들의 날아오는 방향과 속도를 예측하지 못했다면 불가능한 일이었다.

휘청이는 그녀에 비해 비성흔은 여전히 그 자리에 우뚝 서 있었다.

누가 보기에도 확연한 그의 우세였다. 그녀가 아직 제대로 몸도 가누지 못하고 있는 지금, 비성흔이 단 일검만 날려도 그녀는 절대로 받아 내지 못할 것이 분명했다.

그런데 어찌 된 일인지 비성흔은 그 자리에 가만히 선 채 움직일 줄을 몰랐다.

그의 몸은 여전히 철탑과도 같았고 별다른 부상이 있어 보이지도 않았다. 그리고 그의 손에는 아직도 시퍼런 빛을 발하는 장검이 굳게 쥐어져 있어 그가 마음만 먹으면 당장이라도 무시무시한 검기가 다발로 쏟아져 나올 것만 같았다.

그럼에도 비성흔은 여전히 미동도 않고 선 채 우두커니 그녀를 바라보고 있을 뿐이었다.

그녀를 응시하는 그의 얼굴에는 실로 묘한 표정이 떠올라 있었다. 그것은 예상치 못한 사실을 홀연히 깨달은 놀라움 같기도 했고, 뭔가 어처구니없는 일을 당한 허탈함 같기도 했다. 그리고 도저히 이해할 수 없는 일을 지척에서 목격한 황당함 같기도 했다.

장내에는 수많은 군웅들이 두 사람의 격전을 지켜보고 있었지만, 그들 중 어느 누구도 비성흔이 왜 그런 표정으로 가만히 서 있는지를 정확히 알지 못했다.

임영옥은 금시라도 쓰러질 듯 몇 번이나 휘청거리고 나서야 겨우 흔들리는 몸을 똑바로 세울 수 있었다. 하나 그녀의 안색은 여전히 허연 분(粉)을 바른 것처럼 혈색이 전혀 없이 핼쑥해서 보기에도 안타까울 정도였다. 유난히 창백한 그녀의 입술 옆으로 한 줄기 붉은 핏물이 흘러내리니 그 처연함은 말로 형용할 수 없는 것이었다.

그때 문득 석상처럼 우두커니 서 있던 비성흔의 입에서 나직한 음성이 흘러나왔다. 귀를 기울이지 않으면 제대로 알아듣기 힘든, 꺼질 듯한 목소리였다.

"이것도 종남의 무공이오……?"

그녀의 고개가 힘없이 끄덕여졌다.

"월녀검법 중의 검화만홍(劍花滿紅)이에요."

"그 안에 담긴 기운은? 그것도 종남의……?"

그녀는 말없이 살짝 고개만 끄덕였다.

비성흔은 한동안 그녀의 핏기 없는 얼굴을 응시하다가 혼잣말처럼 나직하게 중얼거렸다.

"종남에 이토록 괴이한 무공이 있는 줄은 몰랐군. 너무나 뜨겁고 너무도 차가워……. 검에 이런 기운을 담을 수 있다는 것만으로도 소저의 승리요……."

말을 채 맺기도 전에 그의 커다란 몸이 휘청거리더니 그대로 바닥에 쓰러져 버렸다.

쿵!

비성흔이 벼락 맞은 고목처럼 요란한 소리를 내며 쓰러지자 장내의 여기저기서 다급한 고함과 비명 소리가 터져 나왔다.

"앗?"

"이게 대체 어찌 된 일이냐?"

형산파 측에서 몇 개의 인영이 쏜살같이 뛰쳐나왔다. 그들은 이십 대 중후반의 청년들로, 비성흔의 제자들이었다. 그들은 황급히 비성흔의 몸을 살피고는 모두 표정이 굳어졌다.

비성흔의 몸은 싸늘하게 식어 있었다. 숨이 끊어진 것은 아니었다. 다만 몸 전체가 손을 대면 확연히 알 수 있을 정도로 차가웠던 것이다.

그들은 비성흔의 몸을 진맥해 보고 어떻게 해야 할지 몰라 허둥거렸다. 그들의 그런 모습을 보았는지 형산파에서 다시 한 사람이 날아왔다. 십여 장의 거리를 훌훌 날아온 그 사람을 보자 비성흔의 제자들은 안도의 한숨을 내쉬며 뒤로 물러났다.

그 사람은 다름 아닌 용선생이었던 것이다. 낙일방과의 비무에서 적지 않은 내상을 입고 피까지 토했던 용선생이었지만, 그동안 진기요상을 해서인지 겉으로는 별다른 부상의 흔적이 보이지 않았다.

용선생은 비성흔의 옆에 앉아서 그의 상세를 살폈다. 제일 먼저 그의 코에 손가락을 갖다 댄 용선생은 미약하나마 숨결이 흘러나오고 있음을 확인했다.

그다음에는 부상당한 부위를 살펴보았다. 비성흔의 몸에는 크고 작은 칼자국이 나 있고 적지 않은 피가 흘러내리고 있지만, 목숨이 위태로울 정도로 치명적인 상처는 없었다. 단지 가슴팍 부근에 나 있는 하나의 검흔(劍痕)이 조금 특이해 보일 뿐이었다.

그 검흔은 옷자락을 자르고 들어가 그의 가슴에 실선같이 가느다란 자국을 남겼다. 다른 상처는 모두 많든 적든 피가 흘러나왔는데, 그 부위만 핏기가 없이 실처럼 가느다란 선만 그어져 있는 것이 용선생의 관심을 끌었던 것이다.

용선생은 그 검흔에 손가락을 갖다 대었다.

시린 냉기가 손가락 끝에 느껴졌다.

그 냉기의 서늘함에 용선생의 눈빛이 여느 때보다 깊어졌다.

'강력한 음한지기 때문에 심맥이 상했군. 다행히 심맥이 완전히 얼기 전에 본 파의 광양신공(光陽神功)으로 심맥을 보호했기에 목숨을 부지할 수 있었구나.'

용선생은 유연한 동작으로 비성흔의 심장 부위 오개 대혈을 짚어 한기가 더 이상 몸으로 침입하지 못하도록 했다. 손가락이 비성흔의 피부에 닿을 때마다 느껴지는 차가운 냉기에 용선생은 마음이 무거워졌다.

'사람의 몸에 이런 냉기를 남길 수 있다니……. 칠음진기인가, 아니면…….'

용선생은 비성흔의 몸에 긴급 처방을 하여 일단 그의 상세가 악화되지 못하게 한 후 그의 몸을 안아 들고 자리에서 일어났다.

그러고는 한동안 심유한 눈으로 임영옥을 가만히 응시하고 있었다.

임영옥은 그때까지도 그 자리에 단정한 자세로 서 있었는데, 핏기가 없이 창백한 얼굴을 제외하고는 전혀 흐트러짐이 없는 표정이었다.

그 차분하고 고아한 얼굴을 묵묵히 바라보던 용선생은 말없이 몸을 돌려 형산파 진영으로 돌아갔다.

그제야 임영옥은 천천히 몸을 돌렸다. 그리고 자신의 옆에 진산월이 서 있는 것을 알았다.

언제부터 와 있었는지는 그녀도 알지 못했다. 다만 그가 그녀의 손을 잡았을 때, 그녀는 살짝 그의 어깨에 머리를 기댔을 뿐이었다.

진산월은 그녀의 손을 잡은 채 어깨를 나란히 하고 종남파 진영으로 돌아갔다.

누구도 그 모습을 이상하게 보는 사람은 없었다. 종남파의 사정을 잘 아는 사람들은 그들이 오랫동안 연인 관계였으니 그런 모습을 보이는 게 당연하다고 생각했고, 그렇지 않은 사람들은 어려운 싸움을 이기고 힘이 빠진 사매를 장문인이 부축하는 것으로 보았다.

하나 일부 사람들은 진산월의 어깨에 머리를 기댄 채 걸어오고 있는 임영옥을 불안한 눈으로 보고 있었다.

종남파의 진영으로 돌아온 그녀는 다른 사람들의 시선에서 가려지자마자 그대로 정신을 잃고 쓰러졌다. 아니, 사실은 이미 진산월의 어깨에 머리를 댄 순간에 반쯤은 의식을 잃은 것이나 마찬가지였다.

혼절한 임영옥의 손을 잡은 진산월이 진기로 그녀의 몸을 이끌다시피하여 데리고 온 것이다. 그 와중에도 걸음을 옮긴 것은 아마도 그녀 자신도 느끼지 못한 필사의 의지였을 것이다.

동중산이 제일 먼저 사태의 심각함을 알고 다가왔다.

"장문인. 사고께선……."

진산월에게 무언가를 물으려던 동중산은 이내 입을 다물고 말았다.

진산월의 얼굴 표정은 별로 달라진 것이 없었다. 그럼에도 동중산은 무언지 모를 중압감에 차마 더 이상 아무것도 물을 수 없었다. 굳게 다물어진 입술과 여느 때보다 무서운 신광이 이글거리는 그의 얼굴은 도저히 제대로 바라볼 수가 없었다.

진산월은 임영옥을 자리에 뉘었다. 그러고는 나직한 음성으로 중얼거리듯 말했다.

"덮을 것을 가져오너라."

동중산은 쭈뼛거리다가 용기를 내어 말했다.

"조금이라도 빨리 노 신의께 모시고 가는 것이 좋지 않겠습니까?"

진산월은 고개를 저었다.

"그 전에 먼저 한 가지 할 일이 있다."

그 음성의 무거움에 동중산의 입에서 절로 떨리는 음성이 흘러나왔다.

"그게 무엇입니까?"

진산월은 문득 고개를 돌렸다. 그의 시선은 허공을 가로질러 형산파의 진영으로 향했다.

"마지막 싸움이 아직 끝나지 않았다. 그녀는 본 파가 형산파를 꺾는 장면을 반드시 지켜봐야만 한다."

동중산은 더 이상 아무 말도 하지 못했다. 갑자기 목이 메어 와 입을 열면 울음소리가 흘러나올 것 같았기에 그는 피가 나도록 입술을 깨물어야만 했다.

성치 않은 몸으로 형산파의 오결검객을 상대하고 쓰러진 임영옥과 그런 그녀에게 최후의 승리를 보여 주고자 하는 진산월의 마음이 너무도 절절하게 느껴졌던 것이다.

진산월은 한동안 말없이 형산파를 응시한 채 가만히 서 있었다. 그런 그의 귓전으로 그녀가 머리를 자신의 어깨에 기대기 직전에 속삭였던 음성이 메아리치고 있었다. 여느 때보다 낮고 조용한 음성이었다.

"사형이 마무리 지어 줘요……."

물론이지.

당연히 마무리 짓고야 말 것이다.

형산파와의 질긴 악연과 이십 년이 넘는 세월 동안 자신들을 고통스럽게 했던 기산취악의 악몽을 반드시 깨 버리고야 말 것이다. 그동안 자신들이 흘렸던 그 많은 땀과 눈물과 피로 얼룩진 세월을 반드시 보상받고야 말 것이다. 무슨 일이 있어도 그렇게 할 것이다.

제 324 장

현신육결(顯身六結)

제 324 장 현신육결(顯身六結)

이제 종남파와 형산파의 비무는 막바지를 향하고 있었다.

지금까지의 전적은 이 대 이!

서로 똑같이 두 번의 승리와 패배를 주고받았고, 그 네 번의 비무는 하나같이 대단한 접전이었다. 비무가 끝날 때까지 전혀 결과를 예측할 수 없는 치열한 승부는 군웅들을 격앙시켰고, 비무가 계속될수록 그 흥분은 점점 커져만 갔다.

그리고 이제 종남파와 형산파는 오직 한 사람씩만을 남겨 두고 있었다.

종남파에서 누가 출전할지는 삼척동자라도 알 수 있었다.

모든 군웅들의 시선을 한 몸에 받고 있는 그 사람은 종남파의 장문인이며 당대 무림 최고의 검객으로 평가받고 있는 신검무적 진산월이었다.

이십 대의 나이로 강호제일검객(江湖第一劍客)의 칭호를 받는다는 건 지난 백 년간 누구도 이루지 못한 업적이었다. 심지어 천하제일고수라고 불리는 모용 대협조차도 강호에 출도한 것은 이십 대 후반이었고, 서른이 넘어서야 비로소 강호 무림에 제일인자로 인정받을 수 있게 되었다.

그런데 진산월은 이십 대 중반의 젊은 나이에 이미 강호제일검객으로 공인되었으며, 누구도 그 사실을 의심하는 사람이 없었다. 더욱 놀라운 것은 그가 그러한 명성을 얻기까지 불과 일 년 남짓의 시간밖에 소요되지 않았다는 것이었다.

일 년 전만 해도 멸문된 줄만 알았던 종남파의 장문인인 그를 기억하는 사람은 거의 없었다. 하나 불과 일 년도 되지 않아 그는 종남파를 훌륭하게 일으켜 세웠고, 자신은 강호제일검으로 불리게 되었다.

구대문파에서도 소림, 화산과 함께 가장 강력한 문파로 손꼽히던 형산파와의 이번 비무에서 종남파가 보여 준 저력도 실로 놀라운 것이었다.

그들은 단지 몇 명의 제자들만으로 비무행을 시작했고, 단 한 번도 패하지 않고 승승장구하여 무당산에 도착했다. 그리고 형산파와 벌인 네 번의 비무에서 종남파의 고수들은 나이와 명성에 상관없이 형산파가 자랑하는 최고의 검객들을 상대로 눈부신 선전을 보여 주었다.

더욱이 형산파에서 출전한 인물들이 하나같이 이미 강호에 그 명성을 혁혁하게 떨치고 있는 절세의 고수들인 반면, 종남파의 출전자들은 이십 대의 젊은이부터 최근에 갑자기 명성을 얻은 인물, 심지어는 거의 이름이 알려지지 않았던 무명의 여인까지 참신한 얼굴들로 채워져 있었다.

명성만을 생각한다면 누가 보아도 비교도 되지 않을 만큼 현격한 차이가 났으나, 종남파의 고수들은 눈을 부릅뜨게 할 정도로 엄청난 실력을 선보이며 형산파와 승패를 나누어 가졌다.

그리고 이제 그들이 가장 자랑하는 최고의 검객이 마지막 승부를 가리기 위해 나서고 있는 것이다.

형산파에 과연 신검무적을 상대할 만한 고수가 있을지 많은 무림인들이 의문스러워하는 가운데, 진산월의 모습이 장내에 나타났다.

어마어마한 함성이 그 뒤를 따랐다.

"우와아아!"

"신검무적이다! 신검무적! 일검운해!"

사람들은 미친 듯이 소리를 질러 댔고, 주먹을 쳐들거나 손을 흔들어 보였다.

주위가 떠나갈 듯한 함성에도 진산월의 표정은 변함이 없었다. 모르는 사람들은 신검무적이 승리를 자신하기 때문에 담담함을 유지하고 있는 거라고 떠들어 댔다. 오직 종남파의 고수들만이 굳게 다물어진 진산월의 입술과 한없이 무겁게 가라앉아 있는 눈빛이 단순한 자신감이나 비장감 때문만이 아니라는 것을 알고 있을 뿐이었다.

진산월은 자신에게 쏟아지는 환호와 갈채를 받으며 천천히 중

앙으로 걸어 나왔다. 문득 고개를 쳐드니 파란 하늘 아래 몇 개의 솜털 같은 구름이 둥실 떠 있는 광경이 시야에 가득 들어왔다. 그 구름은 바람에 뭉치고 흩어지며 이내 하나의 형상을 만들어 냈다.

그것은 추레한 행색에 비쩍 말랐으나 유난히 부드러운 눈매에 따뜻한 눈빛을 가진 한 남자의 모습 같아 보였다. 진산월은 그 남자의 얼굴을 하염없이 올려다보았다.

'사부, 보고 싶습니다.'

그 남자는 진산월을 향해 지그시 웃어 보였다. 새하얀 구름이 그 남자의 하얗게 빛나는 이 같았다.

'녀석, 나도 보고 싶구나.'

'저는 최선을 다했습니다.'

'나도 알고 있다.'

'지켜봐 주십시오.'

'그래. 수고했다.'

그 말이 정말 듣고 싶었다. 그 음성을 듣고 그 모습을 한 번만이라도 더 보고 싶었다.

무정한 구름은 어느새 조금씩 흩어져 그 남자의 모습 또한 사라지고 있었다. 하나 진산월은 그 남자의 얼굴이 그대로 있는 것처럼 언제까지고 구름을 올려다보고 있었다.

다시 요란한 함성이 일어났다.

고개를 떨구어 보니 형산파에서 한 사람이 걸어 나오고 있었다.

앙상할 정도로 마른 체구에 껑충한 키를 가진 중년인이었다. 나이는 삼십 대로도 보였고 오십 대로도 보였다. 비쩍 마른 얼굴이었으나 의외로 피부는 팽팽했고, 수염이 전혀 나 있지 않아서 정확한 나이를 가늠하기 힘들었다.

다만 대충 묶어 맨 듯한 치렁한 머리카락에 듬성듬성 백발이 섞여 있는 것으로 보아 사십 대 후반에서 오십 대 초반쯤 되지 않았을까 예상할 수 있었다. 그렇게 생각한다면 나이에 비해 무척 젊어 보이는 인상이었다.

허리춤에 고색창연한 보검 하나를 매달고 있었는데, 그 보검의 수실에 걸려 있는 매듭의 숫자가 특이했다. 중인들 중 안력이 예리한 몇 사람이 무심코 그 숫자를 헤아리다 이내 경악성을 발했다.

"여…… 여섯 매듭? 육결(六結)이다! 육결검객(六結劍客)이 나타났다!"

그 말에 장내는 삽시간에 아수라장처럼 변해 버렸다.

"뭐라고? 형산파에 육결검객이 존재했단 말인가?"

"그럴 리가? 육결은 단지 형산파 문인(門人)들이 상상으로 만들어 낸 존재인 줄 알았는데……."

"대체 저자가 누구이기에 육결을 매달고 있단 말인가?"

모든 사람들의 시선이 반백의 중년인에게 고정되었다. 그리고 이내 다시 누군가의 입에서 탄성에 가까운 외침이 터져 나왔다.

"고진이다! 저자는 바로 오랫동안 폐관수련에 들어가 있던 냉홍검 고진이 아닌가!"

"고진이라니? 그는 오결검객이 아닌가? 대체 그가 언제 육결이 되었단 말인가?"

중인들이 경악하는 것도 무리는 아니었다.

형산파의 오결은 강호에서 모르는 사람이 없었지만, 오결 위에 누군가가 존재하리라는 것은 단지 막연한 예상일 뿐이었다.

-언젠가는 오결의 수준을 확연히 뛰어넘는 절세의 검객이 출현할 것이다. 그렇다면 그자는 오결을 넘어선 육결검객으로 불려야 하지 않겠는가?

많은 사람들이 육결의 존재를 당연시했다.

또한 그것은 형산파 모든 제자들의 소망이었고, 염원이기도 했다.

강호인들은 물론이고 자파의 제자들까지 모두 오결 너머의 무언가를 향해 떠들어 대자 형산파의 수뇌들은 잠정적으로 한 가지 사실을 결정했다.

-누군가가 본 파의 건곤참(乾坤斬)을 혼자의 힘으로 격파한다면, 그자는 육결이라 칭해야 마땅할 것이다.

그 암묵적인 선언 이후, 육결에 대한 소리는 더 이상 들려오지 않았다.

형산파의 제자들도 더 이상 육결을 기대하지 않았다. 그것은 건곤참이 어떤 것인지 그들 자신이 너무도 잘 알고 있기 때문이었다.

건곤참은 형산파가 자랑하는 최고의 합격진으로, 오결검객 중 특별히 선발된 두 명의 검객이 펼치는 것이었다. 이름 그대로 하늘과 땅을 갈라 버리는 가공할 위력을 지닌 것이어서, 도저히 한 사람의 힘으로는 격파할 수 없다고 여겨져 왔다.

당대에 건곤참의 수행자는 낙백검사(落魄劍士) 우견(于堅)과 검수(劍樹) 이소립(李小笠)이었다. 그들은 모두 오결검객 중에서도 내로라하는 고수들로, 엄격한 심사와 동의를 거친 후 건곤참을 전수받았다.

그들은 장문인의 명이 있기 전에는 형산파에서 백 리 밖으로 나갈 수 없으며, 어디를 가든 두 사람이 서로 십 리 이상 떨어져서는 안 되었다. 그리고 형산파를 벗어나 외유(外遊)를 할 때에도 반드시 두 명 이상의 오결검객과 동행하도록 되어 있었다.

그것은 그만큼 건곤참이 형산파에서도 특별한 대접을 받는 귀중한 무공임을 나타내는 것이었다.

실제로 건곤참의 수행자로 결정된 후 그들은 삼 년 동안 외부와의 출입을 금한 채 혹독한 수련을 받아야만 했다. 그들이 모두 오결에서도 뛰어난 수준의 검객들임을 생각해 본다면 건곤참이 얼마나 익히기 어려우며 놀라운 절학인지를 미루어 짐작할 수 있었다.

그런 건곤참을 혼자 격파한다는 것은 단순히 오결검객 두 사람의 합공(合攻)을 뚫는 것과는 차원이 다른 문제였다. 그래서 오결 중의 최고수라고 인정받는 조화신검 사견심조차도 육결은 엄두도 내지 못하고 있었다.

그런데 사견심보다 약간 뒤처진다는 평가를 받았던 고진이 육결을 매단 채 종남파와의 마지막 비무에 나섰으니 어찌 놀라운 일이 아니겠는가?

고진은 이십 년 전부터 형산 정상의 축융봉 아래에 있는 고동(古洞)에 기거하며 좀처럼 바깥출입을 하지 않는 인물로 알려져 있었다. 그때 그의 나이 불과 서른세 살이었다.

어려서부터 검의 천재로 불렸던 그가 왜 전도양양한 나이에 좁은 동굴 속에 스스로 몸을 묶어 두었는지는 누구도 알지 못했다. 다만 그렇게 벼려진 그의 검이 예전보다 훨씬 더 매섭고 날카로우리라는 것은 누구나가 짐작할 수 있는 일이었다.

하지만 그럼에도 사람들이 사견심을 그의 위에 둔 것은 막상 그가 남들에게 보여 준 것이 전혀 없기 때문이었다.

축융봉의 동굴에 칩거한 이후 고진이 남들 앞에서 무공을 펼친 적은 단 한 번도 없었다. 때문에 고진의 검이 예전보다 한층 더 무서워졌을 거라고 말하는 사람들조차도 고진이 사견심보다 앞선다고는 장담하지 못했던 것이다.

그런 고진이 사견심도 달지 못한 육결을 수실에 매달고 문파의 운명을 가를 마지막 비무에 나섰다는 것은 무엇을 의미하는 것이겠는가?

'고진이 바로 당대 형산파의 제일검객(第一劍客)이란 말이구나!'

그것이 모든 사람들의 뇌리에 공통적으로 떠오른 생각이었다.

전후 사정이 어찌 되었건, 고진은 건곤참을 격파하고 형산파의 육결이 되어 나타났다. 그리고 그의 상대는 누구나가 인정하는 강호제일검객 신검무적이었다. 그러니 어찌 흥분되지 않겠는가?

장내의 군웅들은 일제히 우렁찬 함성을 보냈다. 그것은 앞으로 벌어질 두 절세 검객들 간의 격전에 대한 성원과 기대가 가득 담긴 것이었다.

"우와아아!"

"형산파의 육결과 신검무적의 대결이라……. 내 평생 이런 싸움을 보게 될 줄이야!"

고진은 진산월의 앞으로 다가와서 우뚝 몸을 멈췄다.

두 사람의 시선이 잠시 허공에 교차되었다.

물처럼 고요하고 담담한 시선과 아무런 감정도 담겨 있지 않은 듯 무심한 시선.

언뜻 보기에는 비슷한 것 같았으나 그 속에 담긴 것은 판이했다. 물처럼 고요한 시선은 거대한 폭풍을 앞둔 망망대해가 잔잔한 물결을 일렁이고 있는 듯했고, 무심한 시선은 날이 시퍼렇게 선 수백, 수천 자루의 칼을 가득 담은 만년 빙벽(氷壁)을 연상케 했다.

두 시선은 상대방의 시선을 끝없이 받아들이면서도 한쪽은 더욱 담담하게, 다른 한쪽은 더욱 무심하게 변해 갔다.

그들 사이에 흐르는 질식할 듯한 공기의 여운이 사방으로 번져 가며 환호성으로 뒤덮였던 장내가 점차로 조용해지기 시작했다.

그리고 이내 죽음 같은 정적이 무겁게 내려앉았다.

아무도 입을 열지 않고, 숨조차 제대로 내쉬지 않는 가운데 한 사람의 입이 살짝 열렸다.

"형산파 고진."

앞뒤를 자른 짧은 말이었다. 그에 대한 다른 한쪽의 대답도 마찬가지로 짧았다.

"종남 진산월."

두 거대 문파의 모든 걸 내건 마지막 비무답지 않은 짧고 간단한 자기소개였으나, 그만큼 장내의 긴박감과 군웅들이 느끼는 흥분감은 고조되었다.

그 말을 끝으로 두 사람은 모두 입을 다물었고, 주위는 다시 무거운 침묵에 휩싸였다.

지나가는 바람조차 숨을 멈춘 것 같았다. 그러던 한순간, 갑작스럽게 싸움이 시작되었다.

고진은 호남성 소양(邵陽) 출신이었다.

대대로 소양의 고가보(古家堡)는 명문세가로 이름이 높았으며, 그들 중 상당수는 형산파에 입문하여 혁혁한 명성을 떨치는 이름난 검객이 되었다.

고진은 다섯 살 때 처음 아버지에게 무공을 배웠는데, 단 하루만에 복잡한 가전무공의 기본구결을 암기하여 주위를 놀라게 했다. 일곱 살의 생일날에는 많은 하객들 앞에서 고가보의 기초검법인 적하팔검(赤霞八劍)을 완벽하게 시연하였고, 그때부터 많은 사람들은 고가보에 '검의 천재' 가 나타났다고 떠들어 댔다.

그 소문을 들은 형산파의 고수 신홍검(迅鴻劍) 저일승(儲日升)이 고가보를 찾은 것은 고진의 나이 아홉 살 때였다. 저일승은 그때 사결검객 중에서 오결로의 진입이 가장 유력한 인물로 알려져 있었다.

저일승은 고진을 면담하고는 그를 제자로 삼았으며, 고진은 그

직후 고가보를 떠나 형산으로 들어왔다.

그로부터 육 년 후에 저일승은 오결검객이 되었다. 그의 오결 진입이 예상보다 늦은 것은 그가 고진을 가르치는 데 많은 시간을 할애했기 때문이었다. 그만큼 고진의 무재(武才)는 저일승을 사로잡았던 것이다.

그리고 그때 고진도 이결에 오를 수 있었다. 열다섯 살에 이결에 오르는 것은 형산파에서도 극히 드문 일로, 그로 인해 형산파의 제자들 사이에서 고진의 이름이 본격적으로 알려지기 시작했다.

그 후로 고진의 실력은 일취월장하여 불과 서른의 나이에 오결검객이 될 수 있었다. 거칠 것이 없을 것 같았던 고진이 처음으로 좌절을 느낀 것도 바로 그즈음이었다.

상대는 다름 아닌 조화신검 사견심이었다.

고진이 오결검객에 오른 것을 축하하는 자리에서 사견심은 한차례 검무(劍舞)를 선보였는데, 그것을 본 고진은 충격을 받지 않을 수 없었다. 지금의 자신으로서는 도저히 감당할 수 없는 절묘함을 그 검무에서 느꼈던 것이다. 그것은 태어난 이래 줄곧 주위의 추앙을 받으며 승승장구해 오던 고진으로서는 상상도 하지 못했던 충격이었다.

자신이 오결의 말석(末席)이기에 오결 중에는 자신의 검을 능가하는 자도 있을 것이라는 건 알고 있었지만, 그 차이가 이리도 크리라고는 예상치 못했었다.

엄청난 충격을 받은 고진은 그 즉시 수련에 몰두했고, 바깥출입도 삼간 채 미친 듯이 검을 휘둘렀다.

일 년 후, 고진은 사견심을 찾아가 정식으로 비무를 신청했다. 그리고 불과 삼십 초 만에 패배를 자인하고 스스로 물러났다.

다시 일 년 동안의 뼈를 깎는 듯한 고련 후에 고진은 사견심에게 재도전했고, 이번에는 오십 초를 버틸 수 있었다.

이번이 마지막이라는 각오로 다시 일 년의 혹독한 수련에 들어간 고진은 나름의 자신을 가지고 세 번째로 사견심을 찾아갔다. 사견심은 이번에도 순순히 그의 도전을 받아 주었다.

그리고 고진은 불과 이십 초 만에 패퇴하고 말았다. 일 년 전보다 비할 수 없이 실력이 늘었다고 확신했는데, 오히려 그때보다 더욱 빠르게 패하고 만 것이다.

그제야 고진은 사견심이 지금까지 자신의 사정을 봐주었던 것임을 알 수 있었다. 사견심이 일 년 전보다 더 빨리 그를 꺾은 것은 더 이상 사정을 봐주면 이길 수 없을 정도로 고진의 검법이 발전했기 때문이었다. 역설적으로 검법 실력이 좋아졌기에 더 빨리 패하고 만 것이다.

지난 삼 년간의 수련은 고진으로서도 난생처음으로 자신의 모든 노력을 기울인 각고의 세월이었다. 그럼에도 사견심의 그늘은 너무나 높고 깊었다.

이제 비로소 그의 진심을 다한 검을 보게 된 고진은 절망하지 않을 수 없었다. 지금의 자신으로서는 도저히 그 검을 감당해 낼 수 없다는 것을 깨달았던 것이다.

산 위에 더 높은 산이 있고 하늘 위에 더 높은 하늘이 있음을 알게 되었으나, 그 충격은 고진의 몸과 마음을 황폐하게 만들었다.

고진은 난생처음으로 검을 놓고 술에 취해 거리를 방황했고, 밤마다 목 놓아 울기도 했다. 그런 방황이 한 달째 계속되던 어느 날, 한 사람이 그를 찾아왔다.

그 사람은 늘 깨끗하고 단정했던 고진의 추레한 몰골을 측은한 눈으로 한참이나 바라보았다.

"그렇게 힘이 드는 게냐?"

고진은 반쯤 풀린 눈으로 무심코 고개를 들었다가 그 사람을 보고는 몸을 부르르 떨었다.

"외숙……."

그 사람은 고진의 텅 빈 눈을 들여다보고는 이내 무거운 한숨을 내쉬었다.

그 눈 속에는 아무것도 담겨 있지 않았다. 심지어는 분노나 회한, 절망의 빛조차 보이지 않았다. 희망은 절망 속에서 싹트는 것이었다. 그런데 절망조차 하지 못할 정도로 고진은 형편없이 망가져 있었던 것이다.

누구보다 빛나고 자신만만했던 고진이 불과 한 달 사이에 이토록 영락(零落)해 버리리라고는 누구도 믿지 못할 것이다. 그 사람은 고진을 어려서부터 봐 왔기에 그가 얼마나 자부심이 강하고 자신의 검에 절대적인 자신을 가지고 있는지를 잘 알고 있었다.

문제는 그가 단 한 번도 부러지거나 좌절해 본 적이 없다는 것이었다.

패배는 사람을 강하게 만들기도 하지만, 그것은 그 패배를 극복해야 가능한 일이었다. 그런데 고진은 단 한 번의 좌절을 극복하지 못하고 바닥까지 무너져 버린 것이다.

단순히 세 번이나 같은 사람에게 패했기 때문만은 아니었다. 그 패배의 과정에서 자신이 상대의 진검(眞劍)조차 제대로 끌어내지 못했다는 걸 뒤늦게 깨달은 것이 그에게는 더욱 치명적인 타격이었다.

어쩌면 장차 형산파의 제일검객이 될지도 모르겠다고 항상 흐뭇하게 지켜보았던 외조카의 망가진 모습에 그 사람은 커다란 충격을 받았다.

한동안 두 숙질은 아무 말도 하지 않고 묵묵히 그 자리에 있었다.

한참 후에야 그 사람은 빛나는 눈으로 고진을 응시했다. 무언가를 결심한 듯 결연의 빛이 어른거렸으나, 땅바닥을 내려다보고 있던 고진은 그것을 알아차리지 못했다.

"그렇게 사견심을 꺾고 싶은 것이냐?"

그 음성에 실린 무언가를 느낀 듯 고진은 천천히 숙였던 고개를 쳐들어 그 사람을 바라보았다.

그 사람은 눈도 깜박이지 않고 고진의 탁하게 흐려진 눈을 쏘아보았다.

"아니면 사견심은 물론 누구라도 능가하는 절세의 검객이 되고 싶은 것이냐?"

"……."

"사견심을 꺾으려면 간단하다. 네가 지금 사견심의 나이가 될 때까지 정진하면 그를 꺾을 수 있다. 사견심은 지금 절정의 나이

이므로, 앞으로 세월이 흐를수록 저물어 갈 수밖에 없다. 반면에 너는 십 년, 십오 년 후가 인생의 절정이 될 것이다."

고진은 힘겹게 입을 열었다.

"그런 방법으로는……."

고진의 말은 끝까지 이어지지 않았지만, 그 사람은 이미 그가 무슨 말을 할지 훤히 알고 있는지 다시 입을 열었다.

"그렇게 그를 이기고 싶지는 않다는 것이겠지. 그래, 그게 바로 고수의 숙명이지. 정당한 실력으로 그를 능가하고 싶은 것이겠지. 그렇다면 과연 사견심을 꺾는 것으로 너는 만족할 수 있겠느냐?"

고진의 텅 비어 있던 눈에 조금씩 생기가 돌기 시작했다. 그것은 희망도, 절망도 아닌 야망의 빛이었다. 그 사람도 그것을 알아차린 듯했다.

"그 정도로 만족할 수 없겠지. 누구도 이루지 못한 경지에 도달하고 싶은 것이겠지. 예를 들면 육결검객이 된다든지……."

육결이라는 말에 고진의 눈에 떠오르기 시작하던 빛이 한층 더 강렬해졌다.

육결검객이라!

실로 말만 들어도 가슴을 뛰게 하는 단어가 아닌가?

형산파 제자들에게 그 단어는 누구나가 바라지만 도저히 이를 수 없는 상상 속의 경지였다. 사견심을 능가한다고 육결검객이 될 수 있는 것은 아니지만, 육결검객이 되었다면 사견심을 확실히 능가했다고 자신 있게 말할 수 있을 것이다.

단지 사견심뿐 아니라 강호 무림의 수많은 검객들 중 가장 높은 자리에 서게 될 것이다.

형산파의 모든 제자들은 그렇게 믿고 있었다.

고진 또한 그러했다.

그 사람의 입에서 육결검객이라는 말이 나온 순간부터 고진의 눈빛은 급속도로 빛나기 시작했고, 생기를 잃었던 푸석한 얼굴에도 붉은 혈기가 어른거렸다. 그것은 마치 오랜 가뭄으로 생명력을 잃고 바싹 말라가던 화초가 내리는 비를 맞고 생기를 되찾아 가는 모습 같았다.

그 사람은 그런 고진의 얼굴을 가만히 내려다보고 있다가 낮게 가라앉은 음성으로 말했다.

"조만간 너에게 기회가 갈 것이다. 그 기회를 끝까지 움켜쥘 수만 있다면 어쩌면 너는 네 소망을 이룰 수 있을지 모른다. 그것이 이 외숙이 네게 해 줄 수 있는 유일한 방법이다."

고진은 멍하니 그 사람, 용선생 용성음을 올려다보았다.

그리고 이틀 후, 잠자리에서 일어난 고진은 자신의 머리맡에 하나의 책자가 놓여 있는 것을 발견했다. 표지에 제목조차 없는 책자에는 반쪽짜리 초식 하나가 적혀 있었다.

그 초식을 본 고진은 눈을 부릅뜨지 않을 수 없었다. 비록 반 초에 불과했지만, 한 번 훑어보는 것만으로도 그 초식이 이제껏 보지 못했던 광세절학(曠世絶學)임을 충분히 알 수 있었던 것이다.

아홉 개나 되는 형산파의 검법 중 어느 것도 그 반쪽짜리 검초를 능가하는 것은 없었다.

'만약 이 검초를 완전한 것으로 만들어서 익힐 수만 있다면……'

시들었던 고진의 가슴에 거대한 불길이 활활 타올랐다.

아울러 그의 뇌리에 며칠 전에 보았던 용선생의 모습이 떠올랐다.

이것이 바로 용선생이 말한 기회일까? 그렇다면 대체 용선생은 어디에서 이 검초를 얻게 된 것일까?

당당한 형산파의 오결검객으로서 출처가 불분명한 검초를 익힌다는 것은 수치스런 일이 아닐 수 없었다. 평상시라면 고진도 그 점 때문에 몹시 고민스러워했을 것이다.

문제는 이것이 하나의 완성된 초식이 아니라 미완성된 반 초짜리라는 것에 있었다.

만약 나머지 반 초를 형산파의 무공으로 메울 수만 있다면 이 검초는 형산파의 것이라고 해도 되지 않겠는가?

자기 위안에 가까운 생각이었으나, 고진은 억지로라도 그렇게 마음을 잡았다. 그만큼 이 반 초의 검법은 놀라운 것이었으며, 그에게 마지막으로 주어진 생명선이나 마찬가지였다.

이 기회를 놓치게 된다면 그는 영영 사견심의 뒷모습이나 보면서 과거의 찬란했던 시절을 되새기는 처량한 신세를 면치 못할 것이다.

그 길로 고진은 축융봉 아래의 고동으로 들어갔다. 누구의 방해나 간섭도 받지 않고 혼자만의 시간을 갖고 싶었던 것이다.

막상 반쪽짜리 검초를 대하고 나자, 고진은 그 검초를 완성하는 일이 자신의 당초 예상보다 몇 배나 더 험난한 것임을 깨달았다. 검초 자체가 워낙 독특한 발상으로 시작한 현오막측(玄奧莫測)한 것이어서 그 나머지 반을 메운다는 것이 너무도 막막했던 것이다.

그 검초는 기존의 어떤 검초와도 달랐고, 그 안에 담겨 있는 다양한 변화와 오의(奧義)는 가히 상상을 절할 정도로 놀라운 것이었다. 그 검초에 구색을 맞추기 위해서는 그에 못지않은 뛰어난 초식들이 필요했고, 그것으로도 완벽하게 메울 수 있다는 보장이 없었다.

하나 그러한 어려움은 오히려 고진의 투쟁심을 북돋는 결과를 불러 왔다.

'이것은 가히 혁신적인 초식이다. 이 초식을 완성하면 천하제일고수인 모용 대협과도 겨루어 볼 수 있지 않을까?'

단 일 초의 검법이었으나, 완벽하게 완성할 수만 있다면 모용 대협을 능가할지도 모른다는 생각에 고진은 침식을 잊고 검초의 연구에 몰두했다.

형산파의 구종 검법의 모든 초식이 파헤쳐졌고, 심지어는 고가보의 무공을 비롯한 그가 알고 있는 모든 무공들이 낱낱이 분해되어 반쪽짜리 검초의 빈자리를 메우는 데 동원되었다.

그것은 실로 지난(至難)한 일이었으며, 수많은 노력과 시간을 필요로 하는 것이었다.

세월은 그야말로 물처럼 흘러갔다.

서른셋의 젊은 나이에 반쪽짜리 검보를 손에 쥐고 고동에 들어간 것이 엊그제 같았는데, 잠깐 눈을 돌려 보니 어느새 십 년의 세월이 훌쩍 지나가 있었다. 그동안 고진은 반쪽짜리 검초에 대한 연구를 거의 마쳤고, 그에 대한 보완책을 나름대로 정리할 수 있었다.

그 보완책을 다듬어 반쪽짜리 검초를 하나의 온전한 검초로 만들기까지는 다시 몇 년의 시간이 소요되었고, 그 검초를 완벽하게 터득하기까지는 또다시 몇 년의 시간이 지나갔다.

결국 그가 그 미완성의 검초를 완성하고 고동을 벗어났을 때는 이미 이십 년이란 장구한 세월이 흐른 후였다. 그것은 당초의 예상을 몇 배나 뛰어넘는 너무도 오랜 세월이었다.

검초를 완성하고 고동을 나온 고진은 묘한 허탈감에 사로잡혔다. 그것은 모든 것을 이룬 자만이 느낄 수 있는 성취감이었고, 수십 년의 세월을 바쳐 자신이 해낸 일에 대한 자부심이었으며, 천하의 누구도 상대할 수 있다는 자신감의 다른 모습이었다.

때마침 형산파의 장문인이 생일을 맞게 되자 고진은 홀린 사람처럼 멍하니 그 연회장으로 향했다. 이십 년 만에 홀연히 나타난 고진을 본 많은 형산파의 고수들은 놀라움을 금치 못했고, 개중에는 예전과 너무도 달라진 그의 모습에 그에게 대체 무슨 일이 일어났는지 의아해하는 자들도 적지 않았다.

그곳에서 고진은 필생의 숙적이라고 생각했던 사견심을 다시 볼 수 있었다.

막상 사견심을 대하고 나자 비로소 고진은 예전에는 알아보지 못했던 그의 무공 수준을 정확하게 가늠할 수 있었다. 그리고 자신이 사견심을 능가했음을 확실히 알게 되었다.

사견심 또한 그것을 느꼈음이 분명했다.

두 사람 사이에 더 이상의 비무는 없었다. 연회가 끝난 후 고진은 오랜만에 자신의 집인 고가보를 향해 떠났고, 사견심 또한 자신의 거처로 돌아갔다. 그리고 그 후로 거처에서 두문불출하여 밖으로 나오지 않았다.

몰락한 줄 알았던 종남파가 재건되고 희대의 검객이 출현했다는 소문이 들려온 것도 그즈음이었다.

그로부터 두 달 후, 종남파가 비무행을 시작했다는 소식이 대강남북을 뒤흔들자 형산파의 장문인은 사람을 보내 고가보에 머물러 있는 고진을 불렀다.

형산파로 돌아온 고진은 정식으로 육결의 자격을 신청했고, 비밀리에 치러진 심사에서 자신이 자격이 있음을 훌륭하게 입증해 보였다.

드디어 형산파에 처음으로 육결검객이 탄생하게 된 것이다.

그 사실은 철저한 비밀에 부쳐져 극소수의 수뇌부만이 알고 있었고, 그 후로 형산파는 더 이상 종남파의 비무행을 두려워하지 않게 되었다. 육결검객이 된 고진이라면 능히 신검무적을 상대할 수 있으리라고 확신했던 것이다.

이제 고진은 모든 형산파 제자들의 기대를 한 몸에 안고, 강호제일검객과 검을 겨루게 되었다.

이십 년간이나 자신의 몸과 마음을 바친 희대의 검초, 구주파천황(九州破天荒)을 강호 무림에 처음으로 선보일 절호의 기회를 잡게 된 것이다.

제 325 장

검적공극(劍的空隙)

제 325장 검적공극(劍的空隙)

고진이 진산월의 대적자로 나설 때부터 교리는 상당한 기대감을 숨기지 않았다.

"드디어 검정중원을 볼 수 있게 되었구나."

귀호는 그동안 교리가 이처럼 흥분하고 어린아이처럼 설레어하는 모습을 본 적이 없기에 재미있어하면서도 한편으로는 의아한 생각이 들었다.

"신검무적이 이번에 검정중원을 사용하리라 보는가?"

교리는 생각할 것도 없다는 듯 즉시 고개를 끄덕였다.

"물론이지."

"신검무적은 음양신마 복양수를 꺾을 때도, 천수나타 당각을 상대할 때도 그 절세무적이라는 검정중원을 쓰지 않았네. 그런데 왜 그가 이번에는 검정중원을 펼치리라고 그렇게 자신하는 건가?"

"아무리 신검무적이라 하더라도 검정중원을 쓰지 않는 한은 고진을 상대로 승리를 쟁취할 수 없기 때문일세."

귀호는 점점 더 의혹이 짙어지는 것을 느꼈다.

"고진은 이십 년 가까이 외부에 전혀 출입을 하지 않았다고 알고 있는데, 자네는 마치 고진에 대해 자세하게 아는 것 같군. 혹 그와 친분이 있나?"

의외로 교리는 이번에는 고개를 옆으로 흔들었다.

"나도 오늘 처음 보는 자일세."

"그런데 왜……."

"일전에 그에 대해 누군가에게서 몇 마디 말을 들은 적이 있지."

"고진에 대해 무슨 말을 들었나?"

교리의 눈빛이 어느 때보다 날카롭게 빛났다.

"고진이 이십 년 동안 칩거한 이유가 한 가지 무공을 익히기 위해서였다고 하더군. 그가 익힌 무공이 내가 생각하는 그것이라면, 신검무적은 이번에 검정중원을 펼치지 않을 수 없을 걸세."

귀호는 강호 무림의 정세에 대해서는 자신이 다른 누구보다도 자세하게 알고 있다고 믿고 있었기에 교리의 말에 상당한 충격을 받았다.

"그게 대체 무슨 무공인가?"

교리의 입가에 희미한 미소가 떠올랐다. 여느 때보다 한층 더 차갑고 냉정한 미소였다.

"우리 사이의 규칙에 위배되는 질문일세."

귀호의 얼굴이 사정없이 구겨졌다.

"제길. 이런 건 꼭 예외가 없군그래."
"다른 걸 물어보게."
"자네에게 그 말을 해 준 사람이 누구인지도 규칙에 해당되겠지?"
"잘 아는군. 보다 정확히 말하면 내게 말을 해 준 게 아니라, 내가 들은 걸세."
비슷한 내용이긴 하지만 엄연히 다른 의미를 지닌 말이었다.
귀호는 그 말이 대체 무엇을 뜻하는지 잠시 생각에 잠겨 있다가 다시 물었다.
"그럼 자네는 고진이 이십 년 동안 수련했다는 그 무공을 펼친다면 신검무적의 검정중원을 꺾을 수 있다고 보는가? 이것도 규칙에 위배되는 질문인가?"
"그렇진 않네. 하지만 제법 까다로운 질문이군."
귀호는 교리의 얼굴에 한 가닥 난처한 빛이 떠오르자 쾌재를 부르며 재빨리 입을 열었다.
"규칙과는 상관없단 말이지? 그렇다면 자네 예상을 말해 보게. 고진이 그 정체 모를 무공을 사용하고 신검무적이 그에 맞서서 검정중원을 펼친다면 두 사람 중 누가 승리하리라고 보는가?"
교리는 모처럼 씁쓸한 표정을 지으며 고개를 내저었다.
"그건 나로서도 알 수가 없군. 왜냐하면 두 사람의 그 무공을 단 한 번도 보지 못했기 때문이지."
"그런데도 고진이 그 무공을 펼치면 신검무적이 반드시 검정중원으로 상대한다고 믿는단 말인가?"
이번에는 교리가 단호한 표정을 지어 보였다.

"반드시 그렇게 될 걸세. 그에게 검정중원에 필적하는 또 다른 절학이 있지 않은 한 말일세."

그의 확신에 찬 음성을 들은 귀호는 머릿속이 복잡해졌다.

교리의 말인즉, 고진의 그 무공은 신검무적이 검정중원을 펼치지 않는 한 막기가 불가능한 가공할 무학이라는 의미였다.

신검무적이 강호상에서 검정중원을 펼친 적은 단 두 번에 불과했지만, 그 두 번만으로도 검정중원은 강호 무림에서 가장 유명한 절학이 되었다. 그 검초를 본 모든 사람들은 하나같이 그 검초가 인세(人世)에 보기 드문 무적의 절학이라고 앞을 다투어 증언했고, 검을 익히는 모든 검사들은 단 한 번만이라도 그 검초를 볼 수 있기를 간절히 원했다.

그도 그럴 것이 검정중원의 첫 번째 희생자는 화산파의 이인자인 담로검 매장원이었고, 두 번째로 쓰러진 자는 무림구봉 중의 도봉 양천해였다. 매장원은 화산파의 장문인이며 무림구봉 중의 검봉인 육합신검 용진산도 내심 두려워했던 절세의 검객이었고, 양천해는 자타가 공인하는 강호제일의 도객이었다.

그런 절세의 고수들이 단 하나의 검초에 처참한 몰골로 쓰러져 버렸으니 그 광경을 본 사람들이 천하무적의 검초라고 떠들어 대는 것도 무리는 아니었다.

종남파에 어떻게 그런 가공할 절학이 탄생할 수 있었는지 의문을 가지는 자들도 적지 않았지만, 대다수는 이백여 년 전에 최고의 고수들로 천하에 군림하던 종남오선의 비학이 전해진 것으로 믿고 있었다. 그러지 않고서는 아무리 신검무적이 천하에 다시없는 천재라 해도 짧은 순간에 그러한 무적의 검초를 내보일 수 있을 리 없었던 것이다.

그런데 교리는 고진이 그 검정중원에 필적하는 무공을 익혔다고 말하고 있었다.

아무리 고진이 형산파에서 처음으로 배출된 육결검객이라고 해도 검정중원과 같은 놀라운 무학이 또 있다는 것을 귀호는 쉽사리 믿기 힘든 심정이었다.

'아니, 생각해 보면 적어도 두 개는 더 있을지도 모르겠군.'

서장 최고의 고수였던 아난대활불과 그를 격파한 모용 대협의 최고 절학이라면 적어도 검정중원보다 못하지는 않을 것이다. 그렇게 본다면 형산파에서 검정중원에 필적할 만한 무공을 만들었을 가능성도 아주 없지는 않은 셈이었다.

다만 문제는 교리가 그 사실을 어떻게 알고 있느냐 하는 것이다.

대체 교리는 아직 등장도 하지 않은 형산파 육결검객의 무공에 대해 어떤 경로로 알게 된 것일까? 그리고 그 무공에 검정중원과 견줄 만한 놀라운 위력이 있다는 걸 어떻게 확신하고 있는 것일까?

그 두 가지 점에 대해 꼬치꼬치 묻고 싶은 마음이 굴뚝같았으나, 규칙에 위배된다는 이상한 논리로 거부당할 게 분명한지라 귀호는 그저 그러한 의문들을 마음 깊숙한 곳에 담아 둘 수밖에 없었다.

대신 그는 전혀 다른 것을 물었다.

"대체 왜 그렇게 신검무적의 검정중원이라는 초식을 보려고 성화를 부리는 건가? 어차피 그의 행적을 따라 다니다 보면 언젠가는 자연히 보게 될 텐데 말일세."

그때 교리의 얼굴에는 귀호가 처음 보는 묘한 표정이 떠올랐다. 그것은 무엇이라고 딱 꼬집어 표현하기 힘든 야릇한 표정이었다.

"글쎄. 내가 왜 그러는 걸까?"

교리는 귀호를 놀리는 듯 빙글거렸으나, 그것은 자기 자신에게 던지는 물음 같기도 했다.

"굳이 말하자면 만약을 대비하고자 하는 것이겠지. 정말 만약의 일을 말일세."

"만약이라니? 그게 무언가?"

귀호는 급히 물었으나 교리는 빙긋 웃을 뿐, 그에 대해서는 더 이상 아무 언급도 하지 않았다.

다만 턱으로 앞을 가리켰을 뿐이었다.

"이제 시작할 모양이군. 이제 강호제일검객의 솜씨를 제대로 지켜보도록 하세."

교리의 말대로 그의 말이 끝나기도 전에 싸움이 시작되었다.

그리고 교리는 물론 장내의 누구도 예상치 못했던, 전혀 의외의 전개가 펼쳐졌다.

먼저 손을 쓴 사람은 고진이었다. 고진은 이십 년 만의 강호출도를 자축하기 위해서인지 처음부터 강력한 수법을 사용했다.

그가 펼친 것은 연혼팔검(燃魂八劍)이라는 것인데, 형산파의 구종 검법 중 서열 일 위에 올라 있는 형산파 최고의 검법이었다. 칩거가 십 년을 넘어가며 반 초의 무공에 대한 분석을 완료한 시점에서 고진은 장문인의 특별 지시로 연혼팔검의 검법서를 얻을 수 있었다. 그 뒤에는 용선생의 힘이 결정적이었음은 쉽게 짐작할 수 있는 일이었다.

연혼팔검은 이름 그대로 자신의 혼을 불태우듯 육체와 정신, 기백이 혼연일체(渾然一體)가 되어야만 터득할 수 있을 정도로 익히기가 어려운 무공이었다. 초식의 수는 여덟 개뿐이지만 하나같이 가공할 위력을 지니고 있었고, 그 첫 초식인 혼유검저(魂遊劍底)는 단 일검에 상대의 혼을 빼앗아 버리는 무서운 수법이었다. 특히 빠르면서도 강력하기가 여타의 형산파 검법들과는 차원을 달리하는 살인적인 것이었다.

끼이이…….

마치 귀신의 호곡성을 듣는 듯한 괴이한 검향 또한 연혼팔검의 가장 큰 특징 중 하나였다. 연혼팔검의 경지가 높아질수록 그 귀곡성의 위력은 점점 증대되어 마침내는 귀곡성만으로도 상대의 심혼을 앗을 수 있게 될 정도였다.

명문정파인 형산파의 검법답지 않게 섬뜩한 외형에 파괴적인 위력을 지니고 있기에 최고의 검법임에도 불구하고 형산파에서는 특정한 사람들 외에는 누구도 익히거나 접하지 못하게 꽁꽁 숨겨 두었던 것이다.

주위가 온통 시퍼런 검 그림자에 가려지는 순간, 진산월은 주저하지 않고 검영 속으로 뛰어들었다.

마지막 비무인 만큼 신중할 법도 했지만 진산월은 그럴 생각이 추호도 없는지 비호처럼 달려들며 수중의 용영검을 휘둘렀다.

팟! 팟! 팟!

몇 가닥의 검광이 검영 속에서 번뜩였다.

그러자 고진이 발출한 자욱한 검영이 거두어지며 고진의 얼굴이 드러났다. 고진은 여전히 무심한 모습이었으나, 두 눈만큼은 여느 때보다 날카로운 빛을 뿌리고 있었다.

놀랍게도 진산월은 단숨에 혼유검저의 초식을 뚫고 그의 코앞으로 날아들고 있었던 것이다. 그 바람에 소맷자락이 잘려 양쪽 손이 팔목까지 훤히 드러났으나, 진산월은 전혀 개의치 않는지 달려드는 기세 그대로 용영검을 앞으로 찔러 댔다.

고진의 눈꺼풀이 살짝 찌푸려졌다. 단순히 앞으로 내뻗은 일검(一劍) 같았으나, 그 속에는 무시무시한 수십 개의 변화가 숨어 있음을 알아차린 것이다. 그 변화는 무려 서른여섯 개로, 그중 어느 것도 실초(實招)가 아닌 것이 없었다.

그것은 수비는 생각지 않는 공격일변도의 수법으로, 이러한 검초를 대뜸 펼쳐 온 것은 단숨에 승부를 결(決)하려는 의지가 엿보이는 행동이었다.

단번에 서른여섯 군데를 노리는 검초도 놀라웠지만, 고진을 더욱 놀라게 한 것은 진산월이 탐색전 없이 처음부터 사생결단을 내려는 듯 승부를 걸어왔다는 점이었다.

연혼팔검의 절초들을 펼쳐 진산월의 실력을 판가름한 다음 최후에는 구주파천황으로 승부를 내려 했던 고진으로서는 갑작스런 진산월의 대응에 순간적으로 당혹감을 느끼지 않을 수 없었다.

하나 이내 그는 두 눈을 번뜩이며 냉소를 날렸다.

'단숨에 승부를 내겠다는 말이지? 원하던 바다.'

연혼팔검이 비록 형산파 최고의 검법이지만, 그것만으로 신검무적을 이길 가능성은 별로 없다는 건 고진도 알고 있었다. 그래도 명문정파의 비무답게 격식을 갖추어 차근차근 압박하려 했는데, 상대가 대뜸 승부를 걸어왔으니 피할 생각은 추호도 없었다.

자신의 눈앞으로 날아오는 서른여섯 개의 변화를 감춘 일검을 냉정한 눈으로 보고 있던 고진은 자신도 수중의 검을 똑같이 앞으로 내뻗었다. 그 속도가 어찌나 빨랐던지 출검이 진산월보다 늦었음에도 두 사람의 검은 중간에서 정면으로 맞부딪치게 되었다.

고진이 펼친 것은 연혼팔검의 최절초인 백락심연(魄落深淵)이었다. 변화는 열여섯 개에 불과해서 진산월의 일검에 절반도 되지 않았다. 다만 그 하나하나의 위력은 훨씬 더 강력한 것이었다.

파파파파파!

진산월이 펼친 서른여섯 개의 변화가 채 완성되지 못하고 급격하게 파훼되어 갔다. 열여덟 개의 변화가 순식간에 사라지고, 남은 열여덟 개 중 다시 열네 개의 변화가 채 완성되지 못하고 고진의 검에 사그라졌다.

끝까지 살아남은 네 개의 변화만이 고진의 양쪽 옆구리와 관자놀이를 향해 날아들었다.

막 검광에 격중되기 직전, 고진은 슬쩍 앞으로 한 걸음 내디뎌 너무도 수월하게 그 네 개의 검광을 벗어나 버렸다.

간단한 것 같아도 그의 걸음은 일섬풍(一纖風)이라는 형산파 비전의 무학으로, 표홀하면서도 가볍고 민첩해서 지금같이 짧은 거리에서 상대의 공격을 피하기에는 뛰어난 효과를 발휘하는 것이었다.

고진이 서른여섯 개의 변화 중 그 네 개만 남겨 놓은 것도 그것들이 일섬풍으로 피하기에 가장 적당한 방위를 노리고 있기 때문이었다.

고진은 단숨에 삼십육변(三十六變)의 천하무궁을 돌파하여 진산월의 지척에 도달했다. 수비는 거의 도외시하다시피 하고 공격적으로 초식을 펼쳤기에 진산월의 몸은 허점투성이였다.

고진의 검이 그런 진산월의 몸을 향해 움직여 나아갔다.

마치 물속을 유영(遊泳)하는 것처럼 고진의 움직임은 부드러웠다. 그의 손에 들린 검 또한 부드럽고 유연하게 공간을 미끄러져 들어갔다.

그와 함께 싸늘한 한기가 사방을 뒤덮었다.

참으로 이상한 일이었다.

진산월은 공격일변도의 초식을 펼쳤다가 무위에 그치는 바람에 많은 허점을 드러냈다. 하나 그것은 상당 부분 그 자신이 의도한 바가 컸다. 허점을 노리고 상대의 검이 파고드는 순간, 허점은 이미 허점이 아니게 되고 오히려 상대가 진산월의 치명적인 반격을 허용하게 되는 것이다.

그런데 고진의 검이 움직이기 시작하자 진산월의 몸에 있는 허점이 사라지기는커녕 오히려 더욱 두드러져 보였다. 일부러 만든 허점이 진짜 허점이 되어 버린 것이다.

진산월은 단번에 그 이유를 알아차렸다. 고진의 검은 그의 전신을 샅샅이 파헤치듯 한 치의 빈틈도 없이 모든 부위를 노리고 날아들었다. 그 때문에 일부러 만든 허점이 미처 수습되기 전에 검세에 그대로 노출되어 버린 것이다. 그것은 마치 도자기에 난 작은 구멍을 미처 메우기도 전에 도자기가 넘치도록 엄청난 물이 쏟아져 들어와 구멍이 커져 버린 것과 같은 형상이었다.

그만큼 고진의 검 속에는 필설로 형용키 어려운 수많은 변화와 다양한 묘용이 담겨 있었다. 설사 진산월이 허점을 보이지 않았더라도 그의 몸 중 가장 방비가 허술한 부분이 약점으로 노출되었을 것이다.

단 일검 안에 이토록 엄청난 변화를 담을 수 있다는 것은 눈으로 보고도 쉽게 믿기지 않는 일이었다. 그 변화의 다양함과 복잡함은 도저히 변초를 풀어내거나 막을 엄두를 내지 못하게 했다.

진산월조차도 그것은 마찬가지였다.

심지어 그 검초가 어떤 식으로 펼쳐진 건지 짐작도 가지 않았다. 고진의 검이 물처럼 부드럽게 움직인다 싶은 순간, 온몸의 허점이 그대로 노출되며 전신이 온통 수많은 칼날의 바닷속에 빠진 듯한 착각이 들었던 것이다. 어떻게 대응하든 그 검해(劍海) 속을 헤쳐 나올 수 없을 것 같았다.

그 검해가 온통 뼛골이 시릴 듯한 한기로 뒤덮여 있는 것은 아마도 고진의 검이 천하에서 가장 강력한 한기를 지닌 검 중 하나인 냉염신검이기 때문일 것이다.

두 번째 강호행을 시작한 이후, 진산월은 강호 무림의 최정상을 달리는 고수들과 적지 않은 사투(死鬪)를 벌여 왔다. 담로검 매장원의 검은 제대로 알아볼 수 없을 정도로 현란했고, 금도무적

양천해의 칼은 전율이 일 정도로 무서웠다.

뿐인가? 음양신마 복양수의 손바닥은 가공스러울 정도로 빠르고 강력했고, 천수나타 당각의 암기는 종적조차 찾기 어려워서 처음에는 미처 피할 엄두도 내지 못했을 정도였다.

그런 강적들을 차례로 격파해 온 진산월이었지만, 지금 눈앞에 보이는 고진의 검은 그들 중 어느 누구의 무공보다도 상대하기 까다롭다고 느꼈다.

천지가 온통 차가운 한기의 칼날로 뒤덮여 있는 것 같아서 어디로 움직이든, 어떻게 피하든 도저히 막을 수 있을 것 같지 않았다.

피하는 것도 불가능하다! 막는 것도 불가능하다!

그렇다면 방법은 오직 하나뿐이었다.

진산월은 그 자리에 우뚝 선 채 자신의 몸을 덮어 오는 칼날의 바다를 냉정한 눈으로 쏘아보았다. 그러다 수중의 용영검을 세차게 흔들었다. 용영검이 특유의 우윳빛 검광을 뿌린다 싶은 순간, 그 검광은 이내 수십 개로 불어났다.

주위를 무섭게 짓쳐 오는 수많은 검의 바다에 비하면 너무도 작고 미약한 움직임이었다. 하나 그 검광들이 사방으로 빠르게 퍼져 가는 순간, 그토록 가공스런 기세로 날아들던 검의 바다가 급격하게 출렁거렸다.

놀랍게도 진산월이 발출한 검광들이 수많은 칼날들을 짚단처럼 잘라 버리며 무서운 기세로 확산되어 가는 것이다. 숫자는 고진의 검에 비할 바가 아니었지만, 검광 하나하나에 담긴 기운이 훨씬 더 강력한 것이 틀림없었다.

더욱 놀라운 일은 그 직후에 벌어졌다. 검광에 잘려 사라졌던 칼날들이 되살아나며 흔들리는 듯하던 고진의 검이 처음의 위세 그대로 진산월을 향해 짓쳐 들었던 것이다.

누가 보기에도 진산월의 몸이 수많은 칼날에 철저하게 짓이겨져 버릴 것만 같았다.

절체절명의 순간, 사방으로 확산되었던 수십 가닥의 검광들이 하나로 모여들며 이내 거대한 기둥처럼 변해 버렸다. 그 검광의 숫자가 서른두 개에 달한다는 것을 알아챈 사람은 거의 없었다.

유운검봉의 최고 경지인 유운삼십이봉(流雲三十二峯)이 강호 무림에 처음으로 그 모습을 드러낸 것이다.

꽈르르릉!

거대하게 변한 검광과 칼날의 바다가 정면으로 격돌하며 우레와 같은 벽력음이 터져 나왔다. 주위 사방이 온통 경기에 휩싸이며 부서진 돌조각과 흩날리는 먼지로 인해 아무것도 보이지 않게 되었다.

주위의 공기가 일제히 터져 나가는 듯한 가공할 압력이 무섭게 휘몰아치며 우적지 일대가 폐허처럼 변해 버렸다.

심지어는 비무가 벌어지는 곳에서 십 장 밖에 위치해 있던 작은 정자마저 그 압력을 이기지 못하고 그대로 무너지고 말았다. 오랜 세월 동안 명승으로 유명한 우적지 한쪽에서 아름다움을 자랑하고 있던 정자가 힘없이 허물어지는 광경은 많은 무림인들에게 무언지 모를 상징적인 의미를 전하고자 하는 것 같았다.

중인들은 눈을 부릅뜨고 장내를 뚫어지게 바라보았다. 자욱하게 뒤덮였던 먼지와 돌조각들이 점차로 가라앉으며 장내의 광경이 조금씩 드러나기 시작했다.

"으음!"

누군가의 입에서 도저히 억누르지 못하는 듯한 낮은 신음성이 흘러나왔다.

먼지가 걷히며 드러난 광경은 중인들의 예상을 뛰어넘는 것이었다.

거대한 암반으로 이루어진 바닥은 완전히 뒤집힌 채 수많은 칼자국이 종횡으로 나 있어 그야말로 폐허를 보는 것 같았다. 그 폐허의 한가운데 우뚝 서 있는 사람은 오직 한 명뿐이었다.

"아아……! 신검무적이다! 신검무적이 승리했다!"

"신검무적 만세!"

지금까지와는 비교도 할 수 없을 만큼 거대한 함성이 주위를 뒤흔들었다. 모든 사람들이 고함을 지르고 손이 부서져라 손뼉을 쳐 댔다.

진산월은 주위의 엄청난 환호에 아랑곳하지 않고 자신의 손을 내려다보고 있었다.

용영검을 쥐고 있는 오른손이 피로 얼룩져 있었다. 비단 오른손뿐만이 아니었다. 전신에 크고 작은 검흔들이 수십 개가 나 있었고, 이마에도 검날이 스쳐서 뜨거운 핏물이 뺨을 타고 흘러내리는 느낌이 생생하게 전해지고 있었다.

그래도 그는 승리했다.

정말 치가 떨리도록 무서운 상대의 검초를 격파하고 최후의 승자가 된 것이다.

그가 이길 수 있었던 것은 순전히 검정중원 때문이었다.

비록 검정중원을 펼친 것은 아니었으나, 검정중원을 익히기 위해 고심했던 그 많은 시간들이 그로 하여금 상대의 검해와 같은 일 초를 감당할 수 있게 해 주었다.

그렇다. 고진의 검은 검해라는 말이 딱 어울리는 것이었다.

마치 광활한 검의 바다를 보는 듯한 그 검초에는 실로 다양한 수법과 변초들이 숨어 있었다. 검정중원을 완성하기 위해 수많은 검초들을 연구해 보지 못했다면 그 엄청난 변화의 홍수에 파묻혀 질식해 버리고 말았을 터였다.

자신 또한 고진의 검과 비슷한 과정을 밟아 왔기에 그러한 검초의 홍수 속에 숨어 있는 작은 틈을 발견할 수 있었던 것이다.

그것은 정말 실낱같이 미세한, 아주 작은 틈이었다.

검해는 하나인 것 같았지만 사실은 두 개의 서로 다른 성질로 이루어져 있었다. 하나가 심해(深海)를 보는 듯 거대한 힘을 담은 웅장하기 이를 데 없는 것이었다면, 다른 하나는 폭풍우 치는 바다 위의 격랑처럼 거칠고 난폭한 것이었다.

그 두 성질은 비슷한 것 같으면서도 서로 분명하게 달랐고, 그 때문에 하나로 완전하게 합쳐지지 못했다.

언뜻 완벽한 것처럼 보였던 검해 속에 숨겨져 있는 아주 미묘하고 조그마한 뒤틀림!

그 뒤틀림을 향해 유운삼십이봉을 하나로 모아 쑤셔 넣자 실낱같았던 뒤틀림은 점차로 커져서 마침내 바다 전체를 가르는 거대한 균열이 되고 말았다.

진산월의 고개가 조금씩 들리며 전면의 한 곳으로 시선이 움직였다.

그에게서 불과 일 장 떨어진 곳에 하나의 시신이 길게 누워 있었다.

그 시신은 고진의 것이었다. 형산파 최초의 육결검객이 자신이 흘린 피바다 속에 누워 있는 것이다.

우습게도 그의 몸에 나 있는 검흔은 오직 하나뿐이었다. 진산월이 수십 개의 검흔 때문에 온몸이 피투성이가 되어 있는 것과는 달리, 그는 가슴에 작은 구멍 하나가 뚫려 있을 뿐이었다. 그럼에도 그 구멍에서 흘러나오는 피는 진산월이 흘린 피보다 훨씬 많아서 작은 피 웅덩이를 만들어 낼 정도였다.

그 피 웅덩이 속에 잠겨 있는 고진의 몸은 싸늘하게 식어 있었고, 그의 손에 쥐어져 있던 냉염신검 또한 빛을 잃고 바닥 한쪽에 아무렇게나 떨어져 있었다.

삼십이봉이 하나로 합쳐진 유운검봉의 위력은 진산월도 완벽하게 통제할 수 없을 정도로 강력한 것이어서 고진의 검초를 파훼한 검봉이 그의 가슴을 꿰뚫는 것을 알면서도 검을 멈출 수가 없었다. 그만큼 진산월로서도 전력을 다한 일격이었다.

형산파의 진형에서 누군가가 나오다가 이내 몸을 멈춰 세웠다.

고진이 이미 숨이 끊어졌음을 알아차린 모양이었다.

진산월은 문득 고개를 들어 그 사람을 바라보았다. 평상시와는 달리 딱딱하게 굳어 있는 용선생의 얼굴이 시야에 들어왔다.

늘 혈색이 좋았던 용선생의 안색은 보기에도 안타까울 정도로 창백하게 핼쑥했다. 그는 피바다 속에 식어 가고 있는 고진의 몸을 한참 동안이나 쳐다보다가 진산월에게로 시선을 돌렸다.

두 사람의 시선이 잠시 허공에서 마주쳤다.

진산월은 이내 그를 향해 살짝 고개를 숙이고는 몸을 돌렸다. 그의 몸이 멀어질 때까지도 용선생은 미동도 않고 그 자리에 가만히 선 채 그의 뒷모습을 바라보고 있었다.

돌아서는 진산월의 뒷모습에서 시선을 떼지 않는 자는 용선생뿐만이 아니었다.

교리 또한 좀처럼 시선을 다른 곳으로 옮기지 않고 있었다.

귀호가 그의 눈치를 슬쩍 살피며 조심스럽게 입을 열었다.

"아무리 보아도 신검무적이 펼친 건 검정중원이 아닌 것 같네."

교리는 묵묵히 고개를 끄덕였다.

귀호는 입을 다셨다.

"쩝. 이번에도 결국 검정중원을 보지 못했군. 검정중원을 쓰지 않고도 형산파의 육결검객을 꺾다니, 과연 강호제일검객이라 할 만하지 않은가?"

교리는 여전히 아무 말이 없었다.

귀호는 아랑곳하지 않고 계속 입을 놀려 댔다.

"최강의 검학이라는 검정중원을 보지 못한 것이 아쉽긴 했지만, 정말 멋진 격전이 아니었나? 비록 몇 초 싸우지는 않았지만, 고진의 검초도 그렇고 신검무적의 반격도 그렇고 실로 놀라운 무학들이었네."

"……."

"저런 무공들을 볼 수 있다는 것만으로도 이번에 무당산까지 달려온 것은 헛된 일이 아니었다고 생각하네. 자네도 그렇게 생각하지 않나?"

"……."

교리가 계속 침묵을 지키고 있자 귀호가 달래는 듯한 음성으로 말했다.

"너무 기분 나빠 하지 말게. 모르긴 해도 오늘 그들이 사용한 수법들은 결코 검정중원의 아래가 아니었을 걸세. 그런 무공들을 두 개나 보았다는 걸로 충분하지 않겠나?"

문득 교리가 그를 돌아보았다.

"기분 나쁘다니? 내가 왜 기분 나빠 한단 말인가?"

그의 반문에 귀호의 눈이 크게 뜨여졌다.

"검정중원을 보지 못한 실망감 때문에 꽁해 있었던 게 아니란 말인가?"

"그건 조금 아쉽긴 했지만, 기분 나빠 할 일은 아니지."

"그럼 대체 왜 그런 표정으로 멍하니 있었나?"

"생각할 게 있어서 말이지."

"무슨 생각?"

"노괴물이 어떤 표정을 지을까 궁금해서……."

"노괴물이라니?"

귀호가 황급히 물었으나 교리는 빙글거리며 그의 눈을 빤히 응시했다.

"시치미 떼긴. 자네도 짐작하고 있으면서."

"그게 무슨 말인가? 내가 짐작하고 있다니?"

"그렇게 어색해할 필요 없네. 그 정도야 자네가 동행하자고 달라붙었을 때부터 이미 알고 있던 일이었으니."

이번에는 귀호가 입을 다물었다. 머릿속이 복잡한지 그의 눈빛이 여러 차례 변했다.

교리는 그런 건 신경도 쓰지 않는지 허공을 올려 보며 혼잣말처럼 조용한 음성으로 중얼거렸다.

"자신의 수작이 헛수고가 된 걸 알게 된 노괴물의 표정이 보고 싶긴 한데, 그가 다음에 어떤 수를 쓸지 잘 예측이 가지 않는단 말이야. 틀림없이 둘 중 하나일 텐데."

"……."

"그나저나 용선생도 딱하게 됐군. 문파와 아끼는 조카를 위해서 스스로 그 고매한 머리를 숙이기까지 했는데, 그게 모두 무용지물이 됐으니 말이야."

교리는 그때까지도 말없이 자신을 보고 있는 귀호를 슬쩍 돌아보더니 이내 다시 피식 웃었다.

"왜 그런 표정으로 나를 보고 있나?"

귀호는 평상시와는 달리 심각한 표정으로 물었다.

"그런 말을 내가 들어도 상관이 없나?"

"왜? 내가 너무 조심성 없게 중얼거린 것 같나?"

"그게……."

귀호는 무어라고 말하려 했으나, 이내 입을 다물었다. 지금까지 중요한 일에는 철통 같은 방어를 해 오던 교리가 갑작스럽게 허술한 면을 보이자 갑자기 불안한 생각이 들었던 것이다.

그의 그런 짐작은 정확하게 맞아떨어졌다.

교리가 그를 향해 눈을 찡긋거리며 작별 인사를 고했던 것이다.

"이별 선물이라고 생각하게. 우리의 동행은 여기까지로 하세. 자네와 다니는 건 조금 신경 쓰이긴 했지만, 여러모로 재미있는 경험이었네."

"자네……."

"너무 걱정하지 말게. 자네 쪽에서 먼저 규칙을 어기지 않는 한, 내가 손을 쓰는 일은 없을 거야. 그럼 다음에 또 보도록 하세. 인연이 있다면 말이지."

귀호가 말릴 사이도 없이 교리는 몸을 돌려 사람들 사이로 사라져 갔다. 별로 빠른 것 같지 않은데, 숨 한 번 내쉴 사이에 이미 그의 모습은 어디에도 보이지 않았다.

귀호는 한동안 그 자리에 못 박힌 듯 서 있다가 홀연 무거운 한숨을 내쉬었다.

"흐음."

그는 세상의 모든 고민을 혼자 짊어진 사람처럼 침울한 얼굴로 한참 동안이나 서성거리며 깊은 상념에 잠겨 있었다. 주위를 뜨겁게 달구었던 사람들이 대부분 떠나갈 때도 그는 그 자리에 선 채 여전히 움직일 줄을 몰랐다.

제 326 장

종남조신(終南早晨)

제 326 장 종남조신(終南早晨)

종남산의 아침은 언제나 신선하다.

오늘은 유달리 공기가 맑고 쾌청한 날이었다.

전풍개는 잠시 창괄한 하늘을 올려다보다가 문득 손으로 가슴을 문질렀다.

차가운 공기를 들이마시면 가슴 한구석에서 시큰한 통증이 느껴졌다. 초가보와의 혈전 당시에 현음상인 냉구유의 현음강기에 당한 상처가 아직도 완전하게 낫지 않은 탓이었다.

제갈외의 신기에 가까운 의술로도 완치시킬 수 없을 만큼 현음강기의 후유증은 지독한 것이었다. 그것은 현음강기 자체가 워낙 음독(陰毒)한 것이어서 골수에 파고든 음기를 완전히 뽑아내기 어렵기 때문이기도 했지만, 전풍개의 몸이 전성기처럼 젊고 회복이 빠르지 않다는 게 더 컸다.

그래서 날씨가 춥거나 오늘처럼 공기가 차가운 날이면 전풍개는 늘 가슴 부위에 시큰한 통증을 느끼곤 했다. 전풍개는 그것조차도 처절한 싸움을 승리로 이끈 대가라 생각하고 기꺼운 마음으로 감수했으나, 오늘은 유난히 공기가 맑고 차가워서인지 가슴 부위의 통증이 평상시보다 심한 것 같았다.

한동안 가슴을 문지르던 전풍개의 고개가 한쪽으로 돌려졌다. 언제 나타났는지 한 사람이 조금 떨어진 곳에서 그를 가만히 지켜보고 있었다.

전풍개는 그 사람이 소지산임을 알아보고 눈살을 살짝 찌푸렸다.

"언제부터 와 있었던 게냐?"

소지산은 공손하게 머리를 조아렸다.

"방금 도착했습니다."

전풍개는 잠시 그를 바라보다 고개를 끄덕였다.

"네가 그렇다면 그런 것이겠지. 무슨 일이냐?"

"노 사숙께서 서신을 보내오셨습니다."

전풍개의 눈초리가 슬쩍 올라갔다.

"이젠 이 늙은 사숙을 찾아올 시간도 없다는 말이지?"

전풍개가 비아냥거렸으나, 소지산은 흐트러짐 없는 표정으로 조용히 대답했다.

"장안의 사정이 급박하게 돌아가는 바람에 노 사숙께서 직접 움직이기에는 어려움이 있는 모양입니다."

전풍개의 눈빛이 조금 굳어졌다.

"설마 바깥출입도 못할 정도로 사태가 악화되었단 말이냐?"

"직접적인 위해는 없었지만, 상대가 상대다 보니 노 사숙께서 행동 하나하나에 신중을 기하시는 것 같습니다."

"상대가 누구인데 세상 무서운 줄 모르던 그놈이 몸을 사린단 말이냐?"

"검단현이란 자입니다."

소지산의 말에 전풍개의 표정이 확 변했다.

"검단현? 철혈매화 검단현이 화산을 내려왔단 말이냐?"

"그렇습니다."

전풍개는 사나운 눈으로 허공을 쏘아보았다.

"그 죽일 놈이 결국 다시 나타났군. 그놈을 내려보냈다는 건 화산파에서 이번에 어떤 식으로든 결판을 내려 한다는 뜻이겠지?"

"……."

소지산은 그 말에 아무 대답도 하지 않았으나, 그가 부인하지 않은 것은 묵언(默言)의 시인이나 마찬가지였다.

그만큼 종남파 고수들에게 검단현은 금기시되는 인물이었다. 종남파를 멸문시켜야 한다고 부르짖다 영어(囹圄)의 몸이 되었던 인물이 되살아나 화산파의 선봉에 섰으니 종남파 고수들로서는 경각심을 갖지 않을 수 없었다.

전풍개의 눈에 한 줄기 불안한 빛이 어른거렸다.

"그 녀석이 잔머리가 많고 수단이 좋기는 하지만, 검가 놈에 비하면 무공이 현격히 떨어지는데 감당해 낼 수 있을 것 같으냐?"

소지산은 침묵을 지키다가 솔직하게 대답했다.

"제자로서는 잘 모르겠습니다."

소지산은 검단현에 대해서는 임장홍이 살아 있을 때부터 몇 차례 말을 들었지만, 그가 어떤 인물인지는 아직 제대로 알지 못했다. 그가 장안의 화산파 고수들을 지휘하는 책임자가 되었다는 소문을 들은 후 그에 대해 수소문했지만, 워낙 오래전에 활약했던 인물인지라 정확한 정보를 얻기 힘들었다. 다만 검단현이 활동할 당시에 서안은 물론이고 섬서성 일대에서 철혈매화라 불리며 무서운 명성을 떨쳤다는 사실만 재차 확인했을 뿐이었다.

당시 검단현은 악랄하리만치 집요한 성격과 치밀한 일 처리, 그리고 잔혹한 손속으로 모든 사람들을 두려움에 떨게 했다. 그런데 지금 전풍개의 반응을 보니 그의 무공 또한 놀라운 수준임이 분명해 보였다.

이십 년 전에 전풍개로 하여금 경각심을 갖게 할 정도의 고수였다면 지금은 얼마나 뛰어난 실력을 지니고 있을까? 소지산은 갑자기 가슴이 세차게 뛰었다.

그것은 미지에 대한 두려움이기도 했고, 강자를 꺾고 싶다는 호승심이기도 했으며, 묵묵히 수련에만 힘써 온 자신의 실력을 확인하고 싶다는 간절함이기도 했다.

전풍개는 생각에 잠겨 있는 소지산의 얼굴을 가만히 쳐다보았다.

소지산은 머리를 뒤로 단정히 묶었고, 의복 또한 먼지 한 점 없이 깨끗했으며, 피부도 탄력이 있고 혈색이 좋아 보였다. 처음 그를 보았을 때의 추레하고 헝클어진 모습과는 딴판이어서 사람이 달라진 것 같았다.

하나 전풍개는 그의 본령이 예전과 조금도 달라지지 않았음을 잘 알고 있었다.

그때도 소지산은 자신의 부족한 실력을 메우기 위해서 불편한 한쪽 팔을 아랑곳하지 않고 수련에 매진했고, 지금도 그때와 마찬가지로 매시간 수련을 소홀히 하지 않았다. 검에 대한 열정은 전풍개가 지금까지 보아 온 누구보다 못지않았으며, 그에 따라 무공의 진경(進境) 또한 눈부실 정도였다.

지금의 단정하고 정갈한 모습은 모두 그의 정혼녀인 방취아가 매일 아침마다 극성스러울 정도로 꾸며 주었기 때문이었다. 그녀가 아니었다면 소지산은 지금도 남루한 옷을 입고 외모에 전혀 신경을 쓰지 않았을 것이다. 그만큼 그는 무공을 익히는 데 자신의 모든 심력을 아낌없이 바치고 있었다.

게다가 얼마 전에 노해광이 비밀리에 찾아왔다 간 후에는 내공의 상승 또한 두드러질 정도여서 전풍개조차도 지금은 그의 무공이 어느 정도인지 정확한 판단이 서지 않았다.

꾸준히 앞을 향해 정진해 온 그를 옆에서 줄곧 지켜봐 왔기에 그에 대한 전풍개의 믿음은 상당한 것이었다. 그래서 전풍개는 희미하게 싹터 올랐던 불안감을 간신히 억누를 수 있었다.

'최악의 경우라도 이 녀석이라면 검단현, 그놈을 막을 수 있을 것이다.'

빠르게 마음을 추스른 전풍개는 이윽고 소지산을 향해 한결 차분해진 음성으로 물었다.

"노해광이 무어라고 서신을 보내왔느냐?"

"노 사숙께서는 만약의 사태에 대비해서 본 파의 경계를 좀 더 철저히 할 것을 당부하셨습니다."

"만약의 사태라……. 하긴 검단현, 그 미친놈이 수틀리면 무슨 수작을 부려 올지 모르지."

지금까지 서안에서의 싸움은 철저하게 노해광과 화산파의 대리전 형상이었다. 종남파에서도 본격적으로 나서지 않았고, 화산파 또한 은밀히 고수들을 지원해 줄지언정 노골적으로 적의를 드러내지는 않았다.

하나 검단현이 전면에 나선 이상 언제 그들이 종남파를 향해 검을 휘둘러 올지 아무도 장담할 수 없는 상황이 되고 말았다.

검단현은 그만큼 과격하고 거친 인물로 알려져 있었다. 화산파에서 그런 그를 중용했다는 것은 종남파에 대한 지금까지의 대응 방식을 바꾸겠다는 신호나 마찬가지였다.

"다른 말은 없었느냐?"

"상황이 이렇게 된 것에 대해 진심으로 송구스럽게 생각한다고 하시더군요."

전풍개는 나직하게 코웃음을 쳤다.

"흥! 그 녀석이 하는 게 다 그렇지. 아무려면 화산파를 상대하는 데 자기 뜻대로 모든 일이 술술 풀리리라고 생각했단 말이냐? 바보 같은 녀석."

소지산은 퉁명스런 음성을 내뱉는 전풍개를 조용한 눈으로 응시하다가 물었다.

"노 사숙께 답신을 보내려 하는데, 특별히 전하실 말씀이라도 있으신지요."

전풍개는 골똘히 상념에 잠겨 있다가 입을 열었다.

"본 파에는 신경 쓰지 말라고 전해라. 어차피 화산파와는 언제고 한 번은 부딪힐 일이었다."

"그렇게 전하겠습니다."

전풍개는 문득 생각난 듯 불쑥 물었다.

"노해광이 서신을 보내온 자가 누구냐?"

"지일환이라는 자입니다."

전풍개의 뇌리에 얍삽하게 생긴 쥐 눈의 장한이 떠올랐다. 그의 눈살이 절로 찌푸려졌다.

"상로객인지 뭔지 하는 도둑놈 말이냐? 왜 하필이면 그런 놈을 전서인(傳書人)으로 쓴단 말이냐? 주위에 사람이 그렇게 없단 말이냐?"

상로객 지일환은 눈치가 비상하고 몸이 날래서 중요한 편지를 전하는 일을 맡기기에는 더할 수 없이 적합한 인물이었다. 소지산도 그를 몇 번이나 보았기에 그 점을 잘 알고 있었으나, 굳이 아무런 대답을 하지 않았다.

"그놈을 불러와라."

전풍개의 명령에 소지산은 두말하지 않고 공손히 머리를 조아리고 물러났다.

잠시 후 소지산을 따라온 지일환의 얼굴에는 못마땅한 표정이 역력했다. 하나 멀리 전풍개의 모습이 보이자 가만히 있지 못하고 연신 불안한 눈으로 주위를 두리번거리는 것이었다.

전풍개는 힐끔 그를 쳐다보더니 버럭 소리를 질렀다.

"냉큼 이리 오지 못하고 뭐 하는 게냐?"

그 호통에 지일환은 화들짝 놀라 쏜살같이 전풍개의 앞으로 달려와서 넙죽 허리를 숙였다.

"부르셨습니까, 전 대협."

제대로 시선조차 마주치지 못하는 지일환의 한심한 모습에 전풍개는 잔뜩 인상을 찡그렸으나 이내 차가운 음성을 내뱉었다.

"네가 장안 일대의 지리에 대해서 그렇게 잘 알고 있다고?"

지일환은 전풍개가 칼날같이 예리한 시선으로 자신을 쓰윽 훑어보자 전신이 빙굴 속에 빠진 듯한 기분이 들어 절로 오한이 일었다.

'제길. 오늘 일진이 어째 뒤숭숭하다 했더니 이 노괴를 보게 될 줄이야.'

속으로는 연신 투덜거리면서도 지일환은 정중하게 허리를 숙이며 대답했다.

"남들만큼은 알고 있습니다."

"제법 자신만만하구나. 요새 몸이 영 찌뿌둥하여 온천을 하고 싶구나. 화청지(華淸池) 말고 쓸 만한 온천이 어디에 있느냐?"

뜻밖의 말에 지일환은 약간 의아한 얼굴로 그를 올려다보았다.

서안에는 몇 개의 온천이 있지만, 그중 어느 곳도 화청지를 능가하는 곳은 없었다. 양귀비가 자주 사용했다고 하여 유명해진 화청지는 위치도 좋고 온천 자체도 거대했지만 황실에서 주로 사용하는지라 일반 사람들은 출입을 할 수가 없었다.

게다가 전풍개 또한 서안에서 오래 살아온 인물이라 온천에 대해서는 잘 알고 있을 텐데, 굳이 자신을 불러 물어보는 게 잘 이해되지 않았던 것이다.

전풍개의 눈빛이 다시 날카로워지자 지일환은 움찔하여 황급히 입을 열었다.

"요즘은 수세관(愁洗館)과 열천원(熱泉園)이 가장 쓸 만하다고 합니다."

"흠. '시름을 씻는다' 라……. 수세관이 좋겠군."

한쪽에서 묵묵히 그 말을 듣고 있던 소지산이 조용한 음성으로 물었다.

"수세관으로 가시렵니까?"

"그럴 생각이다."

전풍개가 주저하지 않고 고개를 끄덕이자 소지산의 뇌리에 순간적으로 의문이 떠올랐다.

지금까지 종남파에서 꼼짝도 않고 있던 전풍개가 갑작스레 온천행을 결심한 것이 이상했던 것이다. 더구나 노해광이 일부러 서신까지 보내 주의를 당부한 마당에 종남파를 떠나 풍운이 일고 있는 서안으로 출행(出行)한다는 것이 마음에 걸렸다.

하나 소지산은 전풍개를 말리지 않았다. 굳게 다물어진 전풍개의 입술과 번뜩이는 눈을 보는 순간, 아무리 만류한다 해도 그의 생각을 바꿀 수 없다는 것을 깨달았던 것이다.

소지산은 공손히 머리를 숙였다.

"준비하겠습니다."

"너도 가려느냐?"

"당연히 제가 사숙조를 곁에서 모셔야 하지 않겠습니까?"

"그럼 본 파는 누가 지킨단 말이냐?"

"……."

"조금 전에도 노해광이 서신까지 보내 본 파의 경비를 더 힘쓰라고 하지 않았느냐? 너는 본 파를 지키고 있도록 해라."

전풍개의 천연덕스런 말에 소지산은 표정도 바꾸지 않고 차분한 음성으로 말했다.

"그럼 방화를 데려가시지요."

"방화를?"

"얼마 전에 유운검법의 기본노수(基本路數)를 모두 익혔습니다. 이제는 곧 본격적인 수련에 들어가야 하는데, 그 전에 온천에서 잠시 심신을 정양하게 하는 것도 좋을 듯합니다."

"흠."

전풍개는 잠시 소지산의 얼굴을 응시했으나, 소지산은 전혀 표정의 변화가 없었다. 전풍개은 어쩔 수 없다는 듯 입맛을 다시더니 고개를 끄덕였다.

"조용히 다녀오려 했는데, 네가 그렇게까지 부탁하니 어쩔 수 없구나. 방화를 준비시키도록 해라."

"알겠습니다."

소지산은 정중하게 머리를 조아려 인사를 하고는 이내 몸을 돌렸다. 그때 그의 뇌리 속에는 철혈매화 검단현이 장안 동대가(東大街)의 어딘가에 숨어서 화산파의 고수들을 암중으로 지휘하고 있다는 소문이 떠올랐다.

수세관은 그 동대가의 한복판에 위치해 있었다.

방화는 가슴 가득 숨을 들이마셨다. 신선한 공기가 폐 속 깊숙이 차오르자 정신이 맑아지며 기분이 고양되었다.

그제야 비로소 머리가 제대로 굴러가는 것 같았다.

방화는 힐끔 옆을 돌아보았다.

전풍개는 특유의 강팍한 얼굴을 전면에 고정시킨 채 묵묵히 걸음을 옮기고 있었다. 보면 볼수록 차갑고 고집이 세어 보이는 얼굴이었다. 그럼에도 그를 응시하는 방화의 눈에는 선망과 존경의 빛이 가득 담겨 있었다.

전풍개는 육십이 훨씬 넘은 노구임에도 불구하고 지금도 종남파의 누구보다도 일찍 자리에서 일어났고, 단 하루도 무공 수련을 게을리하지 않았다. 초가보와의 격전에서 입은 내상이 완쾌되지 않아 몸이 불편할 텐데도 단 한 번도 그것을 내색하지 않고 항상 솔선수범하여 수양에 힘써 왔다.

그의 그런 모습을 옆에서 줄곧 지켜보아 온 종남파의 제자들이 어찌 그를 존경하지 않을 수 있겠는가?

입이 거칠고 표정이 싸늘해서 쉽게 다가갈 수는 없어도 종남파를 위하는 그의 마음이 얼마나 뜨겁고 충실한지는 모두들 너무도 잘 알고 있었다. 장문인이 오랫동안 자리를 비운 상태임에도 종남파가 전혀 흔들리지 않고 튼튼히 내실을 다질 수 있는 것도 전풍개가 존장(尊長)으로서 문파의 중심을 확실하게 잡아 주고 있기 때문이었다.

그런 전풍개와 단둘이 동행하게 되었으니 방화로서는 설레고 기쁘면서도 마음 한편으로는 불안하지 않을 수 없었다. 혹시라도 자기가 실수하여 전풍개의 마음을 상하게 하지 않을까 걱정스러웠던 것이다.

더구나 요즘 장안 일대에서 노해광 사숙조와 화산파 고수들 사이의 다툼이 점차 심화되어 상당한 사상자가 났다는 소문을 들었기 때문에 더욱 우려하지 않을 수 없었다. 만에 하나 전풍개의 신상에 작은 변(變)이라도 일어난다면 자신은 도저히 고개를 들고 다른 사람을 볼 면목이 없을 것이다.

방화는 지그시 입술을 깨물었다.

'무슨 일이 있더라도 태사조님의 털끝 하나 상하게 하지 않을 것이다.'

유난히 준수한 그의 얼굴에 한 줄기 결연한 빛이 떠올랐다.

여인의 피부처럼 새하얗고 선이 가는 이목구비 때문에 장승표에게 늘 백면서생(白面書生) 같다고 놀림을 받기도 했지만, 몇 달 동안의 고련을 겪어서인지 지금의 방화는 한층 더 남자다워지고 씩씩한 소년 무사가 되어 있었다. 그래서인지 항상 그를 함부로 대하던 서문연상의 태도도 예전보다는 한결 얌전해진 것 같았다.

문득 전풍개의 시선이 그에게로 향했다.

"유운검법의 기본노수를 모두 익혔다고?"

방화는 혼자만의 생각에 잠겨 있다가 퍼뜩 정신을 차리고 힘차게 고개를 끄덕였다.

"예, 다행히 사부님의 도움으로 간신히 이룰 수 있었습니다."

"유운검법은 변화가 무쌍한 만큼 응용법이 다양해서 기본식을 얼마나 잘 변용할 수 있느냐에 따라 그 위력이 천양지차를 이룬다. 그러니 그 점을 명심해서 변초(變招)의 습득에 신경을 쓰도록 해라."

"명심하겠습니다."

"오늘은 모처럼 몸을 쉬기 위해 나온 것이니 그렇게 긴장해 있을 필요가 없다. 편안히 있도록 해라."

"예, 태사조님."

대답과는 달리 방화는 여전히 긴장을 늦추지 않은 모습이었다.

전풍개는 연신 날카로운 눈으로 주위를 두리번거리고 있는 방화를 힐끔거리다가 이내 한쪽으로 시선을 슬쩍 돌렸다. 상당한 기운을 지닌 자들 몇이 그들에게서 제법 떨어진 곳을 어른거리고 있었다. 종남파를 떠날 때부터 느낀 기운들이었다.

'수신대라 했던가? 이 녀석 하나를 위해서 저렇게 헌신하다니 참으로 무던한 놈들이로다.'

전풍개의 입가에 고졸한 미소가 떠올랐다.

'방화를 데려가라고 할 때 짐작하긴 했는데, 이토록 노골적으로 따라붙을 줄은 몰랐군.'

수신대는 방화의 부친인 초가보주 초관의 수하들로, 초관은 초가보가 무너질 때 자신의 의제(義弟)이며 수신대의 대장인 혈화창 우문화룡에게 유일한 피붙이인 방화를 부탁하고 숨을 거두었다. 우문화룡은 방화를 찾아 서안 일대를 뒤지고 다니다가 방화가 종남파에 들어간 것을 알고는 정체를 감춘 채 종남파를 찾아왔고, 결국 정체가 드러나자 수신대원과 자신을 거두어 줄 것을 간청했다.

소지산과 노해광은 고민 끝에 그들을 식객으로 받아들였는데, 우문화룡이 노해광을 돕기 위해 서안으로 간 반면에 대부분의 수신대원들은 종남파에 조용히 머물러 있었다.

그런데 방화가 전풍개의 시중을 들기 위해 종남파를 벗어나자 어느새 그들 중 상당수가 은밀히 그 뒤를 따르고 있었던 것이다.

소지산이 굳이 전풍개에게 방화를 동행하라고 했던 것도 수신대원들이 방화를 지키기 위해 움직일 것을 염두에 두었기 때문이었다.

수신대원들 개개인의 무공은 전풍개에 비할 바가 아니지만, 수신대라는 명칭대로 주변의 뜻하지 않은 위협으로부터 누군가를 보호하는 역할로는 가히 최고의 실력자들이었다. 게다가 전풍개만큼 뛰어난 수준은 아니어도 모두들 상당한 무공을 익힌 고수들이어서 위기의 상황에서 적지 않은 도움이 될 수도 있었다.

수세관은 상당히 큰 규모를 자랑하는 온천이었다. 크고 작은 욕탕이 수십 개 있었고, 특히 조용히 온천욕을 즐길 수 있는 별실이 여러 채 있어서 서안의 상류층들이 곧잘 이용하고는 했다.

전풍개는 제법 커다란 욕탕이 있는 별실 하나를 얻었다. 방화의 우려와는 달리 온천욕을 즐길 때까지 별다른 일은 일어나지 않았다.

별실은 제법 잘 가꾸어진 작은 정원이 있었고, 그 한편에 지붕과 벽을 나무로 만든 욕탕과 옷을 갈아입거나 잠시 쉴 수 있는 두 개의 방이 있었다.

방화는 전풍개를 지척에서 호위해야 하기에 욕탕 밖의 방에서 대기하려 했으나, 전풍개의 재촉에 어쩔 수 없이 자신도 탈의하고 탕 안으로 들어갔다.

수려한 외모답지 않게 제법 탄탄한 방화의 몸을 보고 전풍개는 내심 고개를 끄덕였다. 열심히 수련한 흔적을 생생하게 알아볼 수 있었던 것이다. 특히 어깨 부위의 근육이 잘 발달한 것이 인상적이었다.

방화는 방화대로 전풍개의 노인답지 않은 건장한 몸과 여기저기에 나 있는 크고 작은 상처에 적지 않게 놀라고 있었다. 그 상처의 대부분은 검흔(劍痕)으로, 그중에서도 옆구리에서 아랫배까지 길게 그어져 있는 상처가 유난히 시선을 끌었다. 마치 지렁이가 지나간 듯 손가락 굵기로 나 있는 상처는 그 주위가 톱날에 잘려나간 것처럼 거칠기 짝이 없었다.

방화의 눈이 자신의 아랫배 상처에 쏠려 있는 것을 알아차렸는지 전풍개의 손이 아래로 내려가 그 상처들을 느릿느릿 쓰다듬었다.

"이 상처가 궁금하냐?"

방화는 조심스럽게 입을 열었다.

"죄송합니다. 무척 오래된 상처 같은데 아직도 그 흔적이 너무 생생하게 남아 있어서 조금 의아한 생각이 들었습니다."

전풍개의 얼굴에 잠시 씁쓸한 표정이 떠올랐다.

"일정 수준 이상의 실력을 지닌 검객의 검기에 당하면 아무리 오랜 세월이 흘러도 그 상처가 완전히 가시지 않는다. 이 상처도 이십 년이 훨씬 넘은 것인데, 아직도 몸이 허해지거나 기력이 달리면 상처 부위가 아려 오곤 하지."

상처를 따라 손을 움직여 가는 전풍개의 표정이 너무나 무거워서 방화는 달리 무어라고 대답할 말이 없어 입을 다물었다가 문득 무언가를 느낀 듯 눈을 크게 떴다.

"이십여 년 전이라면 혹시……."

"그래. 이게 바로 사공표의 칠살검법에 당한 흔적이다. 이것 외에도 모두 열다섯 군데에 그놈의 검이 후비고 지나간 상처들이 남아 있지."

전풍개는 허공을 올려다보며 씹어뱉는 듯한 음성을 토해 냈다.

"그놈의 칠살검법에 당하면 이렇게 살이 거칠게 잘린다. 검기 자체에 사람의 몸을 파괴하는 지독한 기운이 담겨 있기 때문이지. 그런 검기가 눈에 보이지도 않을 속도로 빠르게 날아온다고 생각해 보거라."

"아……!"

방화는 사람의 몸을 갈가리 찢어 버릴 듯한 검이 무시무시한 속도로 자신을 향해 날아오는 광경을 상상하고는 자신도 모르게 살짝 진저리를 쳤다.

전풍개는 그런 방화의 두 눈을 똑바로 바라보았다.

"너는 앞으로 그런 검들을 상대해야 한다. 네가 뚫고 나가야 할 강호란 곳은 그보다 더욱 사납고 난폭한 놈들이 잔뜩 도사리고 있는 험지다. 나약한 마음을 먹어서는 그러한 전장(戰場)에서 결코 살아남지 못할 것이다."

방화의 이마에 땀이 잔뜩 돋아났다. 온천에서 흘러나오는 열기 때문만은 아니었다. 전풍개의 칼날같이 날카로운 시선 아래 몸을 떨고 서 있는 방화는 다시 예전처럼 겁 많고 소심한 소년으로 돌아간 것 같았다.

전풍개는 눈도 깜박이지 않고 더욱 강하고 거친 음성으로 다그치듯 말했다.

"겁이 나면 본산에 처박혀 산 아래로 내려오지 않으면 된다. 장문인의 성격상 일단 받은 제자는 특별한 결격사유가 없는 한 파문하지 않을 테니 언제까지고 본 파의 제자라는 이름을 뒤집어쓴 채 살 수 있겠지. 하나 그것을 진정으로 살아 있는 사람이라고 할 수 있겠느냐?"

"……."

"무인(武人)은 더더욱 아니지. 그리고 나는 그런 놈들을 본 파의 제자라고 생각하지도 않는다. 무릇 무인이란 자신의 검에 피를 묻히는 것을 두려워하지 않아야 한다. 그리고 자신의 피가 검에 묻는 것도 두려워해서는 안 된다. 그게 강호에서 한 자루 검에 목숨을 내걸고 살아가는 무림인(武林人)의 숙명이다. 그리고 본 파의 제자라면 당연히 무림인이 되어야 한다."

흔들리는 동공으로 허공을 멍하니 응시하던 방화는 이윽고 눈을 감았다. 유난히 기다란 속눈썹이 가늘게 떨리는 모습이 그의 지금 심정을 그대로 대변해 주는 것 같았다.

전풍개는 더 이상 아무 말도 하지 않고 가만히 그를 지켜보고

만 있었다.

졸졸졸…….

온천탕에서 흘러나오는 물이 한쪽으로 흘러가는 소리만이 적막한 주위에 조용히 들려오고 있었다.

한참 후에야 비로소 방화는 천천히 눈을 떴다. 그러고는 흔들림 없는 눈으로 똑바로 전풍개를 바라보며 어느 때보다 분명한 음성으로 말했다.

"저는 무림인이 될 겁니다. 그리고 누구보다 당당한 본 파의 제자가 되겠습니다."

전풍개는 별빛처럼 찬란히 빛나고 있는 방화의 두 눈을 뚫어지게 들여다보다가 이윽고 입가에 살짝 미소를 머금었다.

"노부도 그러리라고 믿는다."

뜨거운 온천욕을 마치고 알몸에 얇고 매끄러운 비단 장포 하나만을 걸친 채 욕탕 밖의 정원 그늘에 마련된 의자에 앉아 얼음이 동동 떠 있는 차가운 냉차를 즐기는 것은 별미 중의 별미였다.

이때만은 늘 냉막한 표정을 짓고 있던 전풍개의 얼굴도 모처럼 부드럽게 풀어져 있었다. 방화는 아직도 열기가 식지 않아 붉게 상기된 얼굴로 냉차를 홀짝거리고 있었는데, 전풍개의 면전이라 단숨에 들이켜고 싶은 마음을 억지로 참고 있는 모습이 역력했다.

그들이 있는 정원은 욕탕에서 대청으로 향하는 가운데 공간에 마련되어 있는 것이었는데, 그리 크지 않으면서도 나름대로 독특한 운치를 풍기고 있었다. 정원 한쪽에 늘어선 죽림(竹林)은 제법 울창해서 오후의 따가운 햇살을 가려 줄 뿐 아니라, 보기만 해도 청량감을 느낄 수 있을 정도로 경관도 좋아서 온천욕을 마친 상쾌한 기분을 더욱 고조시켜 주었다.

방화는 이런 상태로 오후의 한나절을 느긋하게 보내는 것도 제법 괜찮다는 생각이 들었다. 그러고 보니 이처럼 마음 편히 쉰 적이 언제인지 기억도 잘 나지 않았다.

지난겨울만 해도 집을 뛰쳐나와 뚜렷하게 갈 곳도 없어서 장안 일대를 서성거리던 자신이 아니었던가? 그러다 운 좋게 장문인을 만나 종남파에 입문하게 되었고, 그 후로는 아버지가 세운 초가보와 살 떨리는, 무시무시한 싸움을 벌여야 했다. 싸움이 끝난 후에는 아버지의 죽음에 일조했다는 죄책감 때문에 밤마다 깊은 잠을 자지 못하고 뒤척거려야 했으며, 그것을 잊기 위해서 무공 수련에 미친 듯이 몰두해야만 했다.

숙부인 우문화룡이 찾아온 후에는 그나마 마음속의 부담을 어느 정도 떨칠 수 있었으나, 그때부터는 사부로 모신 소지산에게서 혹독하리만치 매서운 수련을 받느라 한시도 쉴 틈이 없었다.

그런데 뜻하지 않게 태사조를 따라나선 장안행에서 온천욕을 하고 죽림의 시원한 그늘 아래서 냉차를 마시고 있으니 그야말로 호사도 이런 호사가 없었다.

'이런 맛에 온천욕을 하는구나.'

방화는 기회가 되면 사부인 소지산을 모시고 꼭 다시 이곳에 들러 보리라 결심했다.

장안의 유월은 무척이나 후덥지근한 날씨가 계속되는 계절인데, 온천욕을 하고 죽림 아래에서 시원한 바람을 맞고 있으니 전혀 더운 것을 느끼지 못했다.

쏴아아…….

때마침 불어오는 바람이 죽림을 스치며 지나가는 소리가 마치 소나기가 처마를 때리는 소리처럼 들렸다.

방화는 전풍개가 들고 있는 잔이 비어 있는 것을 보고는 새로운 잔을 따르려다 주전자가 빈 것을 깨달았다.

"좀 더 드시겠습니까?"

한 손에 찻잔을 든 채 의자에 깊숙이 파묻히듯 앉아서 조는 듯 마는 듯 두 눈을 지그시 감고 있던 전풍개는 천천히 눈을 뜨더니 자리에서 일어났다.

"됐다. 이제 그만 가 보도록 하자."

"예, 태사조님."

방화가 무심결에 전풍개를 따라 막 몸을 일으키려 할 때였다.

돌연 전풍개가 들고 있던 찻잔을 죽림 쪽으로 집어 던졌다.

땅!

요란한 음향과 함께 그가 던진 찻잔이 때마침 날아온 유엽비수(柳葉匕首)와 부딪혀 산산조각이 났다. 공교롭게도 그 박살 난 파편들이 몽땅 유엽비수와 함께 등장한 검은 복면인에게로 쏘아지듯 날아갔다.

검은 복면인은 유엽비수를 던짐과 동시에 맹렬한 속도로 죽림에서 뛰쳐나오다 찻잔의 파편 세례에 질겁하고 놀랐다.

"으헛!"

파편 대부분은 간신히 피했으나 일부에 격중당한 복면인은 한 차례 신형을 휘청거리다가 이내 다시 몸을 날렸다. 왼쪽 어깻죽지 부근 옷자락이 너덜너덜해지며 시뻘건 핏물이 흘러나왔으나, 복면인은 아랑곳하지 않고 전풍개를 향해 무서운 기세로 달려들었다. 그의 손에 들린 안령도(雁翎刀)에서 흘러나오는 섬뜩한 도광이 금시라도 정원을 피바다로 만들어 버릴 듯했다.

공교롭게도 전풍개와 방화는 모두 장검을 정원 입구에 있는 옷 갈아입는 곳에 두었기에 지금 당장은 알몸에 얇은 비단 장포만을 입고 있는 상황이었다. 이 수세관의 별실은 대청을 통해서만 정원과 욕탕으로 들어올 수 있기에 방화도 안심하고 병기를 정원 입구에 벗어 놓았는데, 죽림을 통해 숨어들어 온 암습자가 있으니 당황하지 않을 수 없었다.

하나 전풍개는 이런 일이 일어날 것을 짐작이라도 한 듯 전혀 놀라거나 당황하지 않고 오히려 복면인을 향해 성큼 걸음을 내디뎠다.

파파팟!

복면인이 질풍처럼 안령도를 휘두르자 사방이 온통 번뜩이는 도광에 휩싸여 버렸다. 방화는 금시라도 전풍개의 몸이 피 분수를 뿌리며 쓰러질 것만 같아 안색이 창백하게 변했다.

'이런 바보 같은…….'

방화는 자신의 머리통을 쥐어박고 싶었다. 전풍개가 나서기 전에 자기가 먼저 복면인을 막아섰어야 했는데, 순간적으로 벌어진 암습에 당황하여 멍하니 서 있고 말았으니 자신이 한심스러워서 견딜 수가 없었다.

전풍개는 마치 산책이라도 하듯 유연한 동작으로 복면인을 향해 다가가고 있었다. 놀랍게도 그토록 매서운 복면인의 칼이 전풍개의 몸에는 작은 상처 하나 내지 못하고 있었다.

뻔히 눈앞에서 다가오는 상대를 보면서도 단 일도(一刀)도 격중시키지 못하자 복면인의 눈빛이 크게 흔들렸다. 그리 빠르지도 않고 그렇다고 특별하게 현묘해 보이지도 않는 평범한 걸음임에도 기이한 일이 아닐 수 없었다.

방화는 전풍개의 몸놀림이 무엇인지 이내 알아보았다. 종남파 무공의 기본이 되는 장괘장권구식을 펼칠 때 사용하는 장괘보(長掛步)였다.

장괘보는 사실 특별한 보법이라기보다는 장괘장권구식을 펼칠 때마다 자연스레 밟게 되는 연환보(連環步)의 일종이었다. 그런데 그 간단한 동작만으로 복면인의 날카로운 공격을 너무도 수월하게 피하고 있으니 방화로서는 새삼 전풍개의 실력에 감탄하지 않을 수 없었다.

전풍개가 자신의 지척까지 접근하자 복면인은 다급한 눈빛으로 더욱 맹렬히 안령도를 휘둘렀다. 하나 전풍개는 주저 없이 안령도 속으로 뛰어들었다. 그의 주름진 손이 앞으로 움직인다 싶은 순간, 미친 듯이 안령도를 휘두르던 복면인이 허리를 숙이며 앞으로 쓰러졌다.

"커억!"

그의 아랫배에는 어느새 전풍개의 반쯤 쥐어진 주먹이 틀어박혀 있었던 것이다.

복면인은 나름대로 독기를 품고 다시 덤벼들려 했으나, 어찌된 영문인지 살짝 맞은 것 같은 아랫배의 통증이 점점 더 심해져서 꼼짝도 할 수가 없었다.

전풍개는 새우처럼 배를 움켜쥔 채 바닥에서 바둥거리고 있는 복면인을 슬쩍 내려다본 후 그의 손에 쥐어져 있던 안령도를 빼어 들었다.

"살수 나부랭이가 쓰기에는 너무 좋은 칼이로군."

안령도의 예리한 칼날을 쓰다듬던 전풍개는 이내 시큰둥한 표정으로 슬쩍 오른손을 내저었다.

팍!

안령도가 허공을 날아 대청 입구의 대들보 한가운데 틀어박혔다.

뒤늦게 정신을 수습한 방화는 급히 복면인에게 다가가 마혈부터 제압한 후 복면을 벗겨 보았다. 사십 대의 험상궂게 생긴 중년인이 모습을 드러냈다.

방화는 전풍개를 향해 머리를 조아렸다.

"죄송합니다, 태사조님. 소손이 처리했어야 했는데, 태사조님께 노고를 끼쳐 드렸습니다."

"노고는 무슨. 몸 풀 거리도 안 되는 일이었다."

"이자의 처리는 어떻게 할까요?"

"곧 들어올 녀석에게 맡기도록 해라."

뜻밖의 말에 방화가 어리둥절한 얼굴로 되물었다.

"예? 곧 들어올 녀석이라니……."

그의 말이 채 끝나기도 전에 대청으로 향하는 문이 열리며 한 사람이 불쑥 안으로 들어왔다.

들어온 사람을 보자 방화는 황급히 머리를 조아렸다.

"사숙조님을 뵙니다."

그는 다름 아닌 노해광이었던 것이다.

노해광은 방화의 전신을 쓸어 보더니 이내 빙긋 웃으며 그의 어깨를 가볍게 두드렸다.

"몸을 보니 그동안 제대로 수련한 흔적이 여실히 보이는구나."

방화의 얼굴에 붉은빛이 떠올랐다.

"감사합니다."

노해광은 이내 옷매무새를 가다듬고 전풍개를 향해 정중하게 인사했다.

"사숙께 어려운 걸음을 하게 해 드려 죄송합니다. 별래 무양하셨습니까?"

전풍개는 날카로운 눈으로 노해광을 쏘아보았다.

"네놈이 자꾸 쓸데없는 일만 저지르고 있는데 어떻게 본산에만 처박혀 있을 수 있겠느냐?"

"제가 불민하여 사숙을 걱정시켜 드린 점을 다시 한 번 사과드립니다."

노해광이 재차 허리를 숙이자 전풍개는 버럭 소리를 질렀다.

"제사라도 지내느냐? 무슨 인사를 두 번씩이나 하는 게냐?"

노해광은 숙였던 허리를 똑바로 펴며 한쪽에 쓰러져 있는 복면인에게로 시선을 돌렸다. 복면인의 얼굴을 살펴본 노해광은 나직한 침음성을 발했다.

"흠."

"아는 자냐?"

"예. 오독계(吳毒鷄)라는 낭인(浪人)입니다."

"독계? 무슨 이름이 그따위냐?"

"이름이자 별호입니다. 성이 오(吳)씨인데, 독계라는 별호가 알려지자 아예 이름처럼 부르게 된 모양입니다. 칼 솜씨가 제법 좋아서 여기저기 자주 불려 다닌다고 하더니 죽을 자리를 제 발로 찾아왔군요.

"낭인치고는 칼 솜씨가 그런대로 쓸 만하긴 하더구나."

전풍개의 입에서 이 정도 말이 나온 것은 정말 대단한 칭찬이라고 할 수 있었다.

노해광은 전풍개의 표정을 슬쩍 살피며 물었다.

"누가 보냈는지 궁금하지 않으십니까?"

"뻔한 걸 물어 무엇 하느냐?"

"독계는 주로 적류문의 청부를 받아 온 자입니다. 이번에도 틀림없이 그들의 지시를 받았을 겁니다."

전풍개는 묵묵히 노해광의 말을 듣고 있었다.

"그리고 적류문의 뒤에는 검단현이 있습니다. 사숙께서 장안에 내려오신 걸 알고 검단현이 문안 인사를 한 모양입니다."

"문안 인사라. 고얀 녀석이군."

"검단현으로서도 그냥 손 놓고 가만히 있을 수만은 없었겠지요. 어떤 식으로든 돌파구를 뚫어야 했으니 말입니다."

전풍개의 시선이 노해광의 얼굴에 고정되었다.

"요즘 검단현에게 밀려서 고전하고 있다고 들었는데, 그렇지도 않은 모양이구나."

노해광은 전풍개의 따가운 눈빛을 받고도 전혀 표정의 변화가 없이 담담함을 유지하고 있었다.

"서로 가벼운 탐색전만 벌이고 있습니다만, 아무래도 조만간 제대로 된 싸움을 하게 될 것 같습니다."

"그래서 일부러 본산에 그런 서신까지 보내서 노부를 내려오게 한 것이냐?"

"그건……."

"내 성격을 누구보다 잘 알고 있는 놈이 그런 편지를 받고 내가 어떻게 행동할지 몰랐을 리가 없지. 네 계획대로 검단현이 노부에게 수작을 부려 왔는데, 이게 화산의 뜻이라고 봐도 되는 것이겠지?"

노해광은 멋쩍은 웃음을 흘렸다.

"역시 사숙의 눈을 속일 수는 없군요. 사실 이번에 화산파에서 검단현을 보낸 것은 화산파 내의 세력 구도에서 강경파가 득세했다는 증거나 마찬가지입니다. 그러니 조만간 어떤 식으로든 그들은 본 파를 향해 공격을 가해 왔을 겁니다."

"화산파의 장문인인 용진산은 나름 합리적인 인물이라고 들었는데, 아무래도 그가 자리를 비운 것이 문제였던 모양이군."

"그렇습니다. 용진산이 있었다면 아무리 본 파가 눈에 거슬렸더라도 화산파에서 이렇게 노골적으로 나오지는 않았을 겁니다. 매장원 사건 이후 화산파가 흔들리는 상태에서 용진산이 무당집회에 참석하기 위해 떠난 것이 이번 사태를 불러온 이유라고 봅니다."

"아니면 그것조차도 용진산의 의도일 수도 있고."

전풍개의 일침에 노해광은 뜨끔한 표정을 지었다.

"그럴 가능성도 없지는 않을 겁니다. 다만 현재 화산파를 실질적으로 이끌고 있는 이장로(二長老) 천절검사(天絕劍士) 단우진(段宇震)은 용진산과는 예전부터 노선을 달리했던 인물입니다. 그래서 제 생각에는 용진산의 의도라기보다는 단우진이 자신의 야욕을 드러낸 것이 아닐까 합니다."

전풍개는 잠시 생각에 잠기는 듯하더니 이내 고개를 휘휘 내저었다.

"됐다. 노부는 그런 복잡한 이야기는 질색이니, 네가 잘 알아서 판단하겠지. 그나저나 검단현이 쓴 수법치고는 지나치게 허술한 것 같은데, 네 생각은 어떠냐?"

"어떤 수법을 썼느냐보다는 사건 자체가 더 중요하겠지요. 장안 한복판에서 종남파의 유일한 어른이 암습을 당했다는 것만으로 충분하지 않겠습니까?"

"더 심한 수법을 쓰지 않아도 그것만으로 본 파를 이번 싸움에 끌어들이기에 충분했단 말이지?"

"그렇습니다."

전풍개는 고개를 갸웃거렸다.

"검단현이 노부의 의도를 알았을까?"

"알았을 겁니다. 그래도 상관없다고 생각했겠지요. 어차피 그로서는 어떤 식으로든 본 파에게 시비를 걸어와서 사태를 크게 확장시켜야 했으니 말입니다."

"결국 노부가 기회를 주자 검단현이 미끼인 걸 알면서도 바로 문 셈이로군."

전풍개가 자신을 미끼로 표현하자 노해광은 살짝 고개를 숙였다.

"사숙께 그런 역할을 맡게 해 드려 송구합니다."

"장안에서 장사꾼 노릇을 하더니 쓸데없이 사과하는 버릇만 생겼군. 어쨌든 네 의도대로 판은 짜여졌다."

전풍개는 신광이 이글거리는 눈으로 노해광의 두 눈을 똑바로 바라보았다.

"이제 너는 한 가지만 대답하면 된다. 검단현을 꺾고 그들의 의도를 쳐부술 확실한 자신이 있는 것이냐?"

노해광은 자신의 가슴속까지 훤히 들여다보는 듯한 전풍개의 날카로운 눈빛을 받고도 한 점 흐트러짐 없는 모습을 유지했다.

"화산파를 상대하는 데 절대적인 장담은 누구도 할 수 없을 겁니다. 다만 제가 말씀드릴 수 있는 건, 저는 아직까지 단 한 번도 미끼를 문 먹잇감을 놓쳐 본 적이 없다는 겁니다."

제 327 장

삼종방법(三種方法)

제 327 장 삼종방법(三種方法)

형산파와의 처절한 싸움에서 승리했음에도 종남파의 분위기는 그리 밝지 않았다.

비무에 나선 다섯 사람 중 진산월을 제외한 네 사람 모두 크고 작은 부상을 입었다. 그나마 성락중과 낙일방은 몸을 움직이는 데 큰 지장이 없었으나, 육천기와 임영옥의 상세는 무척이나 위중한 것이었다. 목에 커다란 상처를 입은 육천기는 철면군자 노방이 적절한 응급조치를 하여 다행히 목숨에는 지장이 없었다.

문제는 임영옥이었다.

그녀는 진산월의 부축을 받고 자리로 돌아온 후 쓰러져 깨어날 줄을 몰랐다.

진맥을 해 본 노방은 그녀의 맥 속에 흐르는 기운이 얼음장처럼 차가운 것을 알고는 표정이 무겁게 굳어졌다. 그 바람에 가뜩이나 냉막하던 그의 얼굴이 별호 그대로 철가면을 씌운 것처럼 딱딱하게 변해 버렸다. 그것을 본 종남파 고수들의 마음 또한 납덩이를 매단 듯 무거워질 수밖에 없었다.

노방이 창백한 안색으로 시체처럼 누워 있는 임영옥의 맥문을 잡은 손을 놓자, 진산월이 조심스럽게 물었다.

"어떻습니까?"

노방의 음성은 여느 때보다 무뚝뚝했다.

"좋지 않소."

짧은 한마디였으나, 진산월의 표정을 굳어지게 하기에는 충분한 것이었다.

노방은 그런 진산월을 힐끗 쳐다본 후 다시 입을 열었다.

"체내의 음기가 격발하여 그녀의 혈맥을 완전히 장악하고 있소. 그동안은 내기(內氣)로 그러한 음기를 억누르고 있었던 것 같은데, 이제는 그 내기조차 모두 음기로 변해 버려 몸 전체가 음기로 뒤덮이게 되었소."

"……."

"지금 그녀는 간신히 심장과 머리 부분만을 선천진기로 보호하고 있는데, 조만간 음기가 그 선천진기를 뚫고 침투하면 바로 생명이 끊어지고 말거요."

겉으로 드러난 진산월의 표정은 평상시와 별로 달라지지 않았다. 하나 노방은 소맷자락 아래 드러난 그의 손끝이 가늘게 떨리고 있음을 알아차렸다.

진산월은 최대한 담담한 음성으로 물었다.

"회복할 방법은 없습니까?"

노방은 이런 상황에서도 침착함을 유지하고 있는 그에게 새삼 감탄하는 마음이 들었다. 그래서 그를 위해서 무언가 작은 희망이라도 보여 주고 싶었다.

허공을 응시하는 노방의 얼굴이 평소보다 한결 찌푸려졌다. 한참 동안이나 찡그린 얼굴로 숙고하던 노방이 문득 고개를 떨군 것은 제법 시간이 흐른 다음이었다. 그때까지도 진산월은 처음의 자세 그대로 묵묵히 앉아서 그가 입을 열기만을 기다리고 있었다.

"세 가지 방법이 떠오르긴 하는데, 셋 다 쉬운 일은 아니라서 장담할 수 없소."

진산월은 그녀를 고칠 방법이 세 가지나 된다는 말에 귀가 번쩍 뜨이는 듯한 모습이었다.

"어떤 방법들입니까?"

"첫째는 음공(陰功)으로 그녀의 체내에 격발된 음기를 다스리는 것이오. 하지만 그녀의 몸에 퍼져 있는 음기의 위력이 워낙 강한지라 그 정도 음기를 제어할 만한 음공이 있는지는 잘 모르겠구려."

노방의 의술은 제갈외와 함께 강호 무림에서 첫손가락으로 꼽히는 것이었지만, 무공만큼은 그러지 못했다. 그러니 그녀의 체내를 완전히 장악한 가공할 음기를 다스릴 만한 음공절학이 어떤 것인지 알 수 없는 것도 당연했다.

언뜻 노방이 고개를 갸웃거렸다.

"음공으로는 누구나가 신목령주를 당금 무림의 제일인자로 꼽는데, 그의 음공이 소문대로의 위력을 지니고 있다면 가능할지도 모르겠소."

신목령주.

달리 신목존자라고 부르기도 했다.

그의 무공이 천하에서 가장 강한 음공의 일종이라는 것은 이미 오래전부터 강호에 널리 알려진 사실이었다.

하나 신목령과 진산월은 불구대천의 원수는 아니었어도, 그동안 적지 않은 마찰을 일으켜 친구보다는 적(敵)에 가까웠다. 그러니 신목존자의 음공을 얻을 길은 요원하다고 하겠다.

신목존자를 제외하고 그에 버금가는 음공의 고수가 누구인지 생각하던 진산월의 뇌리에 문득 오래전에 실전된 종남파의 비학인 칠음진기가 떠올랐다. 어쩌면 칠음진기라면 그녀의 몸을 갉아먹고 있는 저 지독한 음기를 다스릴 수 있지 않을까?

하나 실전된 지 이백 년도 넘은 칠음진기의 구결을 어디에서 구한단 말인가?

"둘째 방법은 열양(熱陽)의 기운을 지닌 영약(靈藥)을 복용시킨 후 그 양기로 음기를 녹이는 것이오. 하나 이 방법에는 몇 가지 치명적인 위험이 도사리고 있소."

노방은 그 위험을 하나하나 설명해 주었다.

열양의 영약으로 음기를 녹인다는 건 그녀의 몸속에서 양기와 음기가 치열하게 싸운다는 뜻이었다. 격발된 음기가 지독한 만큼 양기 또한 강력해야만 하고, 두 강한 기운이 몸속을 휘젓는 동안 그녀의 체력이 그것을 견뎌 낼 수 있어야 한다.

게다가 양기가 너무 강하면 오히려 음기를 억누르고 체내를 손상시킬 수 있기에 그 기운의 양을 적절히 조절해야만 한다.

결국 강력한 음기와 양기가 서로 충돌하여 소진될 때까지 누군가가 그 기운들을 유도하고 조절해야 하는데, 아무리 내공이 강한 사람이라 할지라도 그것은 결코 쉬운 일이 아니었다.

더군다나 지금 그녀의 체내에 잠복한 음기의 위력은 가히 상상을 초월할 정도였다. 그러한 음기를 녹일 만한 영약은 인세에 찾기 힘들 만큼 드물 수밖에 없었다. 설사 운이 좋아 그런 영약을 찾는다 해도 그 영약의 양기와 그녀의 몸속에 도사린 음기를 한꺼번에 감당한다는 것은 제아무리 공력이 높은 고수라 할지라도 불가능에 가까운 일이었다.

설사 그러한 고수를 찾는다 해도 그 고수가 임영옥을 위해서 선뜻 나서 줄지도 의문이었다. 음기와 양기의 충돌을 제어한다는 것은 위험천만하기 그지없어서 자칫하면 두 기운의 충격을 고스란히 떠안아야 하기에 시전자 또한 목숨을 내걸어야 하는 일이었다.

노방은 그녀의 음기를 치료할 만한 열양의 영약으로 모두 세 가지를 꼽았다. 만년화리(萬年火鯉)의 내단(內丹)과 적령초(赤靈草)의 열매, 그리고 홍녹룡(紅綠龍)이 그것이었다.

하나 그것은 듣지 않느니만 못한 것이었다.

만년화리는 그야말로 전설 속에서나 등장하는 영물 중의 영물이라 어디서 서식하는지도 잘 알려져 있지 않았고, 적령초는 천하에서 가장 뜨거운 지대에서만 자란다는 신비의 기초(奇草)라서 노방에게 말을 듣기 전에는 존재조차 모르던 것이었다.

그중 그래도 홍녹룡에 대해서는 어느 정도 알고 있었다. 홍녹룡은 서안 제일의 갑부인 손노태야가 입수하여 자신의 보물 창고에 보관해 두었다. 문제는 그 홍녹룡이 이미 오래전에 손풍의 배속으로 사라진 후라는 것이었다. 아무리 손노태야라도 그 귀한 홍녹룡을 두 개씩이나 가지고 있을 것 같지는 않았다.

진산월이 머릿속으로 복잡한 생각을 하고 있건 말건 노방은 계속 말을 이었다.

"세 번째는 그녀의 체내에 있는 음기를 뽑아내는 것이오. 하나 이것은 세 방법 중 위험부담이 가장 클 뿐 아니라, 설사 성공한다고 해도 그 후유증이 막심하기 때문에 절대로 추천하고 싶지 않소. 그냥 이런 방법도 있다는 것만 알아 두라는 의미에서 말씀드린 거요."

인체에서 특정 기운을 강제로 뽑아낸다는 것이 무엇을 의미하는지는 진산월도 잘 알고 있었다.

무림에는 오래전부터 채음보양(採陰補陽)이나 흡성대법(吸性大法)처럼 사람의 기운을 강제로 갈취해서 자신의 공력으로 삼는 방법이 있었다. 남의 몸에서 강제로 빼낸 것이기에 기운 자체가 순수하지 못해서 수습하는 과정에서 태반이 소실되기 일쑤였고, 그 기운을 뽑힌 자들은 하나같이 치명적인 상태에 빠지거나 목숨을 잃었기에 이런 수법을 사용한 자들을 무림공적(武林公敵)으로 여기고 경멸했다.

그럼에도 무림에서는 이러한 사공(邪功)을 익힌 자들이 끊임없이 출몰했고, 그로 인한 폐해도 적지 않았다. 그만큼 높은 내공을 얻기 위한 무림인들의 갈망은 집요한 것이었다.

노방이 말한 것은 그런 사이한 무공과는 조금 궤(軌)를 달리하는 것이지만, 그래도 큰 줄기에서는 대동소이했기에 그 후유증 또한 별반 차이가 없을 것이다.

노방은 임영옥을 고칠 방법을 세 가지나 언급했으나, 그중 어느 것도 만만한 것은 없었다. 하나 진산월은 실망하지 않았다.

방법이 있다는 게 중요한 것이다. 더구나 한 가지도 아니고, 무려 세 가지나.

그녀를 정상적인 몸으로 돌려놓을 방법이 있음을 안 이상, 그는 결코 물러서거나 좌절하지 않을 것이다.

진산월은 잠시 침음하다 다시 물었다.

"음기가 그녀의 선천진기를 뚫을 때까지 얼마나 걸리겠습니까?"

노방은 신중한 표정으로 생각에 잠겨 있다가 이윽고 입을 열었다.

"빠르면 한 달, 아무리 늦어도 석 달이 걸리지 않을 거요."

한 달에서 석 달.

그것이 노방이 판단한 임영옥의 남은 수명이었다.

그때까지 진산월은 무슨 일이 있어도 세 가지 방법 중 하나를 준비해야 했다.

노방은 약간은 핼쑥하게 굳어 있는 진산월의 얼굴을 가만히 바라보며 나직하면서도 분명한 음성으로 말했다.

"명심하시오. 시일이 흐를수록 음기의 기운이 강해지고 그녀의 체력은 떨어지게 되어 있소. 단 하루라도 빨리 시작하는 것이 그녀를 살리는 지름길이 될 것이오."

노방은 진산월이 어떤 방법이든 준비를 갖추게 되면 최선을 다해서 돕겠다는 약조를 하고 숙소로 돌아갔다.

노방이 나간 후 진산월은 침상에 누워 있는 임영옥의 옆으로 다가갔다.

아직 그녀의 몸에 손을 대지도 않았음에도 차가운 기운이 피부에 여실히 느껴졌다. 슬쩍 그녀가 덮고 있는 이불을 들춰 보니 싸늘하고 냉랭한 기운이 화악 흘러나왔다. 그것만 보아도 지금 그녀의 체내에 도사리고 있는 음기가 얼마나 지독한 위력을 지니고 있는지 충분히 짐작할 수 있었다.

노방은 그것이 그녀의 특이한 체질인 태음신맥에서 비롯된 것이라고 말했으나, 어째서 태음신맥의 음기가 그녀의 몸을 이토록 철저히 뒤덮어 버렸는지는 정확히 알지 못했다.

진산월도 단순히 짐작만 하고 있을 뿐이었다. 그녀가 익힌 무언가가 태음신맥의 음기를 더욱 강하게 만들고 있었다.

그것은 바로 천양신공이었다. 그녀가 모용봉에게서 익힌 천양신공의 기운이 지금은 극음(極陰)의 음기로 변해 그녀의 목숨을 위협하고 있는 것이다.

구음향으로 격발된 음기를 다스리기 위해 천양신공을 익혔고, 그 덕에 구음향의 음기는 제어할 수 있었지만 지금에 와서는 그녀를 구한 천양신공의 기운이 태음신맥에 의해 음기로 바뀌어 오히려 그녀의 목숨을 위협하는 무서운 칼날이 되어 버렸다.

이것은 그녀가 단순히 운(運)이 나쁘기 때문일까? 아니면…….

진산월은 그 원인을 찾는 일은 다음으로 미루기로 했다.

지금 당장 급한 것은 노방이 말한 세 가지 방법 중 하나를 선택

하여 그 준비를 갖추는 것이다.

그날 저녁, 진산월은 후원에 있는 작은 방으로 들어갔다.

불도 켜 있지 않은 방 안은 괴괴한 어둠에 잠겨 있었다.

방 안에는 침상 하나와 탁자 하나, 의자 하나가 놓여 있을 뿐이었다.

진산월은 침상으로 다가갔다.

침상 위에 한 사람이 누워 있었다. 어둠 속에 희미하게 보이는 어슴푸레한 윤곽만이 겨우 그곳에 누워 있는 사람이 남자임을 알게 했다.

눈을 감은 채 미동도 않고 있는 그 사람은 다름 아닌 악자화였다.

짙은 음영이 드리워진 악자화의 얼굴은 초췌해 보였다. 진산월은 악자화의 감긴 눈과 상처의 흔적이 남아 있는 콧날, 그리고 갈라진 입술을 물끄러미 내려다보았다.

악자화를 마지막으로 만난 건 석천현 동광사에 있는 대웅전 앞에서였다. 그때 진산월은 갑작스레 실종된 임영옥의 행방을 찾기 위해 무척 초조한 상태였으며, 그곳에서 쾌의당 고수들과 싸움을 벌이기도 했고 천봉궁의 선자들에게 도움을 받기도 했다.

그들이 모두 떠난 대웅전 앞에서 망연자실해 있는 진산월 앞에 악자화가 모습을 드러냈던 것이다. 새벽의 여명을 받으며 나타난 악자화는 임영옥이 태음신맥을 지니고 있으며, 구음향으로 악화된 그녀의 병을 고치기 위해서는 구궁보의 천양신공이 필요하다고 말했다.

사 년 만에 다시 본 악자화는 예전보다 조금은 수척해지고 마른 것 같았다. 아니면, 이번 일로 인한 수난 때문에 그렇게 보인 것일까?

진산월은 한동안 악자화를 내려다보고 있다가 하나뿐인 의자에 가서 앉았다.

짙은 어둠만큼이나 무거운 정적이 방 안을 가득 지배하고 있었다. 앉아 있고 누워 있는 두 사람 사이에 자리한 침묵이 어색할 법도 하련만, 진산월은 무심히 허공을 응시한 채 아무 말이 없었다.

얼마의 시간이 흐른 후에 문득 그의 입에서 혼잣말처럼 나직한 음성이 흘러나왔다.

"그녀가 위독하오."

악자화는 여전히 눈을 감고 있었다. 자고 있는지 아니면 아직도 의식을 되찾지 못하고 있는 것인지 확인할 길은 없었다.

그가 듣든 말든 전혀 의식하지 않는 것처럼 진산월은 천천히 말을 이었다.

"당신은 예전에 천양신공을 익혀야만 구음향에 중독된 그녀를 살릴 수 있다고 했었소. 그런데 아쉽게도 천양신공으로도 그녀의 몸을 정상으로 돌리지는 못했소. 오히려 지금은 천양신공의 기운마저 음기로 변해서 그녀의 몸을 갉아먹고 있소."

그의 음성은 적막한 어둠 속을 조용히 울리고 있었다.

"이제 와서는 천양신공을 익힌 것이 정말 그녀에게 득이었는지 아닌지도 판단할 수 없게 되었소. 당신을 탓하려는 것은 아니오. 당신도 일이 이렇게 되리라고는 짐작도 못했을 거요. 다만 그녀가

운이 없던 것이겠지."

어둠 속에 내비치는 진산월의 눈빛은 어느 때보다 음울하고 깊게 가라앉아 있었다.

"당신도 그녀가 어떤 여인인지 알 거요. 그녀는 전형적인 외유내강의 여인이오. 겉으로는 부드럽기 그지없지만, 사실은 다른 누구보다도 강인한 마음을 지니고 있지. 그래서 그녀가 쓰러질 때까지도 나는 그녀에게 한 가닥 기대를 가지고 있었던 거요. 어리석게도 말이지."

어둠 속을 응시하는 진산월의 눈빛은 그 어느 때보다 낮고 우울하게 번뜩이고 있었다.

"내가 살아 있는 한 그녀가 결코 나보다 먼저 쓰러지는 일은 없을 거라고 믿고 있었소. 그리고 나라면 어떤 수단을 쓰든 그녀를 다시 일으켜 세울 수 있을 거라고 생각했지. 그런데 지금은……."

진산월은 양손을 쳐들어 주먹을 불끈 쥐었다. 손등의 힘줄이 불거지도록 튀어나온 그 주먹은 얼마나 세게 움켜쥐었는지 핏기가 사라져 창백해 보였다. 그러다 천천히 힘이 빠지며 주먹 쥔 손이 풀어졌다. 벌어진 손가락 사이로 짙은 어둠이 소리 없이 빠져나가고 있었다.

"그녀를 위해 내가 할 수 있는 일이 아무것도 없더군. 이제는 천하의 어떤 것도 움켜쥘 수 있다고 생각했는데, 단 하나뿐인 연인을 살리기 위해 할 수 있는 일이 하나도 없다니 정말 우스운 일 아니오?"

진산월은 다시 양손을 내렸다. 그만큼 어둠이 짙어지고 주위의 공기는 더욱 무겁게 가라앉았다.

진산월의 시선이 느릿느릿 침상 위에 누워 있는 악자화의 얼굴로 향했다. 악자화의 두 눈은 여전히 굳게 감겨 있었고, 코로는 미약한 숨결만이 흘러나오고 있었다.

진산월은 악자화의 감긴 눈을 물끄러미 바라보다가 낮은 음성으로 속삭이듯 말했다.

"답답한 마음에 누군가에게 넋두리라도 하고 싶은데, 당신밖에는 그럴 사람이 없었소. 그것뿐이오."

진산월은 한동안 묵묵히 악자화를 내려다보고 있다가 천천히 몸을 일으켰다.

그가 막 몸을 돌렸을 때, 지금까지 굳게 다물려 있던 악자화의 입술이 아주 살짝 열렸다. 그리고 갈라져 쉬어 버린 듯한 음성이 흘러나왔다. 귀를 바짝 기울이지 않으면 들을 수 없을 정도로 낮은 음성이었다.

"현음진기(玄陰眞氣)라는 것이 있다……."

문으로 걸어 나가려던 진산월은 몸을 멈추었으나, 그를 돌아보지는 않았다. 그저 어둠 속의 한 점을 가만히 응시하고 있을 뿐이었다.

악자화는 여전히 눈을 감은 채로 말라 터진 입술을 조금씩 열었다.

"행공법(行功法)이 아주 특이하기 때문에 익히기는 무척 힘들지만 제대로 익힌다면 능히 천하제일의 음공(陰功)이라 할 만한 것이지. 알려지기로는 천하의 어떤 음기라도 능히 제어할 수 있고, 일정 경지에 이르면 천하의 어떤 절맥(絕脈)이라도 능히 고칠 수 있다고 하더군."

진산월의 어깨가 거의 알아차리기 힘들 만큼 살짝 움찔거렸다.

그것을 아는지 모르는지 악자화의 입술은 계속 느릿느릿 움직였다.

"그 현음진기는 마도제일인이라 불리는 자의 독문무공(獨門武功)인데, 그는 현음진기를 무척이나 아껴서 열두 명이나 되는 제자들 중에서도 단 두 명에게만 그 구결을 알려 주었다. 다른 제자들은 그 구결을 얻기 위해 백방으로 노력했으나, 누구도 성공하지 못했지."

"……."

"그중 한 제자는 현음진기를 익히기 위해 끝없이 마도제일인과 그에게서 현음진기를 배운 두 명의 제자 주위를 배회하고 있었지. 그러던 어느 날, 그 제자는 현음진기가 자신이 오래전에 들었던 어떤 무공과 흡사한 구석이 있다는 사실을 알게 되었다. 너무나 오래되어 이제는 기억하는 사람도 별로 없는 아주 머나먼 옛이야기에 나오는 그런 무공 말이지."

음의 고저와 장단이 거의 없는 악자화의 목소리는 혼자 중얼거리는 독백 같기도 했고, 의미 모를 잠꼬대 같기도 했다.

"그 무공은 어느 전통 있는 명문정파의 비전이었는데, 어느 날인가 사라져 버려 지금은 그 문파에서조차 익힌 사람이 없다고 하더군. 그런데 그 제자는 현음진기에 대해 알수록 몇몇 부분이 그 전설 속의 무공과 유사한 구석이 있다는 생각이 들었던 거야."

진산월은 여전히 등을 돌리고 서 있었다. 하나 어둠 속에 내비치는 그의 두 눈에는 필설로 형용키 어려운 괴이한 안광이 번뜩이고 있었다.

"두 무공은 모두 당대에서 가장 뛰어난 음공일 뿐 아니라 특이한 행공법이 있고, 치료에 탁월한 효능이 있으며, 음공 자체보다는 그것에서 파생되는 무공들이 더욱 가공할 위력을 지니고 있다는 특징이 있어. 단순히 이런 점들뿐이었으면 그 제자도 두 무공의 유사점에 대해 별달리 생각하지 않았을 거야. 하지만 어느 날 그로 하여금 당혹감을 느끼지 않을 수 없는 일이 벌어졌지."

"……."

"현음진기를 익힌 두 제자는 첫째와 막내였는데, 막내는 그와 제법 친분이 두터워서 두 사람은 종종 비무를 하곤 했지. 그런데 비무 도중 그가 심하게 다치는 일이 생겨서 막내 제자가 무심코 그의 운공을 돕기 위해 치료 효과가 좋은 현음진기를 주입했어. 그 순간 그는 자신의 내공 중 일부가 막내의 기운에 그대로 녹아든다는 걸 알아차렸지. 막내도 무언가 이상함을 느낀 듯 황급히 내공 주입을 멈추었지만, 이미 그는 진한 의혹을 느낀 상태였어. 왜냐하면 그때 그는 내상을 치유하기 위해 예전에 몸담았던 문파의 무공을 끌어올린 상태였거든. 그런데 놀랍게도 현음진기에 바로 반응을 일으켰던 거야."

악자화는 그 말을 끝으로 잠시 입을 다물었다.

진산월도 아무 말이 없었다.

악자화는 한참 후에야 다시 말을 이었다.

"그 후로 그는 현음진기의 비밀을 풀기 위해 좀 더 노골적으로 움직였지만, 첫째에게 그런 행동이 발각되고 말았지. 그 후에 초라한 몰골로는 결코 만나고 싶지 않았던 자에게 구해진 거야. 비참한 이야기지."

악자화의 감긴 눈꺼풀이 가늘게 떨렸다.

"정말 비참한 이야기야……. 누군가의 넋두리가 아니었으면 결코 내뱉고 싶지 않은……."

한동안 우두커니 서 있던 진산월이 다시 몸을 움직였다. 막 그의 손이 문고리를 잡으려는 순간, 악자화의 갈라진 음성이 다시 들려왔다.

"첫째와 막내의 현음진기는 오성 수준에 불과해. 현음진기의 진정한 위력은 팔성이 넘어야 나타나는데, 그건 오직 현음진기의 원주인인 마도제일인만이 도달한 경지이지. 그를 찾고 싶으면 선양(宣陽)으로 가야 할 거야."

진산월은 더 이상 참지 못하고 고개를 돌려 그를 쳐다보았다.

악자화의 눈은 처음처럼 감겨 있었고, 입술 또한 굳게 다물어져 있었다.

진산월은 한동안 그의 입에 시선을 고정시켰으나, 악자화의 입은 더 이상 열리지 않았다.

진산월은 그를 향해 살짝 고개를 숙였다. 그러고는 문을 열고 밖으로 나갔다.

진산월의 몸이 사라진 후에도 악자화는 한동안 미동도 않고 가만히 누워 있었다. 언제 뜨였는지 그의 감겨 있던 눈이 검은 천정을 응시하고 있었다.

악자화는 한참 동안이나 멍하니 천정을 올려 보고 있다가 다시 눈을 감았다.

"흐음."

그의 입에서 뜻을 알기 힘든 무거운 한숨이 흘러나왔다.

제 328 장

심야밀담(深夜密談)

제 328 장 심야밀담(深夜密談)

방을 나온 진산월은 잠시 어두운 밤하늘을 올려다보았다.

휘잉!

때마침 불어오는 서늘한 밤바람이 전신을 스치고 지나갔으나, 그는 전혀 시원함을 느끼지 못했다.

그의 머릿속에는 조금 전에 악자화가 내뱉은 말들이 계속 맴돌고 있었다.

사 년 전에 악자화는 천양신공만이 임영옥을 치유할 수 있다고 역설했었다. 그리고 지금 그는 현음진기로 임영옥을 고칠 수 있을지 모른다고 말한 것이다.

구궁보의 천양신공!

신목령의 현음진기!

두 무공 모두 당대 제일을 논(論)할 수 있는 뛰어난 신공절학들이었다. 악자화가 이 무공들을 거론한 것이 결코 즉흥적인 생각이나 잘못된 판단은 아니었을 것이다.

구음향 때문에 격발된 태음신맥의 음기를 억누르기 위해 천양신공이 필요하다는 당시의 의견도 수긍할 만했고, 혈맥 전체에 퍼져 있는 음기를 제어하는 것이 현음진기로 가능할 것이라는 지금의 말도 납득이 가는 것이었다.

하나 또한 공교롭다는 생각이 들지 않을 수 없었다.

왜 하필이면 천양신공이고, 현음진기인가?

그녀의 몸을 고치기 위해 천하에서 가장 뛰어난 두 가지 신공이 차례로 필요하게 된 것은 단순한 우연일 뿐인가? 아니면 또 다른 무언가가 있는 것일까?

선양으로 달려가 신목령주를 만난다고 한들 그가 선뜻 독문절학을 알려 주려 하겠는가? 자신의 제자들에게조차도 선별해서 전해 줄 정도로 아끼고 아끼는 비학을 과연 순순히 건네주려 하겠는가?

그리고 천양신공으로도 감당하지 못한 태음신맥의 음기를 과연 현음진기로 제어할 수 있을 것인가?

진산월은 각기 음(陰)과 양(陽)에서 강호 무림에 독보적인 두 가지 신공이 임영옥과 연관되어지는 일련의 과정들을 몇 번이고 되짚어 보았다. 그러다 문득 종남파의 육합귀진신공 중 실전된 두 가지 신공 또한 음과 양의 절학들이라는 사실이 떠올랐다.

구양신공과 칠음진기.

그리고 천양신공과 현음진기.

이름조차 비슷한 네 무공들에 대한 수많은 단상(斷想)들이 꼬리를 물고 끊임없이 머리를 어지럽게 했다.

진산월이 한동안 이런저런 상념에 잠겨 있을 때, 멀리서 동중산이 그를 발견하고는 빠르게 다가왔다.

"장문인. 여기 계셨군요."

"무슨 일이냐?"

"이 공자가 찾아왔습니다."

이 공자란 이정문을 가리키는 말이었다. 이정문의 방문은 충분히 예상했던 것이기에 진산월은 별다른 망설임 없이 그가 기다리고 있는 접견실로 걸음을 옮겼다.

하루 사이에 이정문은 무척이나 핼쑥하게 변해 있었다. 가뜩이나 강퍅하고 볼품없었던 얼굴이 더욱 추레해져서 초췌해 보이기까지 했다. 늘 그의 곁에 있던 육난음이 보이지 않는다는 것 때문에 더욱 그렇게 느껴졌는지도 몰랐다.

그럼에도 그의 두 눈은 여느 때보다 더욱 반짝거리고 있었다.

진산월을 보자 이정문은 자리에서 일어나 그를 향해 정중하게 포권을 했다. 평상시의 광오하고 독선적인 성격을 생각해 본다면 이례적이라 할 만큼 예의를 다하는 모습이었다.

"먼저 그녀를 구해 준 것에 다시 한 번 감사드리오. 진 장문인은 그녀뿐 아니라 나도 살린 것이나 마찬가지요."

"육 소저는 어떻소?"

진산월이 그녀의 안부를 묻자 이정문의 얼굴에 씁쓸한 웃음이 떠올랐다.

"거처에 머물러 있소. 몸 상태는 괜찮은 편인데, 아직 마음의 안정을 찾지 못해서 바깥출입을 하기에는 무리가 있는 상태요."

적에게 사로잡혀 인질이 된 경험은 건장한 남자라도 견디기 힘든 가혹한 것이었다. 그러니 여인의 몸으로 그런 일을 당한 육난음이 아직 완전한 상태로 되돌아오지 못한 것은 너무도 당연한 일이라 할 수 있었다.

"육 소저는 강한 여인이니 곧 자리를 털고 일어날 수 있을 거요."

"나도 그렇게 믿고 있소."

탁자를 사이에 두고 서로 마주 보고 앉은 두 사람 사이에 잠시 묘한 침묵이 감돌았다.

이정문의 시선이 탐색하듯 진산월의 얼굴을 한 차례 훑고 지나갔다. 몇 번인가 무어라고 입을 열려다 망설이는 그를 진산월은 묵묵히 지켜보기만 했다.

이정문은 한 차례 한숨을 내쉬고는 어쩔 수 없다는 듯 먼저 입을 열었다.

"이번 형산파와의 비무에서 승리한 것을 축하드리오. 내 평생 처음 보는 대단한 격전이었소."

"고맙소."

이정문은 사실 진산월에게 묻고 싶은 것이 적지 않았다. 형산파와의 싸움에서 승리하기는 했으나 아직도 종남파가 가야 할 길은 결코 짧지 않다는 것이 이정문의 생각이었다.

당장 형산파와의 비무에서 크고 작은 부상을 입은 종남파 고수들의 상태도 궁금했고, 놀라운 솜씨로 비성흔을 쓰러뜨린 임영옥의 부상이 어느 정도인지도 알고 싶었다.

하나 그 어떤 질문도 진산월의 심기를 어지럽히는 것들뿐이어서 남의 시선이나 평판을 의식하지 않는 이정문조차도 선뜻 물을 수 없었던 것이다. 그 정도로 지금 진산월의 위상은 절대적인 것이었으며, 이정문이 그에게서 느끼는 압박감도 상당했다.

'내가 누군가의 눈치를 이렇게까지 본 적이 있던가?'

이정문은 새삼 자신의 신세가 한심스러워져서 한숨이 흘러나올 지경이었다.

혁리공의 협박에 못 이겨 진산월을 찾아왔을 때부터 치명적인 약세를 보인 상태였으며, 그의 도움으로 육난음을 구한 뒤로는 마음의 부담까지 더해져 그를 대하는 것에 적지 않은 어려움을 느끼고 있었다.

하나 이정문은 더 이상 복잡하게 생각하지 않고 직선적으로 묻기로 결심했다.

"이제 오랜 숙원을 해결하였는데, 앞으로 어떻게 하실 생각이시오?"

단도직입적인 질문이었으나, 그만큼 핵심을 찌르는 것이기도 했다.

사실 종남파의 현재 처지는 다소 애매했다.

종남파의 가장 큰 목적은 누구나가 알고 있는 바와 같이 구대문파로의 복귀였다.

하나 형산파와의 비무에서 승리했다고 당장 구대문파로 복귀할 수 있는 것은 아니었다. 지금 무당산에는 구파의 수뇌부들이 거의 대부분 모여 있지만, 형산파를 꺾었다고 그들을 채근할 수도 없는 상황이었다.

물론 형산파를 이긴 이상 어떤 식으로든 종남파의 입지가 커지고 결국에는 구대문파로 복귀하게 될 가능성이 농후했지만, 그러기까지는 어느 정도의 시일이 필요했다.

더구나 진산월은 무림맹의 선봉장이 되어 서장 무림과 일전을 벌여야 할 처지였다. 그 싸움의 결과에 따라 종남파의 위상 또한 영향을 받지 않을 수 없을 것이다.

그래서 진산월이 앞으로 어떤 행보를 보이느냐 하는 것이 다른 무엇보다 중요한 사안이 될 수밖에 없었다.

그가 만약 당장이라도 종남파의 구대문파 복귀를 주장한다면 다시 한 차례 커다란 풍파가 일어날 것이며, 그것은 서장 무림과의 싸움을 앞에 둔 상황에서 모든 중원 무림인들이 결코 바라지 않는 일이 될 것이다.

그렇다고 진산월이 형산파를 이긴 것에 만족하고 순순히 물러나리라고 보는 사람도 거의 없었다.

어떤 식으로든 그는 종남파의 구대문파 복귀를 위해서 무언가 행동을 취할 텐데, 그것이 무엇이냐에 따라 강호 전체의 정세가 요동을 치게 될 것이고 서장 무림과의 싸움이 순조롭게 되느냐 그렇지 못하느냐가 결정될 것이다.

그만큼 현재 진산월과 종남파가 강호 무림에서 차지하는 비중은 거대한 것이 되어 버렸다. 정말 어느 순간에 이렇게 되어 버린 것이다.

이정문은 진산월의 입에서 무슨 말이 나올지 초조한 심정으로 기다렸다.

진산월은 담담한 눈으로 이정문을 바라보더니 이윽고 천천히 입을 열었다.

"나는 선반의 반주로서 임무를 다할 것이오."

이정문의 눈에 기광이 번뜩거렸다. 그 말은 곧 무림맹의 일에 전력을 기울이겠다는 뜻이었다.

진산월이 종남파의 구대문파 복귀에 주력할 줄 알았던 이정문으로서는 다소 의외의 일이 아닐 수 없었다. 그러다 문득 무언가를 느낀 듯 다시 물었다.

"그렇다면 종남파의 다른 분들은?"

"그들은 당연히 본산으로 돌아갈 것이오."

이정문은 그 말의 진위를 파악하려는 듯 진산월의 얼굴을 뚫어지게 바라보았다. 언제나처럼 전혀 아무것도 알아차릴 수 없자 이정문은 속으로 투덜거렸다.

'제길. 정말 상대하기 까다로운 사람이라니까.'

그럼에도 이정문은 재차 확인 질문을 던지지 않을 수 없었다.

그만큼 종남파의 앞으로의 행보는 많은 사람들에게 초미의 관심사였던 것이다.

"정말 진 장문인을 제외한 종남파의 모든 고수들이 종남파로 복귀한단 말이오?"

진산월은 담담한 눈으로 이정문을 응시했다.

"그렇지 않으면 그들이 이곳에 남아서 무엇을 하겠소?"

진산월과 정면으로 시선이 마주치자 좀처럼 두려움을 모르는 이정문도 순간적으로 움찔하지 않을 수 없었다. 날이 시퍼렇게 선

거대한 칼날이 자신의 코앞으로 날아들고 있는 듯한 기분이 들었던 것이다.

"본 파에게 달리 바라는 것이라도 있소?"

심령을 조여 오는 듯한 진산월의 음성에 이정문은 황급히 고개를 저었다.

"그럴 리가 있소? 다만 이번 비무로 종남파에도 부상을 입은 분들이 몇몇 계신 것 같은데, 그분들의 치료가 끝난 후 움직이는 것이 좋지 않을까 생각했을 뿐이오."

"본 파를 걱정해 주는 것은 고마우나, 본 파의 일은 본 파가 알아서 판단할 거요."

진산월이 이렇게까지 말하니 이정문도 더 이상은 무어라고 물어보기 어려웠다.

그러다 문득 선반의 반주로서 임무를 다하겠다는 진산월의 말이 여러모로 의미심장하다는 생각이 들었다.

선반의 임무라면 강호에 암약하는 서장 무림의 세력들을 사전에 척결하는 것인데, 진산월의 의중에 따라 그것은 자칫 강호에 또 다른 혈풍을 불러올 수도 있는 일이었다.

"그러고 보니 얼마 전 위지 맹주께서 나에게 진 장문인을 보좌해 주었으면 좋겠다고 말씀하셨는데, 진 장문인의 의견은 어떻소?"

"위지 맹주에게 이 공자를 부탁한 사람은 나요. 당연히 당신은 앞으로 나와 동행해야 하오."

"진 장문인께서 나를 그토록 높이 보아주시니 정말 고마운 일이오. 하지만 나는 지금 다른 할 일이 있어서……."

이정문이 거절의 의사를 밝히려 했으나 진산월은 나직하면서도 분명한 음성으로 잘라 말했다.

"내일 오후에 선반의 모임을 열겠소. 그때 당신을 부반주(副班主)로 임명하겠으니, 나를 잘 도와주기 바라겠소."

"하지만……."

"이번 일에 대한 부채는 그것으로 갚는 것으로 합시다."

진산월의 단호한 말에 이정문은 더 이상 아무 말도 할 수가 없었다. 그러면서도 한편으로는 이런 식으로 마음의 빚을 정리할 기회를 준 진산월에게 고마워하는 마음도 일어났다. 평생 동안 남에게 신세를 지거나 도움을 받아 본 적이 없는 이정문으로는 참으로 어색하고 익숙지 않은 심정이었다.

진산월은 다소 불편한 표정으로 굳어 있는 이정문을 정면으로 바라보며 물었다.

"유 대협과 대엽진인의 행방은 어떻게 됐소?"

이정문은 평소의 그답지 않게 한숨을 푹푹 내쉬었다.

"휴우. 실은 그 건 때문에 이 야밤에 진 장문인을 급히 만나려고 온 거요."

이어서 이정문은 육난음이 자신에게 한 말을 그대로 전해 주었다.

* * *

육난음은 이정문의 지시로 어제 오전부터 유중악을 은밀히 지켜보고 있었다. 아침 식사를 마친 유중악은 자신의 거처에 머물러 있었다. 중간에 차를 가져다주는 시동이 한 번 출입한 것 외에는 그를 찾아오는 사람도 없었고, 그 또한 외부로 전혀 모습을 드러내지 않고 있었다.

변고가 발생한 것은 사시(巳時) 무렵이었다. 숙소의 자기 방에서 마음을 가다듬으려는 듯 꼼짝도 않고 있던 유중악이 돌연 방을 벗어나 밖으로 나왔던 것이다. 몰래 숨어서 그의 행동을 지켜보던 육난음은 유중악을 보고 놀라지 않을 수 없었다.

그 순간 유중악의 얼굴 표정은 무섭도록 딱딱하게 굳어 있었던 것이다.

유중악은 '신창조화 의기천추' 라는 말로 유명한 강호제일의 호한답게 어떤 일이 있어도 늘 침착했고, 쉽게 일희일비(一喜一悲)하거나 경동하지 않았다. 그의 그런 모습 때문에 사람들이 더욱더 그를 믿고 따랐을지도 몰랐다.

그런 유중악이 지금은 부모를 죽인 원수라도 만난 것처럼 경직된 표정을 보이고 있으니 육난음이 놀라는 것도 무리는 아니었다.

유중악의 행동이 워낙 갑작스러웠기에 그녀는 미처 이정문이나 성숙해의 고수들에게 연락할 겨를도 없이 황급히 유중악의 뒤를 밟았다.

방을 나온 유중악은 빠른 몸놀림으로 무당파의 경내를 벗어나 산 아래로 움직였다. 그의 발길은 근처의 가까운 봉우리로 향하고 있었다.

봉우리의 이름은 육난음도 알지 못했다. 제법 높은 봉우리는 크고 작은 암석들로 뒤덮여 있었는데, 유중악은 봉우리 정상 부근에 있는 커다란 암석의 뒤로 돌아갔다. 그러고는 모습이 사라져 버렸다.

육난음은 한참 동안이나 유중악이 다시 나타나기를 기다렸으나, 일각이 가까워 오도록 그가 나오지 않자 암석으로 다가가 보았다.

암석 뒤편에는 제법 커다란 동굴이 뚫려 있었다. 육난음은 용기를 내어 그 동굴로 들어갔다. 그리고 채 몇 걸음 걷기도 전에 누군가의 암습을 받고 정신을 잃고 말았다.

그녀가 다시 정신을 차린 것은 그로부터 얼마 후의 일이었다. 그녀는 이내 자신의 몸이 완벽하게 제압당해 있음을 알았다.

'휴우. 무언가 이상한 줄 알면서도 동굴 속으로 들어오다니, 나답지 않게 한심한 짓이었어.'

속으로 한숨짓고 있던 그녀의 시야에 한 사람이 들어왔다. 난생처음 본다 싶을 정도로 준수한 남자가 자신을 보며 웃고 있었다.

그녀는 처음에는 자신을 암습한 자가 유중악인 줄로만 알고 있다가 미남자를 보고는 의아한 듯 눈을 살짝 치켜떴다.

"당신은 누구인가요?"

미남자는 하얀 이를 드러내며 웃었다. 여자라면 누구라도 방심이 흔들리지 않을 수 없을 정도로 매혹적인 미소였다.

"나는 임조몽이라 하오. 소호리의 명성을 듣고 언제고 육 소저를 꼭 만나고 싶었는데, 이런 자리에서 보게 되어 아쉽구려."

그의 음성은 외모만큼이나 부드럽고 달콤해서 목소리만으로도 어떤 여인이든 유혹할 수 있을 것 같았다.

다행히 육난음은 외모로 사람을 판단하는 경솔한 여인은 아니었다. 더구나 지금은 바짝 긴장해 있는 상태이기에 그의 야릇한 눈빛이나 음성에도 전혀 마음이 동요되지 않을 수 있었다.

육난음은 날카로운 눈으로 그를 쏘아보며 물었다.

"유 대협은 어디에 있지요?"

임조몽은 그녀의 앙칼진 말에도 빙긋 미소 지을 뿐이었다.

"그건 유 대협 본인에게 물어봐야지 내가 그걸 어찌 알 수 있겠소?"

"당신이 나를 암습한 것이 아니란 말인가요?"

"난 그저 이곳에 와서 육 소저가 깨어나기만을 기다리고 있었을 뿐이오."

육난음은 그 말의 진위를 파악하려는 듯 그의 얼굴을 뚫어지게 바라보았다.

"당신은 왜 이곳에서 나를 기다리고 있었던 건가요?"

"소저를 한 사람에게 데려가기 위해서요."

"그가 누군가요?"

"혁리공이란 사람이오."

육난음은 가슴이 덜컥 내려앉았으나 겉으로는 전혀 내색하지 않고 다시 임조몽을 향해 물었다.

"혁리가의 공자가 왜 나를 보려고 하는 거지요?"

"한 가지 얻고 싶은 게 있다고 하더구려."

"나는 혁리공을 알지도 못하는데, 그가 내게서 얻고자 하는 게 대체 무언가요?"

"간단한 거요. 소저를 증명할 수 있는 물건이오."
"나를 증명할 수 있는 물건이라뇨?"
"보기만 하면 누구라도 소저의 것임을 분명하게 알아볼 수 있는 그런 물건 말이오."
그녀의 눈썹이 절로 찌푸려졌다.
"그 물건이 왜 필요한 거죠?"
임조몽은 다시 웃었다.
"그건 내가 혁리공이 아니라서 모르겠소."
그녀는 얄미운 생각이 들었으나 그렇다고 무작정 임조몽에게 화를 낼 수는 없었다.
"만약 그런 물건이 없다면요? 그럼 나를 고문할 건가요?"
"내가 어찌 육 소저에게 그런 야만적인 짓을 할 수 있겠소? 믿지 못할지 모르지만, 나는 아직까지 여인에게 폭력을 행사한 적이 단 한 번도 없소."
육 소저는 그의 맑고 투명한 두 눈을 바라보다 이내 시선을 돌렸다.
"믿겠어요."
"처음 보는 나를 선뜻 믿어 주니 정말 고마운 일이오. 하지만 문제는 혁리공이오."
"그가 왜요?"
"나는 육 소저가 그런 물건이 없다는 말에 순순히 물러나겠지만, 혁리공은 절대로 그렇지 않을 거요. 이대로 육 소저가 혁리공에게 가면 혁리공은 자신이 얻고자 하는 것을 위해서 육 소저에게 모진 일을 할 거요. 그는 목적을 위해서는 수단을 가리지 않는 인물이오."

그것은 육난음이 누구보다 더 잘 알고 있었다. 이정문과 함께 혁리공의 뒤를 추적하면서 혁리공이 어떠한 성격의 인물인지를 소상하게 파악하고 있었던 것이다.

육난음의 마음은 무거워질 수밖에 없었다.

다행히 임조몽은 이내 예의 부드러운 음성으로 그녀를 다독거렸다.

"나는 육 소저를 도와주고 싶은 사람이오. 그러니 내가 육 소저를 도울 수 있도록 육 소저도 내게 아량을 베풀어 주시오."

"내가 어떻게 아량을 베풀라는 거죠?"

"육 소저를 나타낼 수 있는 물건을 건네주시오. 그러면 이번 일이 끝날 때까지 육 소저의 신상에 털끝만 한 위험도 없다는 것을 보장하겠소."

육난음은 아무리 생각해 보아도 그의 말에 일리가 있음을 인정하지 않을 수 없었다.

그녀가 계속 부인하면 임조몽은 자신의 말대로 그녀에게 어떠한 해도 입히지 않고 혁리공에게로 그녀를 데려갈 것이다. 일단 혁리공의 수중에 넘어가게 되면 그녀가 무슨 꼴을 당하게 될지 충분히 상상이 되는 일이었다.

그녀는 자신의 신물(信物)을 넘긴다는 것이 어떠한 결과를 초래할지 두려웠으나, 자신에게 다른 선택의 길이 없다는 것을 깨달았다.

이것이 육난음의 원앙패가 혁리공의 손을 거쳐 이정문에게 전해지게 된 내력이었다.

원앙패를 넘긴 후 육난음은 나름대로 많은 고민을 해야 했다. 혁리공이 원앙패를 원했던 이유는 자신의 정인(情人)인 이정문을 유인하기 위함이 분명했다. 이정문이 단순히 원앙패 하나만으로 함정에 빠질 것 같지는 않았지만, 자기 때문에 그가 곤경에 처하게 되었으니 그녀로서는 안타깝고 미안한 마음이 가득했다.

그녀는 자신이 왜 이런 신세가 되었나 몇 번이고 되짚어 보았고, 그 결과 한 가지 실마리를 잡을 수 있었다.

'이 모든 원인은 유 대협이 갑자기 무당파를 벗어났기 때문이었다. 그래서 미처 가가에게 연락을 취할 겨를도 없이 허겁지겁 이곳으로 유인된 것이다. 그렇다면 유 대협은 왜 그토록 다급히 자신의 방을 나선 것일까?'

유중악이 단순히 그녀를 유인하기 위해 그런 행동을 하지는 않았을 것이다. 자신이 유중악을 지켜보게 된 것은 오늘 아침에 이정문에게 부탁을 받았기 때문이며, 그전에는 자신조차도 유중악을 지척에서 관찰하게 되리라고는 알지 못했기 때문이다.

그렇다면 유중악이 갑자기 방을 벗어난 것은 다른 이유 때문이며, 그의 표정으로 보아 그것은 그 자신도 전혀 예상치 못했던 심각한 일이었을 것이다.

아침부터 내내 방에만 머물러 있던 유중악이 갑자기 놀라 방을 뛰쳐나올 정도의 일이 무엇이 있겠는가?

그녀가 지켜보는 동안에는 유중악을 찾아온 사람이 아무도 없었다. 오직 단 한 사람 외에는.

'그 시동…….'

유중악에게 차를 가져다주러 온 시동만이 유중악과 접촉한 유일한 사람이었다.

이정문에게 구출된 후 그녀는 자신이 느낀 의혹을 은밀히 그에게 밝혔고, 이정문은 즉시 그 수하들을 풀어 시동의 행방을 추적했다.

시동의 이름은 온주명(溫柱明). 나이는 십육 세. 무당파의 속가제자인 청풍객(淸風客) 온추림(溫秋林)의 아들로, 이번 집회에서 유중악 일행의 처소를 담당하는 세 사람 중의 하나였다.

수하들이 온주명을 데려오자 이정문은 직접 그를 만났다.

온주명은 피부가 허옇고 나이답지 않게 키가 큰 소년이었다. 그는 주위의 삼엄한 기세에 기가 죽어 있었으며, 자신이 왜 끌려왔는지 영문을 몰라 하는 눈치였다.

이정문은 단도직입적으로 물었다.

"네가 유 대협의 방을 관리하고 있느냐?"

온주명은 머뭇거리다가 공손하게 머리를 조아렸다.

"예. 저 말고도 두 사람이 더 있습니다."

이정문은 그의 대답에는 아랑곳하지 않고 재차 물음을 던졌다.

"어제 오전에 유 대협의 방에 차를 가지고 갔었느냐?"

"예. 맞습니다."

"차만 가져다주었느냐?"

온주명은 찔끔거리며 이정문을 힐끔 쳐다보았다.

"무슨 말씀이신지?"

"차 외에 다른 것을 가져다주지 않았느냐는 말이다."

온주명은 이내 고개를 저었다.

"다른 것은 없었습니다. 제가 유 대협의 방으로 가져간 것은 찻잔과 찻주전자뿐이었습니다."

이정문은 그의 속을 훤히 꿰뚫어 보려는 듯 날카로운 눈으로 그를 쏘아보았다.

"정말 아무것도 없었느냐?"

온주명은 당황하여 얼굴이 새빨갛게 변했다.

"예, 정말 아무것도……."

"편지나 쪽지를 전하지 않았단 말이냐?"

이정문이 눈도 깜박이지 않고 그를 쳐다보며 중얼거리듯 묻자 온주명은 고개를 갸웃거리더니 조심스런 음성으로 입을 열었다.

"편지라면……. 제가 전한 것은 아니지만 서신 하나가 있기는 했었습니다."

"어떤 서신이냐?"

"제가 차를 가지고 들어가려고 유 대협의 방문 앞으로 갔을 때 바닥에 놓여 있었습니다."

뜻밖의 말에 이정문의 눈초리가 꿈틀거렸다.

"방문 앞?"

"예. '유중악 대협 친전(親展)'이라고 적힌 서신이 바닥 한쪽에 놓여 있기에 유 대협께서 자리를 비운 사이에 누군가가 놓고 간 것이라고 생각해서 유 대협의 찻잔 옆에 올려놓았습니다."

이정문은 그 후로 온주명에게 몇 마디 더 물어보고는 그를 돌려보냈다. 온주명이 정말 아무것도 모른다는 걸 알아차렸던 것이다.

짐작대로 유중악은 누군가의 서신을 받고 얼굴이 굳어진 채 다급히 무당파를 벗어난 것이 분명했다.

그렇다면 그가 동굴로 간 것은 서신에 적힌 글 때문일까? 그곳에서 육난음을 암습한 사람은 과연 누구이며, 그곳에서 유중악은 어디로 사라진 것일까?

이정문은 곧장 그녀가 암습을 받은 동굴을 찾아갔다. 그리고 그곳을 샅샅이 수색했다.

동굴은 제법 길었으며 한쪽이 막혀 있었다. 하나 이정문은 곧 그 벽면이 무언가 심상치 않음을 알아차렸다. 그리고 이내 특유의 예리한 눈썰미로 은밀하게 숨겨 있는 기관 장치를 발견할 수 있었다.

그 기관 장치를 건드리자 막혀 있던 동굴 벽이 움직이며 반대쪽 출구가 드러났다.

조심스럽게 출구를 나온 이정문의 눈에 보인 것은 전혀 의외의 광경이었다.

* * *

"그 출구는 무당파의 동쪽 경내에 있는 울창한 수림으로 이어져 있었소. 그리고 그 수림을 벗어나면 곧바로 한 채의 건물을 볼 수 있소."

묵묵히 이정문의 말을 듣고 있던 진산월은 짤막하게 물었다.

"그 건물이 어디요?"

이정문의 음성은 여느 때보다 무겁게 가라앉아 있었다.

"바로 남암궁이오."

줄곧 침착함을 유지했던 진산월도 이때만은 놀라지 않을 수 없었다.

"천봉궁의 인물들이 머물러 있는 남암궁 말이오?"

"그렇소."

잠시 두 사람 사이에 기이한 침묵이 감돌았다.

유중악이 사라진 동굴 너머의 암도가 천봉궁 인물들의 숙소인 남암궁이라는 사실은 무엇을 뜻하는 것일까?

이정문은 복잡한 상념에 잠겨 있는 진산월을 조용히 지켜보고 있다가 심중의 생각을 털어놓았다.

"유 대협의 행적이 이어지는 곳도 천봉궁이고, 대엽진인의 행방에 열쇠를 쥐고 있는 것도 천봉궁이오. 이번 두 사람의 실종은 어떤 식으로든 모두 천봉궁에 끈이 닿아 있는 것이 분명하오."

진산월은 이정문의 단호한 음성을 듣자 그에게로 시선을 돌렸다.

"내게 바라는 거라도 있소?"

이정문이 이 야심한 시각에 진산월을 찾아온 것은 그만한 이유가 있을 것이다.

그리고 이정문의 다음 말은 그의 예상이 맞았음을 확실하게 증명해 주었다.

"진 장문인께서 해 주셨으면 하는 일이 있소. 그 일은 오직 진 장문인만이 하실 수 있는 일이오."

제 329 장

양공지비(兩功之秘)

제 329 장 양공지비(兩功之秘)

밤은 점점 깊어져 가고 있었다.

이정문이 떠난 후 진산월은 홀로 객청에 앉아 깊은 상념에 잠겨 있었다. 그가 문득 정신을 차리고 자리에서 일어나 자신의 방으로 돌아왔을 때는 이미 삼경이 가까워 오고 있었다.

방문을 열고 들어간 진산월은 한 사람의 선객(先客)이 와 있음을 알았다.

주인도 없는 방에 혼자 들어와 있던 그 사람은 진산월과 시선이 마주치자 하얀 이를 드러내며 빙그레 웃었다.

"너무 늦었군. 자네를 기다리느라 머리가 백발이 될 지경이었네."

그 사람은 다름 아닌 십절산군 사여명이었다. 아니, 강일비라고 해야 옳을 것이다.

진산월은 전혀 놀라지 않고 강일비의 앞으로 가서 앉았다. 방의 주인다운 자연스런 태도였다.

강일비는 그 모습을 가만히 바라보고 있다가 다시 입을 열었다.

"오랜 숙원인 형산파와의 싸움에서 승리한 사람의 얼굴치고는 고민스러워 보이는군. 아직 젊은 나이에 무슨 고민이 그리도 많은 건가?"

진산월은 아무런 대답도 하지 않고 조용한 눈으로 강일비를 바라보았다. 그와 시선이 마주친 강일비는 한 차례 살짝 몸을 떨더니 이내 평정을 회복한 듯 침착한 표정으로 돌아왔다.

"무서운 시선이로군. 자네에게 옛이야기를 들려주려고 애써 찾아온 사람을 대하는 눈빛으로는 너무 사나운 게 아닌가?"

진산월은 한동안 묵묵히 강일비를 응시하다가 나직한 음성으로 물었다.

"약속을 지키러 온 거요?"

"그렇다네."

며칠 전 강일비는 진산월에게 종남파의 실전된 절학들 중 무염보와 난화지에 대한 숨은 이야기를 들려주었다. 그리고 형산파와의 비무에서 승리하게 되면 남은 두 가지 절학인 칠음진기와 염화옥수에 대한 비밀을 말해 주겠다고 약속했었다.

임영옥이 음기의 격발로 인해 생명이 경각에 달한 지금, 칠음진기에 대한 내막을 안다는 것은 다른 무엇보다 중요한 일이 될 것이다.

그럼에도 진산월의 표정이 밝아지지 않은 것은 고사(古事)를 빙자하여 자신에게 이런 정보들을 조금씩 알려 주는 강일비의 의도를 짐작하기 어렵기 때문이었다. 이미 이십 년 전에 사문인 종남파를 등지고, 친형인 강일산마저 내팽개친 그가 느닷없이 불쑥 찾아와 아무도 알지 못했던 문파의 오랜 비밀을 밝히는 이유는 과연 무엇일까? 그리고 강일비는 대체 어떻게 이런 비밀들을 알게 된 것일까?

그가 밝히는 비밀은 얼마나 진실에 가까운 것이며, 그가 밝히지 않은 비밀은 또 얼마나 많이 남아 있는 것일까?

그리고 그의 입을 통해서 듣게 될 칠음진기의 비밀은 과연 임영옥을 되살리는 데 도움이 될 수 있을 것인가?

숱한 의문이 머리를 어지럽혔으나, 지금 당장 진산월이 할 수 있는 것은 귀를 기울여 그의 말을 듣는 것뿐이었다.

"말해 보시오."

진산월의 심중을 짐작이라도 한 듯 강일비는 다시 희미하게 웃었다.

"어느 사연을 먼저 듣고 싶나? 칠음진기인가, 염화옥수인가?"

진산월은 지금 그와 쓸데없는 머리싸움을 하고 싶은 생각은 없었기에 주저하지 않고 말했다.

"칠음진기에 대한 이야기를 해 주시오."

강일비도 더 이상은 시간을 끌지 않고 칠음진기의 비밀을 말해 주기 시작했다.

"칠음진기는 종남파의 무공 중에서 아주 특이한 위치에 있는 무공일세. 종남파 유일의 음공(陰功)이며, 또한 이백 년 전의 비선 조심향 이후 누구도 완벽하게 익힌 적이 없는 절학이기도 하지.

더욱 놀라운 것은 비선 이전에도 그 무공을 어느 수준 이상 익힌 사람은 아무도 없다는 사실일세. 다시 말해서 칠음진기는 비선 이외에 그 누구도 제대로 익히지 못한 그야말로 묘하기 이를 데 없는 무공이란 뜻이지."

칠음진기가 무염보와 함께 비선 조심향의 최고 절학임은 진산월도 알고 있었지만, 그녀 외에 아무도 제대로 익힌 사람이 없다는 것은 처음 듣는 이야기였다.

비선 조심향이 비록 당시 여중제일인이라 불렸던 절세의 인물이기는 했으나, 종남오선 중 누구도 그녀보다 뒤지는 사람은 없었다. 그럼에도 종남오선조차도 칠음진기를 익히지 못했다는 것은 의아한 일이 아닐 수 없었다.

칠음진기는 종남파 최고의 절학인 육합귀진신공을 얻기 위해서는 반드시 필요한 무공이었다. 그렇다면 종남오선은 대체 어떻게 육합귀진신공을 익힐 수 있었단 말인가?

다행히 강일비는 곧 이런 의문을 해소시켜 주었다.

"물론 구결을 익히는 것으로 칠음진기에 입문(入門)하는 것은 어렵지 않네. 하지만 삼성(三成) 이상에 오르는 것은 불가능하네. 설사 종남오선이라도 말일세. 물론 비선은 제외일세."

진산월로서는 묻지 않을 수 없었다.

"왜 비선 외에는 아무도 칠음진기를 대성하지 못한다는 것이오?"

"그건 바로 칠음진기를 익히기 위해서는 꼭 한 가지 필요한 게 있기 때문일세."

"그게 무엇이오?"

강일비의 다음 말은 항상 침착함을 잃지 않은 진산월을 놀라게 하기에 충분한 것이었다.

"칠음진기를 대성하기 위해서는 반드시 태음신맥의 소유자여야 하네. 비선이 칠음진기를 익힐 수 있었던 것은 그녀가 바로 태음신맥을 타고난 여인이기 때문일세."

"태음신맥?"

"이백 년 전에 그 대단한 종남오선조차도 겨우 칠음진기의 입문에 그치고 만 것도 바로 그 이유 때문이지. 육합귀진신공을 익히는 데 칠음진기가 필요하지 않았다면 그들 중 누구도 굳이 칠음진기에 입문하려 하지 않았을 걸세. 그만큼 칠음진기는 익히는 조건이 까다롭고 절정에 이르기는 불가능에 가까운 무공일세."

진산월은 전혀 예상치 못했던 사실에 머리가 복잡해지는 것을 느꼈다.

태음신맥은 임영옥에게는 하나의 천형(天刑)과도 같았다. 무공에 대한 최고의 신체라는 태음신맥이었지만, 구음향에 중독된 후 그녀의 인생은 태음신맥의 격발된 음기를 다스리는 일과의 싸움의 연속이었다.

그리고 지금 그녀는 그 싸움을 이기지 못하고 목숨을 위협받고 있는 상황이었다.

뿐만 아니라 태음신맥의 음기를 치유하기 위해 진산월은 사랑하는 그녀를 남에게 보내야 했고, 그 상처는 지금까지도 그의 마음속에 가장 큰 흉터로 남아 있었다.

그런데 그들 두 사람을 그토록 고통스럽게 했던 태음신맥이 칠음진기를 익히기 위한 절대적인 조건이었다니 장난이라면 참으로 짓궂은 악마의 장난이고, 운명이라면 실로 야릇한 운명이라고 하지 않을 수 없었다.

강일비는 칠음진기가 이러한 특수성을 띠게 된 내역을 설명해 주었다.

"칠음진기의 원형은 옥시음의 선녀진향신공(仙女眞香神功)이네. 옥시음은 종남파에 여인들만을 위한 내공이 없는 것을 알고 선녀진향신공을 만들어 냈지. 그 신공은 비록 뛰어난 절학이었지만, 종남파의 다른 신공들에 비하면 위력 면에서 약간의 손색이 있었네. 그래서 비선은 상당한 노력과 시간을 들여 그 신공을 수정 보완한 끝에 마침내 최고의 위력을 지닌 음공으로 만들어 낼 수 있었지. 그런데 칠음진기를 완성한 후 그녀는 칠음진기에 한 가지 치명적인 약점이 있다는 것을 알게 되었네."

"자신 외에는 아무도 그 무공을 익히지 못한다는 것이구려."

"그렇다네. 비선은 이내 그 원인을 알아냈지. 그녀는 선녀진향신공을 뜯어고치면서 자신의 몸에 맞게 변형시켰는데, 그 과정에서 자신과 같은 태음신맥이 아니면 제대로 익힐 수 없는 반쪽짜리 신공이 되어 버린 것일세."

"그녀는 왜 칠음진기의 단점을 고치지 않았소?"

비선이 옥녀진향신공을 칠음진기로 발전시켰다면, 칠음진기의 단점 또한 수정할 능력이 있었을 것이다.

"아마 그녀에게 충분한 시간이 있었다면 그렇게 했을지도 모르지. 하지만 그로부터 몇 년 후에 사귀던 검선과 다툼이 있었고, 검선이 모습을 감추자 그녀도 또한 종남파를 떠나고 말았네. 종남파로서는 정말 아쉬운 일이지."

강일비가 입맛을 다셨으나, 진산월이 느끼는 아쉬움에 비하면 백분지 일도 되지 않을 것이다.

왜 모든 일의 끝에는 비선과 검선의 치정 문제가 연결되어 있는 것일까?

"비선이 사라진 후 칠음진기 또한 사라져 버렸네. 심지어 비선의 후예들조차 칠음진기를 익힌 사람은 없었네. 그들 중 누구도 태음신맥을 타고나지 못했기 때문이지."

임영옥을 회복시키는 데 칠음진기에 커다란 희망을 걸고 있던 진산월로서는 정신이 아득해질 정도로 낙심천만한 일이 아닐 수 없었다.

"그럼 비선 이후 칠음진기를 익힌 자는 아무도 없단 말이오?"

강일비의 얼굴에 의미를 알기 어려운 묘한 표정이 떠올랐다.

"그렇지는 않네."

진산월은 귀가 번쩍 뜨이는지 급히 물었다.

"그럼 당대에 칠음진기를 익힌 자가 있단 말이오?"

"딱 한 사람 있지. 내가 알기로 비선 이후 칠음진기를 대성한 사람은 오직 한 명뿐일세."

"그가 누구요?"

강일비는 그 말에 고개를 저었다.

"그건 내 입으로 말할 수 없는 것일세."

진산월은 그 말의 의미를 파악하려는 듯 강일비의 두 눈을 가만히 응시했다.

강일비의 표정은 전혀 변함이 없었다.

"그녀가 누구인지는 태음신맥의 비밀과는 상관없는 이야기일세."

일전에도 그는 비슷한 말을 한 적이 있었다.

비선의 후인이 누구냐는 물음에 대한 대답이었다. 그때 진산월은 크게 신경 쓰지 않고 넘어갔으나, 지금은 임영옥의 생사가 걸린 예민한 문제라서인지 순간적으로 그의 멱살을 잡아서라도 대답을 듣고 싶은 강렬한 충동이 일어났다.

진산월은 하마터면 마음의 평정을 깰 뻔했으나, 용케도 흔들리려는 마음을 추스를 수 있었다.

'칠음진기를 대성한 자가 그의 말대로 한 사람뿐이라고 해도, 그 구결을 알고 있는 자가 그 사람뿐일 리는 없다. 칠음진기의 구결만 구할 수 있다면 사매로 하여금 칠음진기를 익혀 태음신맥의 음기를 제어하게 할 수 있을 것이다.'

강일비는 금시라도 화를 폭발할 줄 알았던 진산월이 담담한 신색을 유지하는 것을 보고 새삼 나이답지 않은 그의 평정심에 감탄하지 않을 수 없었다.

그래서였을까? 그는 자신도 하려고 마음먹지 않았던 말을 내뱉고 말았다.

"지난 백 년간 태음신맥을 지니고 태어난 여자들의 수는 열 명도 되지 않지만, 그들 대부분은 젊은 나이에 세상을 떠나고 말았지. 재인박명(才人薄命)이랄까? 정말 아쉬운 일이야."

별 뜻 없이 한 말일 수도 있었으나, 진산월의 귀에는 다른 어떤 말보다 섬뜩하게 들렸다.

태음신맥의 소유자들이 요절한다는 것은 단순한 속설(俗說)일 수도 있지만, 진산월은 왠지 그 안에 또 다른 곡절이 있을 것만 같은 생각이 들었다.

그리고 그때 강일비는 더 이상의 추론을 막으려는 듯 화제를 돌렸다.

"그러면 이제 마지막으로 염화옥수의 비밀을 이야기할 차례로군."

솔직히 진산월은 염화옥수에 대해서는 별다른 관심이 없었다.

그동안 강일비가 알려 준 세 가지 무공에는 각기 다른 비밀들이 숨어 있었고 그것들은 모두 나름대로의 의미를 지니고 있었다. 하나 염화옥수에도 그에 견줄 만한 무슨 특별한 비밀이 있을 것 같지는 않았다.

그가 어떤 생각을 하건 강일비는 침착한 표정으로 입을 열었다.

"종남파의 역사를 되짚어 보면 십대제자였던 옥시음을 떠올리지 않을 수 없네. 그녀는 비선 이전에 종남파 사상 최고의 여고수였고, 수많은 종남파의 절학들을 만들어 낸 무학(武學)의 일대종사(一代宗師)이기도 했네. 하지만 여인의 몸이라는 신분상의 제약과 그녀가 만든 대부분의 무공들이 절전(絕傳)된 탓에 후대에 이르러서는 그녀의 이름을 기억하는 사람조차 없게 되었지. 정말 안타까운 일이라고 하지 않을 수 없네."

강일비가 느닷없이 옥시음에 대한 이야기를 꺼내자 진산월은 퍼뜩 떠오르는 생각이 있어 무심결에 물었다.

"염화옥수도 옥시음 조사께서 창안하신 것이오?"

"그렇다고 할 수 있겠지. 옥시음은 자신이 만들어 낸 선녀진향신공의 위력을 극대화시킬 방법을 찾다가 수공(手功)이 가장 적합한 형식이라는 것을 깨달았네. 그녀는 내공 진력을 손에 집중시켜 강맹한 위력을 투사하는 방법을 생각해 냈고, 그것에 화옥수결(花玉手訣)이란 이름을 붙였지."

화옥수결은 엄밀히 말하면 완성된 무공이라기보다는 일종의 무공에 대한 개념이었다. 옥시음은 선녀진향신공이 비록 여인들이 익히기에 적합한 음공이기는 해도 기본적인 위력이 여타의 절학들에 비해 떨어지는 것을 안타깝게 생각하여 그 음공을 최대한 압축해서 단시일 내에 특정 지점을 강하게 가격하는 수법을 이론상으로 정립해 놓은 것이다.

하나 그녀는 화옥수결의 완성을 보지 못하고 세상을 떠났고, 그녀의 후인들이 골격만 남은 화옥수결에 살을 붙이고 초식을 보완해서 하나의 제대로 된 무공 수법을 만들어 냈다. 그것이 바로 화영옥수공(花影玉手功)이었다.

"하나 화영옥수공은 화옥수결 특유의 강력한 위력을 발휘하는 것에는 여전히 아쉬움이 있었네. 너무 변화에만 치우쳐 옥시음이 애초에 의도했던 화옥수결 본연의 위력을 보여 주지 못했지. 그것을 완전히 뜯어고쳐서 독보적인 절학으로 만든 사람이 바로 비선이었네. 비선은 그 무공에 염화옥수라는 이름을 붙였는데, 실제로 비선이 염화옥수를 시전하면 아무리 단단한 호신강기라도 종잇장처럼 뚫어 버리는 무시무시한 위력이 발휘되었다고 하더군. 하지만 비선 외에 누구도 염화옥수를 익히지 못했네. 그 이유가 무엇인지 알겠나?"

비선이 염화옥수를 완성했다는 말을 들었을 때부터 진산월은 한 가지 느끼는 것이 있었다. 그리고 왜 강일비가 염화옥수에 대한 이야기를 제일 마지막으로 꺼냈는지 짐작할 수 있었다.

"칠음진기를 지녀야만 염화옥수를 익힐 수 있기 때문이 아니오?"

강일비는 눈을 빛내며 고개를 끄덕였다.

"그렇다네. 보다 정확히 말하자면 칠음진기가 절정에 달해야만 비로소 염화옥수가 나타날 수 있네. 그러지 않은 염화옥수는 화영옥수공과 하등 다를 바가 없는 것이지."

칠음진기는 오직 태음신맥을 지닌 자만이 완성할 수 있다. 그리고 염화옥수는 칠음진기를 완성해야만 펼칠 수 있는 것이다.

그 세 가지의 기묘한 상관관계는 시사하는 바가 적지 않았다.

진산월은 침음하다가 다시 물었다.

"염화옥수는 정확히 어떤 무공이오?"

강일비는 주저하지 않고 대답했다.

"태인장에 비견될 만한 최고의 수공절학이라고 할 수 있지."

강일비가 저토록 확신에 찬 표정으로 말한 이상 그것은 사실에 가까울 것이다. 그런데 왜 염화옥수는 태인장과 같은 명성을 얻지 못했을까?

진산월은 그 이유도 어렵지 않게 짐작할 수 있었다. 비선 외에는 누구도 염화옥수를 펼칠 수 없기에 그 무공을 제대로 본 사람도 극히 적었을 것이고, 자연히 태인장에 비해 평가가 떨어질 수밖에 없었을 것이다.

"염화옥수를 펼치면 어린아이의 손바닥만 한 작은 꽃 모양 장인(掌印)이 새겨진다고 하더군. 절정에 이르면 모두 다섯 개로 된 꽃잎 문양이 나타나는데, 그 장인에 격중되면 천근 거석도 구멍이 뚫리고, 금강동인이라도 견뎌 내지 못한다고 했네. 태인장에 비해 강맹함 자체는 떨어질지 몰라도 인간을 상대하는 데는 오히려 더욱 무서운 무공이라고 할 수 있겠지."

어린아이의 손바닥만 한 크기의 다섯 개로 된 꽃잎 문양 장인!

태음신맥의 소유자만이 익힐 수 있는 극성(極成)의 칠음진기가 압축된 그 장인의 위력이 어떠할지는 보지 않아도 충분히 상상이 가는 일이었다.

이제 진산월은 오래전에 실전되었던 종남파의 네 가지 절학에 숨어 있는 비밀 이야기를 모두 듣게 되었다. 각각의 비밀들은 놀랍고 신비로웠지만, 또한 서로 간에 묘한 관계로 엮여 있었다.

그리고 그 비밀들을 관통하는 핵심 요소는 옥시음과 비선 조심향, 그리고 태음신맥이었다. 네 절학 모두 옥시음이 원형을 만들고 비선이 완성한 것이며, 그중 두 가지는 태음신맥의 소유자만이 익힐 수 있는 것이었다. 정확히 밝혀지지는 않았지만 다른 두 가지 무공 또한 태음신맥과 어떤 식으로든 관계가 있을지 몰랐다.

그렇다면 혹시 옥시음도 태음신맥의 소유자가 아니었을까?

그것은 누구도 알 수 없는 일이었다. 이백 년 전의 비선에 대해서도 별로 알려진 것이 없었는데, 그보다 훨씬 이전에 살았던 옥시음에 대해서는 더욱더 모를 수밖에 없었다. 진산월조차도 그녀의 이름을 알게 된 것은 이번에 강일비의 이야기를 들은 후였으니, 옥시음에 대한 모든 것은 앞으로도 영원히 신비로 남아 있게 될 가능성이 농후했다.

이야기를 마친 강일비는 잠시 기이한 빛이 번뜩이는 눈으로 진산월을 바라보고 있었다. 지금까지의 침착함과는 다른 냉정함이 엿보이는 그의 표정을 보고 나서야 진산월은 그가 아직도 자신에게 하고 싶은 말이 남아 있음을 알게 되었다.

어쩌면 지금부터 그가 하려는 말이 사실은 그가 진정으로 자신을 만난 목적이 아닐까 하는 생각이 뇌리를 스치고 지나갔다.

강일비는 한동안 진산월을 가만히 응시하더니 이윽고 천천히 입을 열었다.

"과거의 오래된 비밀을 알게 된 기분이 어떤가?"

"……."

"너무 오래전의 일이라 뜬구름 잡는 이야기 같겠지. 하지만 아쉽게도 그 이야기 중 일부는 현재까지 이어지고 있네. 자네도 이미 짐작하고 있겠지만 말이지."

진산월은 여전히 강일비의 의중을 몰라 묵묵히 침묵을 지키고 있었다.

강일비는 그런 진산월의 두 눈을 빤히 쳐다보았다.

"자네는 나를 어떻게 생각할지 몰라도 나는 자네가 마음에 드네. 그래서 자네에게 한 가지 제안을 하려 하네."

진산월은 왠지 가슴이 두근거렸다. 그의 제안이 무엇인지 모르지만, 자신의 신상과 밀접한 관계가 있는 무언가일 거라는 예감이 강하게 뇌리에 엄습했다.

그리고 강일비의 다음 말은 그의 그런 예감을 정확하게 증명해 주고 있었다.

"자네의 사매를 살릴 방법이 있네."

진산월은 표정이 변하지 않으려고 노력했다. 아직은 강일비의 의중을 정확히 알지 못한다는 생각에 흥분으로 날뛰려는 마음을 필사적으로 억눌렀다.

"내 사매 말이오?"

"그래. 임영옥, 그 아이 말일세. 지금 태음신맥의 음기 때문에 사경을 헤매고 있지 않나?"

진산월은 아무 말 없이 강일비를 쏘아보았다. 강일비는 다시 한 차례 어깨를 으쓱거렸다.

"또 그런 눈으로 보는군. 진정 사매를 살리고 싶다면 그 눈을 거두는 게 좋을 걸세."

진산월은 눈길을 거두었다. 마음속으로 한 차례 심호흡하고 난 진산월은 이내 낮게 가라앉은 음성으로 물었다.

"사매의 증세를 알고 있소?"

"자네 사매는 태음신맥을 타고났지. 그런데 잘못 격발된 음기를 제대로 제어하지 못해 전신이 음기로 가득 차서 생명이 위독하게 된 걸세. 내가 잘못 안 건가?"

"아니, 정확하오. 태음신맥의 음기를 제어하는 방법을 알고 있소?"

"태음신맥을 제어하는 가장 좋은 방법은 뛰어난 음공을 익히는 것일세."

진산월의 눈빛이 자신도 모르게 강해졌다.

"칠음진기 같은 음공 말이오?"

조금 전보다 한층 더 강력한 눈빛이었으나 강일비는 이번에는 그저 간단하게 고개만 끄덕였을 뿐이다.

"그렇지."

"칠음진기의 구결을 알고 있소?"

"아쉽게도 전반부의 구결만을 알고 있을 뿐이네. 하지만 이 구결만으로도 칠음진기에 입문할 수 있네."

"단지 입문하는 것만으로 태음신맥을 제어할 수 있단 말이오?"

"아쉽게도 그건 아니네. 하지만 몸 상태가 더 악화되는 것은 막을 수가 있네."

"몸 상태가 더 악화되다니? 그게 무슨 말이오?"

강일비는 그 말에는 대답하지 않고 오히려 반문했다.

"자네 사매를 진료한 노방이 그녀의 수명이 얼마나 남았다고 했나?"

진산월은 강일비가 자신의 사매에 대한 일을 속속들이 알고 있다는 사실에 새삼 경각심이 들었다. 강일비는 그의 대답은 듣지도 않고 다시 말을 이었다.

"아마 한두 달의 여유는 있다고 했겠지. 하지만 그녀에게 남은 시간은 그보다 훨씬 더 짧을 걸세."

"어째서 그렇소?"

"태음신맥의 음기는 몸속의 모든 기운을 음기로 변화시켜 버리는 효능이 있네. 그녀가 비성혼을 일격에 격상시킬 정도의 뛰어난 내공을 지니고 있다면, 태음신맥의 음기는 곧 그 내공을 모두 음기로 바꿔서 더욱 강력한 위세를 지니게 될 걸세. 노방은 비록 최고의 의술을 지녔을지 몰라도 내가(內家)의 고수가 아니기에 이런 사정을 미처 염두에 두지 못했을 걸세."

"그럼 그녀에게 남은 시간은 얼마나 된단 말이오?"

강일비는 진산월의 두 눈을 똑바로 쳐다보며 한 자 한 자 분명한 음성으로 말했다.

"길면 열흘, 짧으면 닷새에 불과할 걸세."

진산월의 가슴은 커다란 추를 매달은 듯 한없이 무거워졌다.

사실 그는 한 달 이상의 시간이 있을 거라는 노방의 말을 철석같이 믿고 나름대로의 방책 한 가지를 생각해 두고 있었다. 칠음진기와 연관이 있을 걸로 의심되는 남해 청조각에 다녀올 계획이었던 것이다.

하나 열흘이라면 아무리 그의 신법이 빠르다 해도 도저히 청조각이 있는 절강성 보타산까지 갈 수가 없었다. 하물며 오 일이라면…….

그의 무표정한 얼굴 한구석에 살짝 창백한 기운이 감도는 모습을 지켜보고 있던 강일비가 다시 입을 열었다.

"하지만 칠음진기에 입문하게 되면 그 기간을 적어도 삼 개월 이상 연장할 수 있지. 그동안 자네는 나머지 구결을 얻으면 되는 것이네."

"나머지 구결은 어디에 있소?"

"그건 자네가 알아보는 수밖에 없네."

"비선의 후예들이 가지고 있소?"

진산월의 거듭된 물음에 강일비는 같은 말을 되풀이했다.

"자네가 알아보게."

진산월은 한동안 강일비를 응시하다가 불쑥 입을 열었다.

"혹시 신목령의 현음진기가 바로 칠음진기가 아니오?"

만약 그렇다면 칠음진기의 나머지 반쪽을 얻을 방법이 생길지도 몰랐다.

하나 강일비는 고개를 저었다.

"제법 날카롭게 짚었지만, 현음진기는 칠음진기가 아닐세."

진산월로서는 암담해질 수밖에 없는 상황이었다. 하나 이어지는 강일비의 말에 진산월은 귀가 번쩍 뜨이는 것을 느꼈다.

"좀 더 정확히 말하자면 현음진기는 칠음진기의 변형일세."

"변형?"

"칠음진기는 오직 태음신맥의 소유자만이 익힐 수 있네. 우연히 칠음진기의 구결을 얻은 누군가는 이 사실이 못내 원망스러웠지. 그래서 태음신맥을 타고나지 않아도 칠음진기를 익힐 수 있는 방법을 오랫동안 모색해 왔네."

"……."

"그 결과 칠음진기의 몇 가지 요소를 바꾸어 태음신맥의 소유자가 아니어도 익힐 수 있게 만든 걸세."

"그게 바로 현음진기란 말이오?"

"그렇지. 현음진기는 절세의 음공이긴 하지만 칠음진기에 비하면 약간의 손색이 있네. 누구나가 익힐 수 있는 만큼 범용성은 더 뛰어나지만, 정순함에 있어서는 칠음진기 본연의 위력에 미치지 못하네. 무엇보다 현음진기로는 태음신맥을 제어할 수 없네."

강일비의 말은 실망스러운 것이었지만, 진산월은 다시 한 가닥 기대를 품게 되었다.

현음진기는 칠음진기를 변형시켜 만든 무공이다. 따라서 현음진기의 주인은 칠음진기의 구결을 알고 있을 것이다. 그리고 현음진기는 신목령주의 무공이다.

따라서 신목령주를 추적하면 칠음진기의 나머지 구결을 얻게 될지도 몰랐다.

단지 미약한 가능성뿐이었지만, 진산월은 그것만으로도 컴컴한 하늘에서 한 줄기 동아줄을 발견한 듯한 기분을 맛보았다.

그리고 그의 그런 기분을 조롱이라도 하려는 듯 강일비의 음성이 들려왔다.

"내가 칠음진기의 전반부 구결을 알려 주는 것에는 한 가지 조건이 있네."

그제야 비로소 진산월은 강일비가 조금 전에 말한 '제안'이라는 것이 무엇을 의미하는 것인지 알게 되었다. 그것은 엄밀히 말하면 조건이 있는 교환인 셈이었다.

칠음진기의 전반부 구결을 주고 얻을 만한 가치가 있는 것이 무엇인지 진산월은 짐작도 되지 않았다.

"그게 무엇이오?"

강일비의 음성은 낮고 조용했으나, 진산월의 귀에는 벼락처럼 크게 들렸다.

"봉황금시를 주게."

제 330 장

금시고사(金匙故事)

제330장 금시고사(金匙故事)

그녀의 속눈썹은 짙은 음영(陰影)을 드리우고 있었다. 평소보다 훨씬 창백한 얼굴에 핏기 한 점 보이지 않는 입술 때문인지 콧날이 유난히 도드라져 보였다.

거의 들을 수도 없을 만큼 미약하게 흘러나오는 숨결만 아니었다면 차갑게 식어 있는 시신이라고 해도 믿을 수 있을 것 같았다.

그런 그녀를 묵묵히 바라보는 진산월의 마음은 그 자신도 알지 못할 정도로 오묘하고 복잡한 것이었다. 금시라도 꺼질 듯한 가느다란 숨소리는 그녀의 지금 몸 상태와 진산월의 심정을 그대로 나타내 주고 있는 듯했다.

그녀의 숨결은 방 안의 공기만큼이나 차가웠다. 뿐만 아니라 그녀의 전신에서 흘러나오는 기운 또한 차갑기는 마찬가지였다.

진산월은 천천히 손을 내밀어 그녀의 뺨에 갖다 대었다. 뼛골이 시릴 듯한 한기가 손끝을 타고 전해졌다. 살아 있는 인간의 몸이 이리도 차가울 수 있으리라고는 누구도 믿지 못할 것이다.

진산월은 아무것도 느끼지 못하는 사람처럼 그녀의 창백한 뺨을 가만히 쓰다듬었다. 그녀의 뺨을 쓰다듬으며 내려간 그의 손길은 이내 어깨를 지나 팔로 내려갔다. 부드러우면서도 탄력이 살아 있는 팔뚝과 하얀 손목을 지나니 어느새 그녀의 고운 손이 그의 눈앞에 나타났다.

유난히 기다란 그녀의 손가락을 어루만지던 진산월의 눈빛이 더없이 침침해졌다. 이 길고 고운 손가락으로 그녀는 그의 손등을 어루만져 주고는 했다. 그리고 진산월은 다른 무엇보다 그것을 좋아했다. 검을 쥐고 무공을 수련하느라 거칠고 투박해진 손등을 그녀의 손가락이 어루만질 때면 자신의 거친 마음이 그녀의 고운 손길에 위안받는 것 같은 편안한 기분이 들곤 했던 것이다.

지금 그녀의 손은 예전처럼 곱지 않았다. 손바닥에는 굳은살이 박여 있었고, 손가락 마디마디에도 눈에 쉽게 드러나지 않는 작은 상처가 여기저기 숨어 있었다.

아마도 그녀는 남들의 눈이 미치지 않는 곳에서 누구보다 열심히 검을 휘둘러 왔을 것이다. 그녀가 비성흔과 싸울 때 보여 주었던 실력을 얻기 위해서 얼마나 많은 땀과 눈물을 흘려야 했는지 진산월은 충분히 짐작할 수 있었다.

낯선 구궁보의 후미진 구석에서 그녀는 얼마나 많은 시간 동안 검을 휘둘러 왔을까? 그리고 그때 그녀의 심정은 어떠한 것이었을까?

그 절절한 심정을 자신이 아닌 누가 이해해 줄 수 있단 말인가?

언제인지 모를 그 순간을 위해서 그녀는 돌파구도 보이지 않는 심연의 고독 속에서 홀로 외로이 칼을 갈아 왔을 것이다. 그리고 지금은 의식을 잃은 채 이곳에 누워 있는 것이다.

진산월은 한동안 그녀의 파리한 얼굴을 내려 보고 있다가 그녀의 옆에 정좌했다. 그런 다음 지그시 눈을 감았다. 규칙적으로 내뱉던 그의 숨결이 점차로 잦아들며 깊은 정적이 방 안을 감돌았다.

얼마나 시간이 흘렀을까?

새벽이 가까워 올 무렵, 진산월은 천천히 눈을 떴다. 그의 눈빛은 여느 때보다 더욱 유현(幽玄)해 보였다.

진산월은 아직도 의식을 잃고 있는 그녀의 맥문을 잡았다. 살짝 기운을 불어넣자 꽁꽁 얼어붙은 그녀의 진기가 세차게 반발해 왔다. 그 기운이 어찌나 차갑던지 진산월의 몸조차 그대로 얼어 버릴 것만 같았다.

진산월은 천천히 태을신공의 진기를 끌어올렸다. 그의 손끝에서 미약하게 흘러나오던 진기가 꽁꽁 언 그녀의 진기를 만나자 한층 더 부드럽게 변했다.

태을신공은 종남파의 무공 중에서 위력은 가장 떨어질지 몰라도 호신(護身)에는 탁월한 효능이 있었다. 무엇보다 태을신공의 진기는 유(柔)할 뿐 아니라 포용력이 대단해서 어느 진기와도 상충(相衝)하지 않고 잘 어울렸다. 지금도 임영옥의 몸을 장악하고 있는 태음신맥의 음기가 태을신공의 진기를 거부하지 않고 조금씩 받아들이고 있는 것이다. 아마 다른 무공이었다면 서로 닿는 순간 강한 충돌을 일으켜 그녀의 몸은 치명적인 상태에 빠지고 말았을 것이다.

임영옥의 몸을 파고든 태을신공의 진기는 얼어붙어 있는 그녀의 혈맥 속으로 느릿느릿 스며들어 갔다. 어느 순간, 진산월은 태을신공을 천단신공의 호심결로 바꾸었다. 그 속도가 어찌나 빨랐던지 그녀의 몸속에 스며든 진기들이 음기와 전혀 충돌이 일어나지 않은 채로 모두 호심결의 기운으로 바뀌어 버렸다.

그 자연스럽고 빠른 교체는 두 신공에 대한 진산월의 경지가 절정에 이르지 않았다면 불가능한 일이었다. 또한 그만큼 높은 집중력과 심후한 내공을 필요로 하는 일이기도 했다.

호심결은 몸을 보호하고 생명력을 유지하는 데는 천하의 어떤 신공절학보다도 뛰어난 위력을 지니고 있었다. 일단 호심결이 그녀의 몸에 안착되자 거의 끊어질 듯 가늘어졌던 그녀의 숨결이 점차로 안정되며 그녀의 몸을 무서운 기세로 침식해 들어가던 음기의 기운이 한층 약화되었다.

진산월은 맥문을 쥐지 않은 왼손으로 그녀의 머리 위 백회혈(百會穴)을 부드럽게 자극했다. 그러자 그녀의 숨소리가 조금 더 강해지더니 이윽고 굳게 닫혔던 눈꺼풀이 가늘게 떨리기 시작했다.

진산월은 그녀의 의식이 돌아오고 있음을 알고는 즉시 그녀에게 전음을 보냈다.

-내가 불러 주는 구결대로 진기를 움직여 보도록 해. '천부적해(天府的海) 심환이기(心煥以氣)……'.

그는 그녀가 듣든 말든 상관하지 않고 쉴 새 없이 구결을 반복해서 암송했다. 구결은 모두 백서른두 자. 그리 긴 구결은 아니었고, 뜻을 이해하는 것도 그리 어렵지 않았다.

하나 이 단순해 보이는 구결이 보여 주는 위력은 실로 놀라운 것이었다.

처음에는 백지장보다도 더욱 창백해 보였던 그녀의 얼굴에 조금씩 변화가 보이기 시작했다. 양쪽 뺨을 중심으로 은은한 혈색이 내비쳤던 것이다. 그 변화는 점차로 커져 그녀의 몸 전체로 퍼져갔다. 시간이 흐를수록 한기만이 감돌았던 그녀의 몸에 조금씩 온기가 돌기 시작하더니 이내 몸 전체를 휘감고 있던 냉기가 급속도로 사라져 갔다.

그와 함께 그녀의 눈꺼풀이 서서히 올라가며 그녀의 눈동자가 드러났다.

한 차례, 두 차례 깜박이던 그녀의 눈꺼풀이 다시 감기더니 이윽고 천천히 열렸다. 다시 나타난 그녀의 눈동자에는 선명한 빛이 감돌고 있었다.

비성흔과의 싸움 이후 의식을 잃었던 그녀가 마침내 깨어난 것이다.

그녀의 눈에 제일 먼저 들어온 것은 자신을 내려다보고 있는 진산월의 얼굴이었다. 담담하면서도 무언지 아련한 빛이 담겨 있는 그의 얼굴을 보는 순간, 그녀의 눈에 뿌연 물기가 차올랐다.

"사형……."

진산월은 말없이 고개만 끄덕였다. 무언가 하고 싶은 말이 많이 쌓여 있는데 막상 내뱉으려니 무슨 말을 해야 할지 몰라 망설이는 어린아이처럼 그저 가만히 고개만 끄덕이고 있었다.

한동안 두 사람은 앉고 누운 채 서로를 마주 보고 있었다.

먼저 입을 연 사람은 그녀였다.

"이건 칠음진기의 구결인가요?"

진산월은 묵묵히 고개를 끄덕였다.

어떻게 칠음진기의 구결인지 알았느냐는 질문은 하지 않았다.

구결을 암송하는 순간 그녀는 체내의 진기가 구결을 따라 움직이는 것을 깨달았을 것이다. 굳게 뭉쳐 있던 태음신맥의 음기뿐 아니라 예전에 익혔던 태을신공의 진기까지 자연스레 구결을 따라 운용할 수 있었던 것이다.

그것은 바로 그 구결이 태을신공과 같은 원류(原流)의 것임을 나타낸다. 그리고 종남파의 무공 중 태음신맥의 음기를 다스릴 수 있을 정도의 음공은 오직 하나뿐이었다.

그녀는 어떻게 이미 오래전에 절전되었던 칠음진기의 구결을 얻게 되었느냐고 묻지 않았다. 다만 더할 수 없이 영롱한 눈으로 가만히 그를 바라보고 있을 뿐이었다.

진산월은 그녀에게 강일비를 만난 이야기를 해 주었다.

천수나타 당각과의 싸움을 앞두고 고민하고 있을 때 불쑥 나타난 의문의 사나이. 그에게서 무염보의 후반부 여섯 걸음을 전해 받고, 다시 찾아온 그에게서 종남파의 실전된 네 가지 절학에 대한 이야기를 듣기까지의 과정을 차분한 목소리로 말해 주었다.

그녀는 침묵을 지킨 채 그의 말에 조용히 귀를 기울이고 있었다. 그 의문의 사나이가 오래전에 사라졌던 종남파의 전대 고수인 강일비였으며, 그가 마지막으로 봉황금시를 조건으로 칠음진기의 전반부 구결을 알려 주겠다는 제의를 해 왔다는 말을 들었을 때도 그녀는 놀라거나 흥분하지 않았다.

진산월이 모든 이야기를 마쳤을 때 그녀는 천천히 누운 자리에서 일어나 그를 마주 보고 앉았다. 그러고는 자연스런 동작으로 자신의 머리 위를 만졌다.

그녀의 손에 봉황 문양의 비녀 하나가 쥐어졌다. 그녀는 자신의 손에 들린 봉황금시를 잠시 내려다보다가 나직한 음성으로 속삭이듯 말했다.

"그와의 조건을 수락했군요."

"그래. 우선 구결을 받고 물건은 내일 주기로 했어."

"하지만 이 물건은……."

"알아. 우리 것이 아니지. 하지만 일전에도 말했다시피 그것을 지키기 위해서 목숨을 걸 필요는 없어."

그녀는 봉황금시를 만지작거리다가 가벼운 한숨을 내쉬었다.

"모용 공자가 실망하겠군요."

"그를 실망시키는 게 싫어?"

진산월이 짐짓 추궁하는 눈으로 물어보자 그녀는 씁쓸하게 웃었다.

"그 뜻이 아니라는 건 사형도 잘 알잖아요. 다만 그에게 어떤 식으로든 약점을 잡히고 싶지 않았을 뿐이에요."

진산월은 가만히 그녀를 응시했다. 갑자기 가슴 한구석이 답답해져 왔던 것이다.

모용봉에게 약점을 잡히고 싶지 않다니……. 그녀는 지금까지 그런 마음으로 구궁보에서 사 년의 세월을 지내 온 것이다.

대체 무엇이 그녀로 하여금 그런 생각을 갖게 했을까?

한동안 장내에 무거운 정적이 감돌았다. 임영옥은 입을 굳게 다문 채 앉아 있는 진산월을 바라보며 물었다.

"무슨 생각을 그렇게 하세요?"

"문득 떠오르는 게 있어서."

"그게 무언데요?"

진산월은 임영옥의 손에 들린 봉황금시로 시선을 돌렸다.

"모용봉은 왜 이 물건을 사매에게 맡기려고 그렇게 애를 썼을까 하는 생각."

"그가 내게 이걸 맡긴 것에 다른 의도가 있다고 보세요?"

"그러지 않았으면 굳이 그런 우스꽝스러운 이유를 대면서 사매에게 반강제로 떠안기지는 않았을 거야."

모용봉이 임영옥에게 봉황금시를 준 것은 그녀가 진산월을 만나기 위해 구궁보를 벗어나려 할 때였다. 그 때문에 그녀는 봉황금시를 노린 세력들에 의해 여러 차례 위기에 처했고, 진산월과 천봉궁의 도움으로 간신히 무사할 수 있었다.

구궁보로 복귀한 후 그녀는 봉황금시를 모용봉에게 돌려주려 했으나, 모용봉은 중추절까지 그것을 몸에 지니고 있다가 돌려 달라며 봉황금시를 돌려받지 않았다.

모용봉이 단순히 봉황금시를 사랑하는 여인에 대한 증표로 생각해서 그런 행동을 한 게 아니라는 건 임영옥도 어느 정도 짐작하고 있었다. 하나 그 이유에 대해서는 정확히 알 길이 없었다.

"봉황금시는 정말 이상한 물건이야. 그 자체는 아무런 효능도 없는데, 단지 천룡궤의 열쇠라는 이유만으로 많은 사람들이 노리는 천하의 기물이 되었지. 그런데 내가 천룡궤를 구궁보로 가져가자 모용봉은 기다렸다는 듯이 사매가 돌려주려는 봉황금시를 돌려받지 않고 구궁보 밖으로 나가게 했어. 천룡궤를 열 수 있는 유일한 열쇠가 지척에 있는데도 말이지."

진산월의 음성은 담담했으나, 주위가 워낙 조용해서 임영옥의 귀에는 너무도 선명하게 들렸다.

"한마디로 모용봉은 천룡궤가 열리기를 바라지 않았던 거야. 그의 말대로라면 천룡궤에 모용 대협의 무공에 버금가는 놀라운 절학이 담긴 취와미인상이 있을 텐데도 말이지. 왜 그는 그런 선택을 해야 했을까?"

임영옥은 말없이 그의 말을 듣고만 있었다.

"이상한 일은 또 있어. 천수관음은 구궁보에 있는 모용 대협이 가짜라고 말했는데, 모용 대협을 지척에서 모시는 모용봉이 그것을 모를 리 없단 말이야. 그래서 나는 만약 천수관음의 말이 사실이라면, 모용봉이 천룡궤가 열리기를 바라지 않는 건 혹시라도 그 안의 물건이 가짜 모용 대협의 손에 들어가는 것을 막기 위한 것이 아닌가 하는 생각을 했지. 만약 그렇다면 모용봉이 봉황금시를 지닌 사매에게 중추절 운운한 이유가 설명이 돼. 모용봉은 중추절까지만 천룡궤 안의 미인상이 가짜 모용 대협에게 전해지지 않는다면 그 뒤의 일은 어찌 되든 좋았던 것이겠지."

"……!"

"결국 봉황금시는 단순히 가짜 모용 대협의 시선을 우리에게 돌리기 위한 미끼에 불과했던 거야. 그러니 그것을 지키기 위해서 더 이상의 위험을 무릅쓸 필요는 없는 거지. 우리는 이미 봉황금시로 인해 충분한 고통과 위험을 받아 왔어. 그러니 그것을 넘기는 것에 너무 마음을 두지 마."

임영옥은 한동안 봉황금시를 어루만지고 있다가 가느다란 한숨을 내쉬었다.

"이 작은 물건에 그토록 많은 비밀이 숨어 있을 줄은 몰랐군요. 사형은 강 사백이 봉황금시를 원하는 이유가 무엇이라고 생각하세요?"

"그동안 봉황금시를 주로 노려 왔던 세력들은 쾌의당과 신목령인데, 이번에는 오래전에 실종되었던 강일비까지 가세를 한 거야. 아마 그도 그들 중 어딘가와 손이 닿아 있겠지. 그런데 문제는 봉황금시가 원래의 주인 손에 있었다면 이런 일들이 일어나지 않았으리라는 거지. 나는 지금도 의문을 가지고 있어. 봉황금시가 외부로 유출된 것이 과연 순전히 우연한 것이었을까? 아니면 누군가의 의도가 담긴 것은 아니었을까 하고 말이지."

임영옥의 표정이 한층 더 무겁게 가라앉았다.

"사형은 봉황금시의 원주인인 천봉궁에 무슨 의도가 있을 거라고 의심하시나요?"

"봉황금시는 원래 석가장의 전전대 장주인 천룡객 석동의 물건인데, 석동은 이것을 연인인 백모란에게 주었지. 그런데 백모란의 품에 있어야 할 봉황금시가 갑자기 외부로 유출되어 여러 사람의 손을 거쳤다가 동중산에게 전해졌어. 나는 나중에 동중산에게서 봉황금시를 얻게 된 자세한 경위를 듣게 되었지."

진산월은 자신이 예전에 동중산에게서 들은 이야기를 해 주었다.

사 년 전에 동중산은 강호를 유랑하던 중 부상을 입은 중년인 한 사람을 발견했다. 그 중년인은 가슴뼈가 거의 으스러지는 중상을 입어 사경을 헤매고 있었는데, 그 와중에도 동중산이 다가가자 경계심을 표하며 그의 접근을 막으려 했다.

동중산은 그 중년인이 과거 안면이 있는 만리운연 황동임을 알아보았다. 황동은 하남성 일대에서 주로 활동하는 고수로, 신법이 뛰어나기는 하지만 그 외의 무공은 그리 특별하지 않은 실력의 소유자였다.

동중산은 황동을 떠나는 척하며 그의 주위에 몰래 숨어 있다가 황동이 의식을 완전히 잃은 후에야 비로소 그에게로 접근했다. 그러고는 황동의 몸을 뒤진 끝에 그의 품속에서 작은 옥함 하나를 찾아냈다.

그 옥함 안에는 봉황 문양의 장식용 비녀 하나가 담겨 있었는데, 한눈에 그 비녀가 범상치 않은 물건임을 알아본 동중산은 비녀를 챙겨 여전히 의식불명 상태인 황동의 곁을 황급히 떠났다.

그런데 어떻게 된 일인지 얼마 가지 않아 그의 뒤를 추적하는 무리들이 나타나기 시작했고, 이내 그들에게 몇 차례의 습격을 받기도 했다. 그리고 그들의 입을 빌어서야 동중산은 자신이 황동의 품에서 가져온 물건의 명칭이 봉황금시이며, 그것을 노리는 자들이 적지 않다는 걸 알게 되었다.

그 후의 일은 임영옥도 알고 있는 것이었다. 추적에 쫓기던 동중산은 용문의 석굴 앞에서 우연히 종남파의 고수들을 만나게 되었으며, 추적을 피하기 위해 임시방편으로 종남파의 제자가 될 것을 자청했던 것이다.

그로부터 얼마나 많은 일들이 벌어졌는가?

당시 동중산의 의도는 불순한 것이었으며, 그의 입문은 그 자신은 물론이고 종남파에 말로 표현하기 힘든 커다란 영향을 끼치게 되었다. 그로 인해 그들은 많은 어려움에 처하게 되었고, 그것을 극복하는 과정에서 동중산은 진정한 종남파의 제자로 거듭나게 되었다.

그 과정의 우여곡절은 그야말로 파란만장한 것이었다.

"당시 나는 동중산의 말을 듣고 몇 가지 의문점을 가지게 되었지. 첫째는 동중산이 황동의 품에서 봉황금시를 가져간 것을 어떻게 알고 많은 고수들이 그의 뒤를 쫓아왔느냐는 것이었고, 둘째는 동중산이 비록 잔재주가 많다고 하지만 변변치 않은 실력으로 어떻게 자신보다 훨씬 뛰어난 고수들의 추적을 뿌리치고 용문까지 올 수 있었느냐 하는 것이었지. 그리고 셋째는 그가 빈사지경에 처한 황동을 발견한 것이 과연 순수한 우연일까 하는 점이었어."

진산월이 의문을 제기할 때마다 임영옥의 표정은 조금씩 심각하게 굳어졌다.

"사형은 동 사질이 봉황금시를 얻게 된 것이 단순한 우연이 아닐 수도 있다고 생각하는 건가요?"

"좀 더 정확히 말하자면 봉황금시가 동중산의 손에 들어가기까지의 과정이 어딘지 모르게 석연치 않다고 해야겠지. 봉황금시는 백모란의 신물로, 천봉궁의 궁주가 모용 대협에게 선물한 물건이야. 그런데 모용 대협의 손에 있어야 할 물건이 어떻게 외부로 유출되어 황동의 손에 들어갔는지 의문스러운 일이 아닐 수 없지. 더욱 이해하기 힘든 것은 황동을 빈사지경에 처하게 한 자가 그의 품에 있는 봉황금시를 그대로 두고 가 버렸다는 점이야. 이 두 가지 점을 생각해 보면 봉황금시가 모용 대협의 품을 떠나 동중산의 수중에 들어올 때까지의 일련의 과정이 어딘지 모르게 작위적이고 석연치 않은 구석이 있는 것 같단 말이야."

임영옥은 그의 지적이 일리가 있음을 인정하지 않을 수 없었다.

"확실히 사형의 말을 듣고 보니 이상한 구석이 있긴 하군요."

"천하에서 모용 대협의 품에 있는 물건을 빼앗거나 훔칠 수 있는 사람은 존재하지 않는다고 봐야지. 그렇다면 모용 대협이 일부러 봉황금시를 유출했다는 것인데, 그건 무림에 알려진 모용 대협의 품성이나 그 후의 결과를 볼 때 거의 신빙성이 없는 이야기지."

동중산이 가져간 봉황금시를 회수하기 위해 천봉궁의 천봉선자들 상당수가 강호로 나왔을 뿐 아니라, 나중에는 모용봉까지 소림사로 와서 결국은 봉황금시를 회수해 갔다. 모용 대협이나 천봉궁에서 일부러 봉황금시를 외부로 유출시켰다면 그러한 헛수고를 할 리가 없었다.

"사형의 생각은 어떠한가요?"

"나는 모용 대협 쪽에서 유출되었을 가능성이 있다고 봐."

임영옥은 놀라지 않을 수 없었다.

"방금 사형은 모용 대협이 일부러 봉황금시를 유출했을 가능성은 별로 없다고 했잖아요? 그런데 왜 그렇게 생각하는 거죠?"

"천수관음은 지금 구궁보에 있는 모용 대협이 가짜라고 확신하고 있어. 그녀의 말이 맞는다면, 진짜 모용 대협은 가짜에 의해 살해되었거나 구금되어 있을 거야."

"둘 중 어느 쪽이라고 보세요?"

"모용봉은 모용 대협이 가짜라는 걸 알고 있을 거야. 그럼에도 그런 상황을 그대로 방치해 두고 있는 것으로 보아 아마 진짜 모용 대협은 구금되어 있거나 인질로 잡혀 있을 가능성이 커. 그러니 모용봉으로서도 가짜 모용 대협을 그저 지켜보고 있을 수밖에 없겠지. 그런데 중요한 건 모용 대협이 가짜로 바뀌게 된 시점이 바로 사 년 전이라는 거야. 다시 말해서 시기적으로 보면 모용 대협이 가짜로 바뀐 다음에 그의 품에 있던 봉황금시가 외부로 유출된 거지."

임영옥은 곰곰이 생각해 보다가 고개를 끄덕였다.

"이제 조금 전에 사형이 했던 말이 무슨 뜻인지 알겠군요. 사형은 진짜 모용 대협이 가짜로 바뀌는 과정에서 봉황금시가 외부로 유출되었을 거라고 생각하는군요?"

"그래. 모용 대협이 가짜에게 당하기 직전에 그랬는지, 아니면 가짜가 모용 대협을 쓰러뜨린 다음에 그랬는지는 정확히 알 수 없지만, 어쨌든 봉황금시는 둘 중 한 사람이 의도적으로 외부로 유출시켰던 게 분명해."

"만약 그렇다면 그 의도는 무엇이었을까요?"

"봉황금시는 천룡궤를 여는 열쇠 외에는 특별한 용도가 있는 물건이 아니야."

"하지만 천룡궤는……."

"봉황금시가 유출될 당시 천룡궤를 가지고 있던 사람은 철혈홍안이었어. 하지만 봉황금시는 다시 모용봉의 손으로 들어갔지. 그리고 사 년 후에 이번에는 그녀가 천룡궤를 외부로 내보냈어. 나를 통해서 말이야."

"……!"

"봉황금시는 천룡궤를 여는 열쇠일 뿐이고, 천룡궤는 봉황금시가 없으면 아무짝에도 쓸모가 없는 평범한 궤짝일 뿐이야. 다시 말해서 두 물건은 함께 존재해야만 비로소 그 가치가 있는 물건들인데, 그동안의 과정을 보면 두 물건들이 만나지 못하게 작용하는 어떤 힘이 존재하는 것 같아. 사 년 전에 봉황금시가 강호로 떠돌게 된 것도, 사 년 후에 천룡궤가 다시 강호에 나타나게 된 것도 모두 그 속에 보이지 않는 누군가의 의도가 숨어 있을 거야. 그리고 우리를 비롯한 많은 사람들이 그 의도에 놀아나거나 희생되어 버린 것이고."

"그건 너무 속상한 이야기로군요."

임영옥은 살짝 웃으며 대수롭지 않은 듯 말했지만, 그 미소 속에는 한없는 씁쓸함과 괴로움이 담겨 있었다. 봉황금시와 천룡궤로 인해 종남파와 진산월이 겪었던 그 많은 시련과 고통들이 모두 누군가의 의도에 의한 것이라면 그건 너무도 분통스럽고 이가 갈리는 일이 아닐 수 없었다.

진산월의 표정은 여전히 변함이 없었다. 하나 담담하게 빛나는 그의 눈빛 속에는 차갑게 가라앉은 불길이 조용히 타오르고 있었다. 한없이 냉정하면서도 맹렬한, 분노를 담고 있는 불길이었다.

"그래서 나는 늘 생각했지. 만약 누군가가 그토록 봉황금시와 천룡궤를 만나지 못하게 하려고 애쓰는 것이라면, 그 의도를 꺾고 봉황금시와 천룡궤를 만나게 했을 때 과연 무슨 일이 벌어질까 하고 말이지."

"사형……."

"단순히 칠음진기의 구결을 얻기 위한 요구 조건 때문이 아니야. 봉황금시는 이제 본래의 자리로 돌아가야 해. 사매의 손을 떠난다면 머지않아 봉황금시와 천룡궤는 반드시 만나게 될 거야."

임영옥은 그 말 속에 숨은 뜻을 알아차리고 표정이 한층 더 어두워졌다.

"사형은 강 사백이 가짜 모용 대협에게 봉황금시를 가져가리라고 생각하나요?"

"지금 봉황금시를 가장 필요로 하는 사람은 바로 그자야. 그자는 무슨 수를 써서라도 봉황금시를 입수하려 하겠지. 강일비가 자기 손으로 가져다주든 그렇지 않든 봉황금시는 조만간에 반드시 그자의 손에 들어가게 될 거야."

"그것을 알면서도……."

임영옥은 차마 말을 잇지 못했다. 왜냐하면 그때 진산월의 입에서 여느 때보다 더욱 가라앉은 음성이 흘러나왔기 때문이다. 그 낮은 음성 속에 담긴 결연함은 임영옥으로서도 좀처럼 보지 못한 강렬한 것이었다.

"그래. 이것으로 봉황금시와 천룡궤로 우리를 농락한 누군가에게 한 방 먹일 수 있겠지. 그리고 그들의 숨은 의도를 깨는 순간, 우리는 비로소 그동안 우리를 무겁게 짓눌러 왔던 봉황금시와 천룡궤의 멍에에서 벗어날 수 있을 거야."

*　*　*

다음 날 아침, 악자화의 방문을 두드렸던 진산월은 아무 대답도 들리지 않자 방문을 열어 보았다.

텅 빈 방 안에는 쓸쓸한 공기만이 감돌고 있을 뿐이었다. 악자화가 머물렀던 흔적은 누군가가 누워 있던 형상이 역력히 남아 있는 침상뿐이었다.

진산월은 천천히 다가가 침상 위에 걸터앉았다. 악자화가 떠난 지 오래되었는지 한 점의 온기도 남아 있지 않은 침상은 유난히 차갑게 느껴졌다.

자신이 나간 후 악자화는 이곳에 홀로 누워 무슨 생각을 했을까?

성치 않은 몸으로 아무런 기별도 없이 훌쩍 떠나 버린 그의 심정은 어떠한 것이었을까?

그는 이제 신목령에서도 외로운 존재가 되고 말았다.

솔직히 진산월은 그의 가슴속에 종남파로 돌아오고자 하는 마음이 조금이라도 남아 있는 것은 아닐까 하는 은근한 기대를 품고 있었다. 하나 온기 잃은 침상만큼이나 텅 빈 공간은 그의 그런 마음을 비웃고 있는 것 같았다.

침상 위에 앉은 채 무심코 눌린 흔적이 남아 있는 베개를 만지던 진산월은 문득 베개 밑에 삐죽 나와 있는 작은 종이 하나를 발견했다.

베개를 치우자 반으로 접힌 종이 한 장이 모습을 드러냈다.

진산월은 종이를 펼쳐 보았다. 두서없이 써 내려간 듯 잔뜩 흘려 쓴 글씨가 시야에 가득 들어왔다. 오래전에 보았던 악자화의 필체였다.

강호의 바람이 정말 차갑군.

이제는 제법 강호에 대해 안다고 생각했었는데, 그건 나의 오만이었던 것 같다. 덕분에 결코 보여 주고 싶지 않았던 누군가에게 형편없는 모습을 보여 주게 된 것이 못내 씁쓸하구나.

하지만 나에게는 아직 못다 간 칼이 있고, 이루지 못한 꿈도 남아 있다.

일전에 아주 우연히 이상한 말을 듣게 되었다. 처음에는 잘못 들은 말인 줄 알았는데, 이런 꼴을 당하고 나니 혹시라도 그때의 일로 인한 것이 아닌가 하는 생각이 들었다.

처음에는 현음진기의 비밀을 캐려는 게 발각되어 그런 줄 알았는데, 하룻밤 동안 꼬박 머리를 굴려 보아도 그것이 십 년 가까이 신목령에 충성을 다한 나를 이런 꼴로 만들 만한 중차대한 비밀이라고는 여겨지지 않았다.

그래서 그 일의 진정한 내막을 추적해 보려 한다.

만약 내 예측이 맞는다면, 이십 년 전의 기산취악이 벌어진 진정한 배후를 알 수 있게 될 것이다.

내 예측이 틀린 것이라면?

강호의 바람이 어디까지 차가워질 수 있는지를 좀 더 생생히 느끼게 되겠지.

창문 너머 움터 오는 새벽의 여명이 마치 그날 같구나.

종남산을 내려오던 그날의 아침 같아. 그날의 공기, 그날의 풍광, 그날의 하늘이 지금도 선명하게 그려지는구나. 더불어 그날의 각오도…….

이번에는 반드시…….

악자화의 글은 이렇게 끝이 났다.

진산월은 한동안 묵묵히 악자화가 남긴 서신을 몇 번이고 읽어 보았다.

그리고 끝내 맺지 못한 마지막 부분을 조용히 뇌까려 보았다.

"이번에는 반드시……."

이 글을 쓸 때의 악자화의 심정이 눈앞에 그려지듯 생생하게 느껴졌다. 파리한 안색에 초췌한 몰골을 하고 있어도 예리한 빛을 잃지 않던 그의 눈빛이 잊히지 않았다.

"악 형……."

진산월은 서신을 움켜쥔 채 텅 빈 허공의 한 점을 가만히 응시했다. 마치 그곳에 악자화가 있는 듯 한참 동안이나 바라보고 있다가 그에게 미처 하지 못했던 심중의 말을 나직하게 중얼거렸다.

"우리는 아직도 당신을 기다리고 있소."

제 331 장

구파회담(九派會談)

제331장 구파회담(九派會談)

진시 무렵에 청운 도장이 진산월을 찾아왔다.

"장문 도장께서 진 장문인을 뵙고 싶어 하십니다. 시간을 내주실 수 있으신지요."

"무슨 용무인지 알 수 있겠소?"

"빈도도 자세한 건 모릅니다. 다만 타파의 장문인들 몇 분이 함께 계시는 것 같았습니다."

옆에서 그 말을 듣고 있던 동중산의 외눈이 여느 때보다 활기차게 반짝거렸다. 그 눈 속에는 은근한 기대감과 설렘이 가득 담겨 있었다.

"알겠소. 조금만 기다리시오."

청운 도장을 대청에서 기다리게 하고 내실 안으로 들어오자 동중산이 재빨리 다가왔다.

"장문인. 이번에는 아무래도 구파……."

"섣부른 추측은 할 필요 없다. 가 보면 알게 될 일이다."

진산월이 담담한 음성으로 말하자 그제야 동중산은 자신이 너무 흥분해 있다는 걸 깨닫고 깊은숨을 몰아쉬었다.

"그렇지요. 제자가 성급했던 것 같습니다."

진산월도 동중산처럼 구파의 장문인들이 모여 있는 가운데 무당파의 장문인이 자신을 초대한 것이 종남파의 구대문파 복귀에 대한 안건 때문일지 모른다고 생각하고 있었다. 형산파와의 치열한 비무에서 승리한 이상 어떤 식으로든 종남파의 구대문파 복귀를 거론하지 않을 수 없는 상황이 된 것은 분명한 사실이었다.

하나 그렇다고 종남파의 복귀가 확정되었다고 단정할 수 있을지는 확실치 않았다.

형산파를 구파에서 축출할 만한 뚜렷한 명분이 없는 데다, 구파의 모든 문파들이 종남파에 우호적이라고 할 수도 없었다. 소림사의 대방선사가 종남파의 구대문파 복귀를 적극적으로 돕겠다고 천명했지만, 그렇다고 그것이 종남파의 복귀를 보장하는 것은 결코 아니었다.

그럼에도 마음 한편으로 기대가 되는 것은 어쩔 수가 없었다.

구대문파로의 복귀!

그 얼마나 간절히 바라던 절실한 소망이었던가? 그 꿈을 이루기 위해서 그들이 흘려야 했던 그 많은 땀과 눈물을 생각해 보면 구파복귀라는 말만으로도 귀가 솔깃하고 가슴이 뭉클해지는 것은 너무도 당연한 일이었다.

과연 종남파가 이십여 년의 숙원을 풀고 구대문파의 일좌(一座)로 다시 서게 될 수 있을지, 진산월은 두근거리는 기대와 희미한 불안감을 가슴에 안고 청운 도장을 따라 자소전으로 향했다.

"종남파의 진 장문인께서 오셨습니다."

청운 도장이 장문인실 앞에서 고하자 현령진인의 음성이 들려왔다.

"진 장문인은 들어오시라고 하고, 너는 잠시 물러가 있도록 해라. 당분간은 누구의 방해도 받고 싶지 않구나."

"예, 알겠습니다."

청운 도장이 머리를 조아리고 물러나자 진산월은 한 차례 호흡을 가다듬고는 방문을 열고 안으로 들어갔다.

그리 크지 않은 삼 장 남짓의 방에는 적지 않은 수의 인물들이 앉아 있었다. 빠르게 그들을 훑어보던 진산월은 이내 그들이 구대문파의 수장들임을 알아보았다.

소림과 무당을 위시해서 아미, 곤륜, 청성, 화산파는 장문인이 직접 참석했고, 공동파는 불치도인이, 그리고 점창파는 백리장손이 자파의 장문인을 대신하여 자리하고 있었다.

공동파는 원래 이번 무당집회에 장문인 대신 불치도인이 대표로 참석하였고, 점창파는 장문인인 장거릉이 문파의 급한 일로 집회가 끝나자마자 무당파를 떠났다는 것을 생각해 본다면 그야말로 각파를 대표하는 최고의 수뇌들이 모두 한자리에 모여 있는 셈이었다.

다만 유일한 예외는 형산파였는데, 그들이 이곳에 없다는 것만으로도 이 자리가 어떠한 목적으로 만들어진 것인지를 어렵지 않게 짐작할 수 있었다.

현령진인의 옆에 앉아 있는 소림사 장문인 대방선사의 모습이 시야에 들어왔다. 진산월과 시선이 마주치자 대방선사는 알아차리기 힘들 만큼 살짝 고개를 끄덕여 인사를 보내왔는데, 그의 얼굴에 떠올라 있는 표정이 실로 오묘해서 그의 의중이 어떠한지를 전혀 분간할 수 없었다.

진산월은 중인들에게 포권을 하여 인사를 하고 이내 한쪽에 마련된 자리에 가서 앉았다.

모두의 시선이 진산월에게 고정되었다. 당금 무림을 이끌고 있는 구대문파의 수뇌들이 보내는 따가운 시선을 한 몸에 받고 있으면서도 진산월은 전혀 표정의 변화가 없이 담담함을 유지하고 있었다.

그 침착한 태도와 흐트러짐 없는 모습은 전혀 젊은 나이의 청년 같지 않고 수십 년을 살아온 노강호(老江湖)를 보는 듯했다. 몇몇 사람의 눈가에 희미한 경탄과 호감의 빛이 떠올랐다. 그리고 몇몇 사람은 한층 더 날카로운 눈으로 진산월의 얼굴 구석구석을 살피고 있었다.

호의와 관심, 희미한 적의가 뒤섞인 시선들이 오가는 가운데 먼저 입을 연 사람은 이 방의 주인인 무당파의 장문인 현령진인이었다.

"어서 오시오, 진 장문인. 늦게나마 어제의 승전(勝戰)을 축하드리겠소."

"감사합니다."

"어려운 싸움이어서 종남파에 부상자가 적지 않은 듯한데, 그 분들의 상세는 어떠시오?"

"염려해 주신 덕분에 모두 무사할 수 있었습니다."

"육 대협의 부상이 특히 심한 것 같았는데, 그분께선 어떠시오?"

"조금 전에 의식을 찾으셨습니다."

"정말 다행한 일이오. 특히 육 대협이 의식을 잃어 걱정하는 도우(道友)들이 많았는데, 정신을 차리시다니 천존께서 도우신 듯하오. 원시천존."

육천기의 상세는 확실히 치명적이었다. 좌군풍의 검에 목이 두 치쯤 갈라진 육천기의 상처는 노방의 의술과 본인의 높은 공력으로 인해 다행히 봉합될 수 있었다. 오늘 아침에 겨우 의식을 찾은 육천기는 실의에 잠긴 모습이었으나, 다행히 목숨에는 지장이 없어서 순조로운 회복세를 보이고 있었다.

그 뒤로도 현령진인은 이번 비무에서 보여 준 종남파 고수들의 높은 무공에 대한 찬사를 늘어놓았다. 그러면서도 의도적으로 형산파에 대해서는 일체 거론하지 않았다.

이번에 벌어진 종남파와 형산파 사이의 싸움은 비무라는 말이 어울리지 않을 정도로 흉험하고 유혈낭자한 것이었으며, 부상자가 속출하는 와중에 형산파의 최고 고수 한 사람이 목숨을 잃기도 했다. 당금 무림의 최정상을 달리는 고수들의 눈부신 무공과 상상도 못했던 놀라운 절학들이 줄지어 쏟아져 나왔고, 어느 한 싸움도 중인들의 눈을 사로잡지 않은 것이 없었다. 그래서 벌써부터 무림인들 사이에서는 비무가 아닌 '대전(大戰)'이라는 말이 나오고 있는 실정이었다.

그 화제성만큼이나 여파 또한 적지 않았다.

종남파의 위상은 더할 수 없이 높아졌으며, 가뜩이나 많은 무림인들의 입에 오르내리던 신검무적의 명성은 중천에 떠 있는 태양만큼이나 찬연하게 빛나고 있었다. 이제는 누구도 그가 강호제일검객임을 부인하지 못했고, 심지어는 능히 천하제일인인 모용대협과 견줄 만하다는 의견도 쏟아지고 있었다.

반면에 싸움에서 패한 형산파의 타격은 말로 형용할 수 없는 것이었다. 한때 화산파와 함께 구대문파의 최고를 넘볼 만하다는 평가를 받던 상황에서 그야말로 급전직하하여 이제는 구대문파에서의 퇴출이 거론되는 처지로까지 몰리고 있었다. 특히 처음으로 배출된 육결검객마저 잃어버린 것은 그들에게는 너무도 뼈아픈 일이 아닐 수 없었다.

비무가 끝난 후 쓸쓸히 무당파를 떠나는 형산파 고수들의 뒷모습은 유난히 어둡고 침울한 것이었다.

현령진인은 다시 눈을 빛내며 진산월을 쳐다보았다.

"진 장문인도 짐작하시겠지만, 이번에 종남파의 처우에 대해 우리 사이에 많은 논의가 있었소."

진산월은 묵묵히 고개만 끄덕였다.

지금 상황에서 그가 무슨 말을 할 수 있겠는가?

"어제저녁에 대방선사의 발의(發議)로 시작된 논의가 밤새 이어졌고, 조금 전에야 겨우 대충의 합의가 이루어졌소. 그래서 진 장문인을 모셔 오라고 한 거요."

그 논의가 무엇인지는 삼척동자라도 알 수 있을 것이다. 그 논의가 밤새 이어졌다는 것은 그만큼 서로 간의 의견 충돌이 많았다는 뜻이며, 그럼에도 결국 합의가 되었다는 것은 구대문파의 앞으로의 방침이 분명하게 정해졌음을 의미하는 것이었다.

그 논의의 과정에서 당사자인 형산파와 종남파가 철저하게 배제된 것은 어쩔 수 없다고 해도, 종남파의 장문인인 진산월의 입장에서는 자신들의 운명이 남의 손에 맡겨지는 것 같아 한없이 입맛이 씁쓸할 수밖에 없었다.

하나 구대문파란 결국 아홉 개 문파의 통합적인 명칭이었다. 어느 한 문파의 뜻으로 좌우할 수 없는 거대한 조직이었고, 그것은 다시 말하면 다른 모든 문파의 뜻이 일치한다면 한 문파는 그 뜻에 따르는 것 외에는 다른 방도가 없다는 말이기도 했다.

마치 이십여 년 전 기산취악 당시의 종남파처럼.

"이제 종남파에 대한 우리 여덟 개 문파의 합의를 말씀드리겠소."

"세이경청하겠습니다."

현령진인은 한 차례 목소리를 가다듬고는 진지한 음성으로 입을 열었다.

"합의는 모두 세 가지요. 첫째로 우리는 이십사 년 전 종남파를 구대문파에서 축출한 당시의 결정이 다소 성급한 것이었다고 생각하며, 따라서 종남파의 구대문파 복귀에 원칙적으로 찬성한다는 거요."

진산월은 마음속으로 솟구치는 격동을 억누르느라 이를 질끈

깨물어야 했다.

정통을 추구하기에 고지식한 일 처리를 선보였던 구대문파로서는 실로 이례적이라고 할 만큼 혁신적인 선언이었다.

'다소 성급한' 이라는 완곡한 표현을 쓰기는 했으나 기산취악이 잘못된 결정이라는 의견을 중론으로 받아들였으며, 자연히 당시의 결정으로 축출되었던 종남파의 지위를 원상회복하겠다는 의미를 담고 있는 것이다.

진산월조차도 자신들의 구파 복귀가 이토록 수월하게 이루어지리라고는 쉽게 믿어지지 않았다.

다만 '원칙적' 이라는 말에 다소의 불안감이 드는 건 사실이었다.

그리고 현령진인의 다음 말은 그의 그런 불안한 마음이 잘못된 것이 아니었음을 증명해 주고 있었다.

"둘째로, 그렇기에 형산파를 구대문파에서 내보내는 것도 보다 신중히 판단해야 한다는 것이오. 처음의 잘못을 바로잡으려고 또다시 같은 잘못을 되풀이할 수는 없지 않겠소?"

굳이 진산월의 대답을 원하는 물음은 아니었고, 진산월 또한 묵묵히 그의 말을 듣고만 있었다.

현령진인은 진산월의 얼굴을 무심히 바라보며 다시 말을 이었다.

"셋째로, 따라서 종남파의 구대문파 복귀에는 좀 더 분명한 명분이 있어야 하며, 그것은 다른 팔 개 문파 모두가 충분히 납득할 만한 것이어야 한다는 것이오."

순간적으로 진산월이 허탈함을 느끼지 않았다면 그것은 거짓말일 것이다.

처음 종남파의 구대문파 복귀를 원칙적으로 찬성한다는 말을 들었을 때 느꼈던 희미한 불안감은 그대로 적중되었다. 결국 현령진인의 말은 당장 종남파의 지위를 원래대로 되돌려 놓을 수 없다는 것과 마찬가지였다.

팔 개 문파 모두가 납득할 수 있을 때만이 비로소 구대문파에 복귀할 수 있다니. 그 일을 이루기 위해 얼마나 많은 길을 걸어야 하는 것일까?

아니, 과연 그것이 가능하기나 한 일일까? 적어도 숙적인 화산파는 종남파가 어떠한 업적을 세우든 절대로 종남파의 복귀를 납득하려 하지 않을 것이다.

너무도 막연하고 불가능해 보이는 그 단서에 진산월은 처음에는 허탈함을, 그리고 나중에는 분노를 느꼈다.

'이자들이 지금 말로 우리를 희롱하려 하는 것일까?'

진산월은 처음으로 구대문파 복귀에 대한 짙은 회의감과 다른 팔 개 문파에 대한 강한 거부감을 동시에 품게 되었다.

무심한 듯 가라앉아 있던 그의 표정이 조금씩 변해 가는 과정을 가만히 지켜보고 있던 현령진인이 그의 그런 심정을 이해한다는 듯 또 다른 말을 내뱉었다.

"그래서 우리는 진 장문인에게 한 가지 제안을 하려 하오. 아니, 보다 정확히 말하자면 종남파와 형산파에 함께 드리는 제안이라고 할 수 있소."

"……."

"돌아오는 중추절에 서장 무림과의 싸움에서 최선을 다해 주시오. 그 싸움에서 어느 문파가 더 중원 무림을 위해 힘을 다했는지로 구대문파의 한 자리를 결정할 것이오."

진산월은 한동안 가만히 생각에 잠겼다.

예상했던 것만큼 화가 나거나 모욕감을 느끼지는 않았다. 조금 전에 순간적으로 불타올랐던 분노는 오히려 씻은 듯이 사라져 버렸다. 대신에 냉정한 사고(思考)가 머릿속을 가득 채우고 있었다.

현령진인의 제안은 종남파의 입장에서는 서운하고 불만족스러운 것이었지만, 한편으로는 이해하지 못할 것도 아니었다. 막연히 다른 팔 개 문파를 납득시키라고 했다면 도저히 받아들이지 못하겠지만, 서장 무림과의 싸움에서 더 공(功)을 세우는 문파를 구대문파의 하나로 인정하겠다는 제안은 충분히 고려해 볼 만한 것이었다.

어차피 구대문파를 위시한 명문정파의 속성은 모두 비슷했다.

자신들의 지위에 무한한 자부심을 가지고, 모든 일을 철저히 자기들 중심으로 생각하는 것이 그들의 사고방식이었다. 그들 입장에서는 비록 종남파가 형산파를 꺾는 위세를 보였다고 해도 이십 년의 공백을 뛰어넘어 선뜻 구대문파의 일원으로 다시 받아들이기에는 아직 미흡한 면이 있다고 생각할 법도 했다.

아니면 너무나 빠르게 커 가고 있는 종남파에 대한 은근한 경계심의 발로일지도 몰랐다. 어떤 식으로든 욱일승천의 기세로 타오르고 있는 종남파의 기세를 잠시 완화시키거나 제어할 장치가 필요하다고 생각했을 수도 있었다.

하나 진산월은 강호의 생리 또한 알고 있었다.

강호는 결국 강자(强者)들의 논리에 의해 모든 일이 결정되는 세계였다. 강호인들이 흔히 내세우는 협(俠)이니 대의(大義)니 하는 것도 힘이 바탕이 되지 않는다면 단순한 공염불에 불과했다.

기산취악이 바로 그 생생한 증거였다. 수백 년간 구대문파의 한자리를 굳건히 지켜 왔던 명문정파가 단순히 힘이 없다는 이유 하나만으로 제대로 항변도 해 보지 못하고 구대문파에서 축출된 그 사건만큼 힘의 논리가 지배하는 강호의 생리가 극명하게 표출된 사례가 없었다.

힘이 갖추어진 상태에서 나머지 요소들은 다분히 형식적인 것에 불과했다. 문제는 종남파가 쇠락한 지 이십 년이 넘는 장구한 세월이 흘렀고, 형산파가 아직은 과거의 종남파처럼 힘이 없는 나약한 문파가 아니라는 점이었다.

그것이 팔 개 문파가 이런저런 이유를 내세우며 당장 종남파의 복귀를 선뜻 인정하지 못하는 근본적인 원인이었다.

어찌 되었건 종남파가 구대문파에 복귀하기 위해서는 다른 팔 개 문파의 지지가 절대적으로 필요한 상황이었다. 적어도 구대문파에 소속되기를 바란다면 그들의 합의를 무작정 무시할 수는 없는 일이었다.

달리 보면 종남파가 그동안의 현격한 차이를 극복하고 형산파와 같은 선상에 서게 되었음을 확인한 것만으로도 나름의 의미는 있다고 할 수 있었다.

그리고 서장 무림과의 싸움은 어차피 자신이 감당해야 할 일이 아니었던가?

다만 진산월이 우려하는 것은 달리 있었다.

이번 일로 종남파 제자들의 피가 흐르게 되는 것은 절대적으로 피해야 했다. 피는 자기 혼자만으로 충분했다. 더 이상 문파 외적인 일 때문에 제자들이 피를 흘리게 해서는 안 되었다.

그래서 진산월은 여느 때보다 단호한 음성으로 입을 열었다.

"제안은 잘 들었습니다. 하지만 중원의 운명을 건 서장 무림과의 싸움을 두 파의 경쟁 무대로 삼는다는 건 조금 마음에 걸리는 군요."

현령진인의 표정이 거의 알아차릴 수 없을 만큼 살짝 굳어졌다.

"진 장문인은 우리의 제안이 별로 탐탁지 않은 모양이구려."

"그렇다기보다는 조금 생각을 바꿀 필요가 있다고 봅니다."

"어떻게 말이오?"

"구대문파의 자리를 단순히 한 가지 사안에 대한 경쟁이나 내기 형식으로 선정하는 건 서장 무림과의 결전에 대한 의미를 퇴색시킬 염려가 있을 뿐 아니라 구대문파의 위상에도 어울리지 않는다고 생각합니다."

현령진인은 물론이고 장내에 있는 모든 사람들이 흥미 어린 눈으로 진산월을 주시했다.

"진 장문인의 의견을 말해 보시오."

"본 파와 형산파와의 묵은 은원은 이번에 정리가 된 셈입니다. 다가오는 서장과의 싸움에서 나는 선반의 반주로서 최선을 다하는 것으로 만족하겠습니다."

현령진인은 진산월이 말속에 담긴 의미를 파악하지 못하겠는지 고개를 갸우뚱거리며 되물었다.

"형산파와의 대결에는 더 이상 관심이 없다는 말이오? 하지만 형산파에서는 그렇게 생각하지 않을 거요."

"그들이 어떤 생각을 하건 본 파와는 상관이 없는 이야기입니다."

현령진인은 진산월의 의중을 파악하려는 듯 그의 얼굴을 뚫어지게 바라보았다.

"진 장문인의 말은 구대문파로의 복귀에 더 이상 신경 쓰지 않겠다는 말처럼 들리는구려."

얼핏 그 말은 생각하기에 따라서는 그에 대한 추궁이나 비아냥으로 들릴 수도 있었다.

진산월은 희미하게 웃었다.

"그럴 리가 있겠습니까? 그건 지난 이십 년간 본 파 모든 제자들의 한결같은 염원이었습니다."

조용한 음성에 담담한 웃음이었다. 그래서 더욱 사납게 들렸다.

장내에 앉아 있는 사람들은 모두 각 문파를 대표하는 장문인들이거나 최고의 수뇌들이었지만, 지금 이 순간만큼은 무언지 모를 오싹함에 순간적으로 몸을 떨어야 했다.

특히 진산월과 마주 보고 앉아 있는 현령진인은 전신의 모공이 활짝 열렸다가 다시 닫힌 것 같은 섬뜩함을 느꼈다. 그것은 마치 성난 맹수가 날카로운 이빨을 드러내며 으르렁거리는 광경을 코앞에서 지켜본 사람의 공포 같기도 했고, 끝도 보이지 않는 천 길 낭떠러지를 내려다보는 산사람의 두려움 같기도 했으며, 거센 폭풍우가 휘몰아치는 망망대해 속을 표류하는 어부의 절망 같기도 했다.

현령진인은 퍼뜩 정신을 차리고 다시 진산월을 바라보았으나, 진산월의 얼굴에는 아무런 표정도 떠올라 있지 않았다.

현령진인의 눈초리가 가늘게 떨렸다. 현령진인 또한 당금 무림의 누구에게도 뒤지지 않는 고강한 무공의 소유자였다. 그런 현령진인조차도 일순 가슴이 덜컥 내려앉을 정도로 가공할 기세가 그의 몸을 한바탕 휩쓸고 지나가 버린 것이다.

일정 수준 이상의 기세는 심령(心靈)에도 영향을 끼친다. 진산월이 흘린 기세는 나타날 때보다 더욱 빠르게 사라졌지만, 그 흔적은 여실히 남아서 현령진인은 아직도 심령상의 압박을 느끼고 있었다.

그는 곧 마음을 가다듬고 나직하게 헛기침을 했다.

“험. 빈도의 억측이 지나쳤던 것 같소. 진 장문인의 생각을 좀 더 정확히 알고 싶구려.”

진산월은 나직하면서도 더할 수 없이 분명한 음성으로 말했다.

“앞으로 형산파와의 무의미한 경쟁이나 대결은 더 이상 하지 않겠다는 뜻입니다.”

너무도 단호한 그의 말에 현령진인은 순간적으로 말문이 막혔는지 멀거니 그를 쳐다보고만 있었다.

다른 장문인들도 일부는 날카로운 눈으로, 일부는 우려의 시선으로 그를 바라보았으나, 누구도 선뜻 입을 여는 사람은 없었다. 모두들 그의 말속에 숨은 뜻을 헤아리느라 머리가 복잡한 표정들이었다.

현령진인은 한 차례 머리를 흔들고는 이내 정색을 하고 되물었다.

"진 장문인의 말뜻을 쉽게 이해할 수 없구려. 옥석(玉石)을 구분하기 위해서는 경쟁은 필연적인 것이오. 그렇다면 진 장문인은 우리가 어떤 식으로 두 파의 거취를 판단해야 한다고 생각하시오?"

"그건 순리대로 따르면 될 것입니다."

"순리?"

"강호의 순리 말입니다. 이번 서장 무림과의 싸움이 끝나면 양파의 거취는 자연적으로 결정될 것이라고 봅니다."

현령진인의 얼굴에 순간적으로 쓴웃음이 떠올랐다. 진산월이 말하는 강호의 순리가 어떤 것인지 잘 알고 있기 때문이었다. 진산월의 말인즉, 시간이 흐를수록 힘이 더 강한 문파가 우위에 올라서게 될 테니 서장 무림과의 싸움이 끝날 즈음이면 굳이 두 파 중 어느 문파가 구대문파의 한 자리를 차지하게 될지 따질 필요가 없이 자연스레 한 문파로 귀결될 거라는 뜻이었다.

말 자체는 흠을 잡을 수 없는 지극히 정론적인 이야기였다. 하나 그 말대로라면 다른 팔 개 문파가 굳이 힘들게 합의를 한 의미도 없게 되는 것이다.

그렇다고 진산월이 팔 개 문파의 합의를 거절했다고 보기도 힘들었다. 오히려 그 합의를 충실히 따르면서 가장 무난한 방법을 제시했다고 할 수 있었다.

다만 형산파와의 본격적인 경쟁을 내용으로 한 현령진인의 제안과는 다소 동떨어진 길이었다.

진산월은 그들의 합의는 받아들이면서 제안은 살짝 비틀어 거부하는 방법을 취했는데, 현령진인으로서는 이를 알면서도 무어라고 반박하기가 힘든 상황이었다.

서장 무림과의 싸움에 앞장서겠으며, 구파의 복귀에 대한 문제는 강호의 순리에 따르겠다는 말에 무슨 트집을 잡을 수 있겠는가?

더구나 그 말을 내뱉은 사람이 다름 아닌 당금 강호제일검객이었으니 아무리 현령진인이 오랫동안 무림을 호령해 온 무당파의 장문인이라 하더라도 그의 말을 함부로 무시할 수도 없었다.

결국 현령진인은 어쩔 수 없이 고개를 끄덕이는 수밖에 달리 도리가 없었다.

"진 장문인의 의견이 그러하다면 우리도 그 점을 최대한 반영해서 다시 상의해 보도록 하겠소. 다만 형산파에서 진 장문인의 뜻에 따라 줄지는 장담할 수 없겠구려."

"그건 그들이 알아서 판단해야 할 문제겠지요."

그날의 모임은 그렇게 끝이 났다.

속마음이야 어떻든 현령진인은 웃는 낮으로 진산월을 배웅했으며, 자리를 함께했던 다른 문파의 수뇌들도 진산월에게 별다른 거부감을 표시하지 않았다.

진산월이 막 인사를 마치고 밖으로 나가려 했을 때, 그의 귓전으로 누군가의 전음이 들려왔다.

－진 장문인. 소림의 대방이오. 잠시 시간이 괜찮으시다면 빈승의 거처에서 차라도 한잔 나누지 않으시겠소?

그렇지 않아도 진산월은 이번 모임에 대해 궁금한 점이 몇 가지 있었기에 즉시 그에게 전음을 보냈다.

－알겠습니다. 한 시진 후에 찾아뵙도록 하겠습니다.

진산월이 떠난 후 각 파의 수뇌들은 다시 회담을 열었으며, 이번에는 별다른 이견 없이 쉽게 합의에 도달할 수 있었다.

진산월은 그 결과를 대방선사의 방에서 그에게 직접 들을 수 있었다.

"진 장문인의 의견대로 일단은 서장 무림과의 싸움이 끝날 때까지 어떠한 판단이나 선택도 하지 않고 조용히 지켜보기로 결정했소."

그렇게 말하는 대방 선사의 얼굴에는 씁쓸한 빛이 여실히 드러나 있었다.

"당연히 그렇게 했어야 했는데, 그런 결정을 내릴 때까지 너무 먼 길을 돌아온 것 같소. 새삼 중론(衆論)을 하나로 모은다는 것이 얼마나 힘든 일인지 다시 한 번 깨닫게 되었소."

진산월은 담담한 음성으로 대꾸했다.

"원래 사람마다 생각이 다른 법이지요."

"허헛. 진 장문인의 말씀이 옳소. 그나저나 먼저 진 장문인에게 사과드려야겠구려."

"무엇을 말입니까?"

"형산파와의 비무에서 승리하게 된다면 종남파를 다시 구대문파로 복귀시키는 것이 그리 어렵지 않은 일인 줄 알았는데, 그러지 못했소. 아무래도 빈승의 생각이 모자랐던 것 같소."

대방선사는 이번에 종남파의 구파 복귀가 이루어지지 않은 것에 대해 진산월에게 사과를 했으나, 진산월은 가만히 고개를 흔들었다.

"본 파의 구파 복귀를 정식으로 발의하신 것만으로 방장께서는 저와의 약속을 훌륭히 지키셨습니다. 오히려 그 점에 대해 제가 방장께 늦게나마 감사의 말씀을 드리겠습니다."

일전에 소림사에서 대방선사는 진산월에게 종남파가 비무행을 성공적으로 치러 낸다면 종남파의 구대문파 복귀를 안건으로 발의하겠다고 제안했었다. 그때만 해도 그 일은 불가능에 가까운 조건들이 내걸린 어려운 것이었으나, 종남파는 모든 조건들을 완벽하게 이루어 냈고 대방선사도 자신이 한 약속을 충실히 수행했다.

누구라도 당시의 일을 떠올려 본다면 그 짧은 시간에 강호에서 종남파의 위상이 얼마나 많이 올라갔는지 실로 격세지감을 금치 못할 것이다.

그때는 불가능해 보였던 종남파의 구대문파 복귀는 지금은 충분히 실현 가능한 일이 되었으며, 심지어 그것이 당장 이루어지지 않은 것에 대방선사가 미안함을 느낄 정도로 당연한 일처럼 여겨졌다.

대방선사는 이번에 이런 식의 결정이 내려지게 된 뒷이야기를 차분한 어조로 설명했다.

"원래 당초의 분위기로는 무난히 종남파의 복귀가 결정될 흐름이었소. 본 사는 물론이고 여타 문파의 장문인들도 어제의 비무를 보고 적지 않은 충격을 받았음은 물론이고 종남파의 저력에 대해 모두들 감탄하고 있었소."

진산월은 묵묵히 대방선사의 말에 귀를 기울이고 있었다.

"그런데 막상 가부간의 결정을 하게 되자 다수의 문파에서 종남파의 복귀에 대해 난색을 표했소."

"그들이 어느 문파인지 알 수 있습니까?"

"먼저 이의를 제기한 곳은 점창파였고, 곧이어 공동파와 화산파가 그에 동조를 했소. 형산파에 특별한 흠결이 없는 상황에서 종남파의 구파 복귀를 논하기에는 아직은 시기상조라는 의견이었소. 본 사와 아미, 곤륜은 종남파의 복귀에 찬성하는 입장이어서 결국 두 의견을 놓고 격론을 벌이지 않을 수 없었소."

"무당파는 어느 의견을 지지했습니까?"

"무당과 청성은 중립을 고수했소. 청성파는 어느 쪽으로 결정되든 따르겠다는 태도였고, 무당파는 이번 모임의 주최자이니만큼 회담을 진행하는 데 더 신경을 쓰는 것 같았소."

여덟 개 문파 중 두 개 문파가 중립을 지키고 여섯 개 문파가 두 파로 나뉘어 설전을 벌인 결과가 바로 세 가지 합의였다.

그 합의 자체에는 납득하려면 납득하지 못할 것도 없었다. 진산월도 다소의 아쉬움은 있을지언정 합의 자체를 거부할 생각은 없었다.

문제는 합의 이후에 현령진인이 말한 제안이라는 것이었다. 형산파와의 경쟁을 노골적으로 부추기는 그 제안은 종남파 입장에서는 한편으로는 모욕적이면서도 한편으로는 불필요한 희생을 불러올 수도 있는 독소 조항이었다.

진산월은 대체 그 제안이 누구의 머리에서 나온 것인지 궁금했다.

"그 제안이 어떻게 발의된 것인지 알 수 있겠습니까?"

대방선사의 중후한 얼굴에 한 줄기 쓴웃음이 떠올랐다.

“합의의 둘째와 셋째 조항을 놓고 의견이 분분했었소. 그러다 점창파의 대표로 참석한 백리 대협께서 당금 무림의 최대 현안인 서장 무림과의 싸움이 두 파를 위한 좋은 무대가 될 거라며 의견을 내놓았소. 그리고 공동파와 화산파는 물론이고 중립을 지키던 청성파마저 그 의견에 찬성하자 사회를 보던 현령진인께서 그걸 하나의 제안으로 확정하신 거요.”

대방선사는 에둘러 말했지만, 진산월은 그 말속에 숨은 뜻을 이내 알아차렸다.

결국 의견 자체는 백리장손이 처음 꺼냈지만, 그걸 제안으로 만든 사람은 무당파의 장문인인 현령진인이었던 것이다. 현령진인의 의도가 무엇인지는 정확히 알 수 없었지만, 그것이 결코 종남파에 유리한 방향은 아니라는 건 너무도 분명해 보였다.

종남파의 가장 큰 약점은 문하 제자의 수가 현격하게 적다는 것이었다. 그것은 오랫동안의 쇠락으로 인한 것이어서 결코 단시일 내에 극복할 수 없는 성질의 문제였다.

그런 상황에서 형산파와의 경쟁 때문에 서장 무림과의 싸움에 전력을 기울이게 된다면 가뜩이나 부족한 문하 제자의 수가 급격히 줄어들어 문파의 중심이 뿌리째 흔들리게 될지도 모르는 일이었다. 진산월이 가장 우려하는 것도 바로 그 부분이었다.

그 약점을 날카롭게 찌르고 들어온 제안에 대해 진산월이 경계심을 갖는 것도 무리는 아니었다.

대방선사 또한 강호의 경험이 풍부하고 지혜가 뛰어난 인물이니만큼 진산월의 그런 우려를 모르는 바가 아니었다. 하나 그렇다고 무작정 백리장손과 현령진인이 종남파에 위해를 가할 의향이 있다고 단정 지을 수도 없었다.

사실 치열한 논쟁을 벌였다고 했지만, 회담 자체의 분위기는 화기애애한 편이었다. 각 파의 수뇌들이 모처럼 한자리에 모이게 된 만큼 서로의 안부를 묻고 정담(情談)을 나누는 시간이 대부분이었다.

각 파의 이해관계가 첨예하게 대립되지 않는 한, 구파 회동의 대부분은 그와 유사한 분위기에서 치러지곤 했다. 물론 친근하게 웃고 있는 미소나 부드러운 음성 밑바닥에는 한 치의 양보도 없는 냉정한 판단과 손익계산이 포함되어 있지만, 겉으로 드러나는 분위기는 오랜만에 만난 친한 동료들의 모임 그 이상도 이하도 아니었다.

종남파의 복귀는 그들로서는 신경을 곤두세우면서 흥분하거나 서로 얼굴을 붉힐 만한 사안이 아니었다. 당사자인 종남파와 형산파로서는 그야말로 문파의 미래가 걸린 중차대한 일이겠으나, 다른 팔 개 문파에서는 어느 파가 구대문파의 한 자리로 들어서든 크게 상관없는 문제였다.

둘 중 어느 문파가 된다고 해도 구대문파의 위상이 변하거나 다른 문파가 피해를 입을 가능성은 전무했다. 그러니 사안의 중대성에 비해 각 문파가 임하는 자세는 다소 느긋할 수밖에 없었다.

종남파의 복귀를 찬성하는 문파들도, 시기상조라고 주장하는 문파들도 실제로는 부드럽고 완곡하게 자신들의 의견을 피력했을 따름이었다. 그런 상황이다 보니 어느 한 문파에서 다소 강하게 주장하면 여타 문파들은 특별한 거부감이 없는 한 그 문파의 의견에 동조하는 것이 일반적인 모습이었다.

백리장손의 제안도 그런 분위기에서 나온 것이어서 다른 문파에서 쉽게 동의했던 것이다.

아마 그들 대부분은 이 제안이 당연히 받아들여질 줄 알고 있었을 것이다. 그러니 진산월의 반응에 오히려 상당한 당혹감을 느꼈을지도 몰랐다.

별다른 위기감이나 이해득실에 따른 몰입은 없지만 상당히 흥미를 끄는 타 문파의 문제.

이것이 구대문파가 종남파의 복귀를 바라보는 냉정한 시각이었다.

그런 점에서 본다면 자신이 먼저 종남파의 복귀를 제안하고 구체적으로 그것을 위해 활발히 활동한 대방선사가 지극히 예외적인 경우라고 할 수 있을 것이다.

진산월이 상념에 잠겨 있는 모습을 잠시 지켜보고 있던 대방선사가 다시 입을 열었다.

"사실 빈승이 진 장문인을 보자고 한 건 그 외에 긴히 드릴 말이 있어서요."

"말씀하시지요."

대방선사의 맑고 정기가 번뜩이는 눈이 진산월의 얼굴에 못 박히듯 고정되었다.

"진 장문인은 이제 곧 선반의 반주로서 무림맹의 선봉에 서게 될 것이오. 혹시 진 장문인께선 어느 곳을 가장 첫 번째 목표로 삼

을지 정해 두신 곳이 있소?"

선반은 무림맹의 최일선에서 서장 무림과 격돌을 하는 곳이다. 당연히 선반의 목표는 외부로 유출되어서는 곤란한 기밀 중의 기밀이었다.

하나 진산월은 주저하지 않고 대답했다. 대방선사가 그것을 모르고 질문을 했을 리는 없다는 걸 잘 알고 있기 때문이었다. 그의 질문에는 필연적인 곡절이 있을 것이다.

"저는 흑갈방을 염두에 두고 있습니다."

대방선사는 묵직하게 고개를 끄덕였다.

"빈승도 그러리라고 짐작했소. 확실히 흑갈방은 현재 알려진 서장 세력 중 가장 강력하면서도 외부로 드러나 있는 곳이지."

"방장께선 제 생각이 마음에 들지 않으십니까?"

"그런 건 아니오. 빈승도 서장 무림과의 싸움을 앞두고 기선을 제압하기 위해서라도 흑갈방을 없애는 것은 가장 좋은 방법이라고 생각하오."

말은 그렇게 하면서도 대방선사의 얼굴 표정은 그리 밝지 않았다.

"문제는 흑갈방의 세력이 겉으로 알려진 것보다 훨씬 더 강력하다는 것이오. 아마 진 장문인이 예상하고 있는 그 이상일 것이오."

진산월도 흑갈방에 대해서는 어느 정도 알고 있었다.

흑갈방은 원래 섬서성 동관 일대에서 활동하던 흑도의 군소 방파 중 하나에 불과했다. 그런데 어느 순간부터 무섭게 세를 확산

하여 섬서성 일대를 장악하더니 지금은 하남성과 하북성을 넘어 강북 무림 전체에서 가장 거대한 흑도 방파가 되어 버렸다.

그 배후에 서장의 세력이 있다는 것은 나중에 알려진 사실이었다.

진산월은 그들의 최고 수뇌가 서장의 제일기인이었던 천애치수 단목초의 제자들인 위태심과 백석기라는 사실도 알고 있었다.

진산월이 흑갈방을 선반의 최초 대상으로 삼은 것도 바로 그런 연유에서였다.

진산월은 아무리 위태심을 비롯한 흑갈방의 세력이 강력하다고 해도 자신을 보조해 줄 고수들만 있다면 충분히 그들을 무너뜨릴 수 있으리라고 생각했다.

그런데 대방선사는 그의 그런 생각이 잘못된 것일 수도 있다고 말하는 것이다.

"흑갈방은 섬서성을 장악한 후 줄곧 하남성 일대로 세력을 확대시키고 있소. 그래서 본 사도 그들에 대해 자세히 조사하지 않을 수 없었소."

대방선사는 자신이 알고 있는 흑갈방의 세력에 대해 말해 주었다.

흑갈방의 방주는 흑의사신 위태심이고, 부방주는 그의 사제인 화면신사 백석기였다. 그들 외에도 서장의 최고 고수들이라는 서장십이기 중 네 명과 십육사 중 다섯 명이 있으며, 오래전부터 강호에 모습을 드러내지 않았던 전대(前代)의 노마(老魔)들도 다수 포함되어 있었다.

그들 중에는 수십 년 전에 북만주 일대의 패자로 군림했던 팔황일독(八荒一獨) 표성락(杓星絡)과 흥안령(興安嶺)의 괴물 낭아

신검(狼牙神劍) 채병익(菜秉翼), 대막 일대를 공포에 떨게 했던 혈전사마(血戰四魔) 노씨형제(路氏兄弟) 같은 무시무시한 고수들도 있었다.

하나 무엇보다도 대방선사를 걱정스럽게 한 것은 흑갈방의 봉공(奉公)으로 있는 두 명의 괴인들이었다.

"그들은 모두 나이를 추측하기 어려운 백발의 노인들인데, 일신의 공력이 하늘에 도달해 있어서 그 콧대 높은 서장십이기조차도 그들 앞에서는 감히 머리를 세우고 다니지 못한다고 하오. 흑갈방 내에서는 그들을 천지쌍노(天地雙老)라고 부르고 있소."

진산월은 머리를 굴려 보았으나 그런 이름을 들은 기억이 없었다.

그의 강호 경험이 비록 평생을 강호에서 살아온 노강호들보다는 못해도 대방선사를 걱정스럽게 할 정도의 고수들이라면 모를 리가 없는데, 천지쌍노는 전혀 듣도 보도 못한 이름이었다.

대방선사의 이어지는 말은 점입가경이었다.

"얼마 전에 비밀리에 들어온 소식에 의하면, 최근 흑갈방이 하북성을 진출하는 과정에서 검보와의 충돌이 있었다고 하오. 그때 검보의 전대 보주였던 검왕 서문 대협께서 흑갈방을 막아섰는데, 천지쌍노 중 한 사람의 손에 불과 십여 초 만에 패하고 말았다는 것이오."

좀처럼 평정을 잃지 않던 진산월도 그 말에는 놀라지 않을 수 없었다.

"서문 대협이 말입니까?"

"그렇소. 워낙 은밀히 벌어진 일이라 강호에는 아직 소식이 제대로 퍼지지 않았지만, 본 사에서는 계속 흑갈방을 주시하고 있었는지라 곧바로 정보를 입수할 수 있었소."

검보는 한때 강북삼보의 하나로 명성을 떨치던 하북성 제일의 문파였다. 검왕 서문동회는 이미 십여 년 전에 보주의 자리를 아들인 서문장천에게 넘기고 은거했지만, 지금도 그의 영향력은 시들지 않고 있었다.

더구나 그는 종남파의 제자인 서문연상의 할아버지가 아닌가?

강호 무림 전체를 놓고 보아도 열 손가락 안에 능히 꼽힐 최절정의 검객인 서문동회가 십여 초 만에 패했다는 것도 놀라운 일이었지만, 검보가 흑갈방의 세력 확장을 막지 못했다는 것은 더욱 놀라운 일이 아닐 수 없었다.

진산월은 무림의 안위를 위해, 그리고 서문연상을 위해서도 검보의 일이 우려되었다.

"그 후의 과정은 어떻게 되었습니까?"

"검보는 일단 자기들의 본거지에 웅크린 채 힘을 모으고 있다고 하오. 흑갈방 또한 섣부른 세력 확장을 자제한 채 검보를 호시탐탐 노리고 있는데, 머지않아 그들이 본격적으로 부딪치게 될 거라는 게 많은 사람들의 한결같은 생각이오."

진산월은 아직 검보가 무너지거나 절대적인 위기에 처한 것은 아니라는 사실에 내심 안도의 한숨을 내쉬지 않을 수 없었다. 하나 그만큼 흑갈방과 두 명의 봉공에 대한 의구심이 더욱 커졌다.

"서문 대협을 일패도지시킬 만한 실력의 고수는 결코 많지 않을 텐데, 제가 과문해서인지 천지쌍노라는 이름의 고수가 있다는 말은 들어 본 적이 없는 것 같군요. 방장께서는 혹시 그들의 이름을 아십니까?"

"빈승도 처음 듣는 이름이었소. 그래서 본 사의 제자들을 풀어 좀 더 그들에 대해 알아 오게 했소. 서문 대협을 상대한 자는 천노(天老)라는 인물인데, 단지 한 쌍의 육장(肉掌)만을 사용했다고 하오."

장력으로 서문동회를 꺾을 만한 고수가 누구인지 떠올려 보았으나 쉽게 예상할 수 없었다.

당금 무림에서 장력의 최고수는 무림구봉 중의 일인이며 현재 무림맹주를 맡고 있는 일장개천지 위지립이었다. 하나 위지립이라 할지라도 과연 서문동회를 십여 초 만에 꺾을 수 있을지는 의문이었다.

"단지 그것만으로는 그들의 정체를 파악할 수 없었소. 다행히 파견 나갔던 제자들 중 하나가 아주 귀한 정보를 입수해 왔소. 몇 달 전에 의문의 변사체로 발견되었던 운문세가의 가주 천룡신군 운대방의 죽음 또한 그들의 솜씨라는 것이었소."

"음."

진산월은 침음하지 않을 수 없었다.

운대방의 죽음이라면 그와도 아주 관계가 없다고 할 수 없었다. 운대방의 시신을 처음 발견한 사람이 바로 그를 비롯한 종남파의 제자들이었던 것이다.

그것은 두 번째 강호행을 나온 지 얼마 되지 않았을 때의 일이었다. 위남에서 난데없는 흑갈방의 공격을 피해 배를 타고 위수를 따라 이동했다가 내린 강변 근처의 관도에서 여덟 마리의 한혈마가 이끄는 운룡신거를 발견했던 것이다.

그 운룡신거의 안에는 운문세가의 당대 가주인 운대방의 시신이 놓여 있었다.

당시 운대방의 사인은 왼쪽 가슴에 나 있는 작은 구멍이었는데, 진산월은 한눈에 그것이 순전히 손가락의 힘으로 뚫어 낸 흔적임을 알아보았다.

위남 일대의 패자인 운대방의 처참한 죽음에 허무함을 느꼈을 때가 엊그제 같았는데, 그동안 까맣게 잊고 있던 일이 오늘에서야 다시 거론되었으니 진산월은 운명의 우여곡절에 새삼 놀라지 않을 수 없었다.

"운대방의 시신에는 강력한 지공의 흔적이 남아 있었소. 그것을 보자 빈승의 뇌리에는 문득 아주 오래전에 들은 하나의 노랫가락이 떠올랐소. '손바닥이 움직이면 하늘이 피로 물들고, 손가락이 날아오르면 땅이 피에 젖는다'는……."

진산월은 고개를 갸웃거렸다.

"저는 처음 듣는 노래로군요."

"진 장문인은 모를 수도 있겠구려. 서장, 아니 좀 더 정확히 말하면 천산(天山) 일대에서는 울던 어린아이도 이 노래를 들으면 울음을 멈춘다는 전설이 있었소."

"천산? 그럼 그들이 서장의 고수란 말입니까?"

"그렇소. 천산의 두 악마들, 서장에서는 천산이괴(天山二怪)라고 부르는 그들이 바로 그 천지쌍노가 아닐까 빈승은 그렇게 의심하고 있소."

천산이괴!

그 이름은 진산월도 들은 적이 있었다.

서장제일기인이었던 천애치수 단목초가 중원의 일령삼성에 능히 견줄 만하다고 자랑했던 이괴사불 중의 이괴가 바로 천산이괴였다.

그들은 아난대활불 시대부터 천산 일대를 공포에 떨게 한 무서운 인물들이었으며, 단목초가 야율척을 제외하고 서장의 최고 고수들이라고 공인한 절대의 고수들이었다.

이제야 비로소 진산월은 대방선사가 일부러 자신을 불러 흑갈방에 대한 이야기를 한 이유를 알게 되었다.

만약 대방선사의 짐작대로 흑갈방의 봉공들이 천산이괴라면 진산월은 서장 무림과의 첫 싸움부터 실로 무시무시한 적을 상대해야 하는 것이다. 그것도 한 명이 아닌 두 명의 적을 말이다.

제 332 장

선반출정(先班出征)

제332장 선반출정(先班出征)

선반의 첫 모임은 비신대의 외곽에서 열렸다. 공교롭게도 비신대는 며칠 전 진산월이 혁리공의 암습을 받아 서장 무림의 고수들과 혈전을 벌였던 바로 그 장소였다.

이곳에서 진산월은 야율척의 둘째 제자를 제거하고 서장의 고수들을 연거푸 쓰러뜨렸으니, 어찌 생각하면 서장 무림과의 선봉에 서게 되는 선반이 출정하는 장소로는 나름의 의미를 지녔다고 할 수도 있었다.

진산월은 묵묵히 주위를 둘러보았다.

선반의 인원은 반주인 진산월을 제외하고는 정확히 서른세 명이었다. 형산파를 제외한 구파일방에서 두 명씩의 제자들을 보냈고, 그 외에 나머지는 명문세가나 군소 방파의 인물들이었다. 모두 각 문파나 세가에서 신원을 보장해서인지 한눈에 둘러보아도 하나같이 상당한 실력을 지닌 고수들임을 어렵지 않게 알 수 있었다.

개중에는 눈에 익은 자들도 몇몇 보였다.

소림사의 소신승 정화와 정선, 무당파의 청운도장, 점창파의 사인기, 포검산장의 마종의 등이 그들이었다. 그들 모두는 자파의 촉망받는 후기지수들이었고, 종남파와 크고 작은 인연을 맺은 인물들이었다.

정화와 정선은 장안 이씨세가의 가주인 이세적의 장례식에서 만난 적이 있었고, 청운도장은 무당집회 내내 종남파의 안내를 맡은 인연이 있었다. 그리고 사인기는 낙양의 석가장에서 처음 만난 후 낙일방과 줄곧 친분을 나누는 사이였고, 마종의는 구궁보에서 벌어졌던 모용봉의 생일연에서 잠깐 인사를 나누었던 포검산장의 소주인이었다.

그들 외에도 이름만 들어도 알 수 있는 젊고 유능한 고수들이 다수 포진되어 있었고, 그만큼 전체적인 나이는 상당히 젊은 편이었다.

서른셋은 적다면 적고, 많다면 많은 숫자지만 진산월은 이 정도면 충분하다고 생각했다. 중요한 것은 숫자가 아니라 이들이 과연 얼마나 자신의 말에 잘 따르고, 일사불란한 조직력을 발휘하느냐 하는 것이었다.

진산월은 그중 유난히 뚱한 표정으로 서 있는 이정문을 슬쩍 바라보고는 그들 앞으로 성큼 나섰다. 모두의 시선이 그에게 집중되었다. 뜨거운 열망과 경의, 부러움과 두려움, 선망과 질시가 혼합된 복잡한 시선들이었다.

"선반의 반주를 맡게 된 종남의 진산월이라 하오."

주위가 바늘 떨어지는 소리도 들릴 만큼 조용한 가운데, 잔잔한 그의 음성만이 장내에 울려 퍼지고 있을 뿐이었다.

"선반의 의미나 목적 같은 건 굳이 말하지 않겠소. 여러분 대부분이 선반에 자원한 이상 그 역할이 무언지는 모두 잘 알고 있을 거요."

진산월의 말마따나 이곳에 모인 선반의 고수들은 모두 스스로가 자원한 것이었다. 무림맹의 선봉으로 선반이란 조직이 만들어지고 그 수장에 신검무적이 임명되었음이 알려지자 너무도 많은 제자들이 선반에 자원하여 각파의 수뇌들이 놀라움을 금치 못할 정도였다. 결국 그중에서 고르고 고른 인원들만이 선반에 올 수 있었는데, 그래서인지 모두의 얼굴에는 자부심과 패기가 가득 담겨 있었다.

"우선 선반의 체계적인 활동을 위해서 조직을 천지현황(天地玄黃)의 네 개 조로 나누고, 군사(軍師) 역할을 할 부반주를 둘 생각이오. 부반주에는 재사(才士)로 이름 높은 산수재 이정문 소협을 선임하려 하오."

진산월이 이정문에게 눈짓을 하자 이정문은 도살장에 끌려오는 소처럼 얼굴을 구긴 채 엉거주춤한 자세로 앞으로 걸어 나왔다.

"반갑소. 이정문이라 하오. 변변찮은 사람에게 너무 중책이 주어진 것 같아 마음이 무겁구려. 잘 부탁드리겠소."

중인들은 이미 이정문에 대해 익히 알고 있는지라 그가 부반주가 된 것에 특별한 거부감을 표하지는 않았다. 어차피 그들 대부분은 신검무적과 어깨를 나란히 하고 서장의 고수들을 상대한다는 것에 가장 큰 의미를 두고 있기에 반주를 옆에서 보필하고 머리를 굴려야 하는 부반주의 지위에는 별다른 매력을 느끼지 않고 있었다.

진산월은 그들을 서로의 친분 정도와 문파의 비중에 따라 네 개 조로 나누었고, 각 조에서 알아서 한 사람씩 조장(組長)을 뽑도록 했다.

그런데 의외로 이 조장의 자리에는 욕심을 내는 자들이 적지 않아서 상당히 열띤 분위기 속에서 꽤 진통을 겪은 후에야 겨우 인선을 마칠 수 있었다.

그렇게 해서 선발된 각 조의 조장들은 소림사의 소신승 정화, 청성파의 창천신룡 남해일, 하북팽가의 복호도(伏虎刀) 팽철영(彭鐵英), 그리고 포검산장의 마종의였다. 그들은 각기 명문정파에서도 특출난 인재들일 뿐 아니라 강호에서의 명성도 뛰어나서 다른 고수들의 견제와 경쟁을 뚫고 조장에 선출될 수 있었다.

인선이 확정되자 진산월은 부반주인 이정문과 네 명의 조장들만을 따로 자신의 거처로 불러들였다.

네 명의 조장들 중 지조(地組)의 조장인 남해일과 현조(玄組)의 조장인 팽철영은 진산월도 처음 대면하는 인물들이었고, 다른 사람들은 모두 면식이 있었다. 서로의 소개와 간단한 인사말이 오간 후, 진산월은 즉시 본론으로 들어갔다.

"짐작하는 분들도 계시겠지만, 선반에서 공략 대상으로 삼은 곳은 강북의 흑도를 장악하고 있는 흑갈방이오."

흑갈방이란 이름이 나오자 남해일과 마종의는 별반 표정이 없는 데 비해 정화와 팽철영은 모두 긴장하는 빛이 역력했다.

그도 그럴 것이 남해일과 마종의는 주로 강남 지방에서 활동하는 인물들이어서 흑갈방의 이름만 들었지, 그들의 세력이 어느 정도인지는 정확히 알지 못했던 것이다. 그에 비해 정화와 팽철영은 흑갈방의 위세를 익히 알고 있었고, 특히 팽철영은 하북으로 세력을 확장하는 흑갈방 때문에 노심초사하고 있는 형편인지라 다른 누구보다도 바짝 촉각을 곤두세우는 모습이었다.

"흑갈방에 대해서는 부반주께서 조사하신 것이 있으니, 우선 그의 이야기를 들어 보도록 합시다."

진산월의 말에 이정문은 한 차례 헛기침을 하고는 특유의 카랑카랑한 음성으로 입을 열었다.

"흠. 흑갈방은 서장 무림에서 중원을 공략하기 위해 본격적으로 힘을 투사한 최초의 세력이오. 그전에도 몇몇 방파의 배후에 서장 세력의 입김이 닿아 있다는 의문이 제기된 적이 있었지만, 그 방파들의 주축은 강호인들이어서 단순한 의혹만으로 끝난 경우가 많았소. 하지만 흑갈방은 수뇌 인물들이 대부분 서장 무림의 고수들로 이루어져 있고, 그들의 방주 또한 서장인이어서 실질적으로 서장 세력 그 자체라고 해도 무리가 없을 정도요."

이정문은 자신이 파악한 흑갈방에 대해 자세히 풀어놓기 시작했다.

그의 이야기가 계속될수록 네 조장들의 표정은 점점 더 심각해졌고, 종내에는 마종의가 참지 못하고 깊은 탄식을 토해 내고야 말았다.

"후우. 서장의 고수들이 그토록 강호에 깊숙하게 침투해 있을 줄은 미처 몰랐소. 최근에 흑갈방이란 이름이 자주 귀에 들어온다 싶었는데, 그런 내막이 있었구려. 어쩌다 일이 그렇게 될 때까지 방치되었던 거요?"

검에 관한 한은 강북의 검보와 함께 북보남장이라고 불릴 정도로 손꼽히는 강남 포검산장의 소주인인 그로서는 서장의 고수들이 중원으로 들어와 그렇게까지 활개를 치도록 내버려 둔 강북의 무림 세력들이 쉽게 이해되지 않았다.

가뜩이나 강팍한 이정문의 얼굴이 살짝 일그러졌다. 보이지 않은 강호의 물밑에서 서장 무림과 치열한 암투를 벌여 온 그로서는 강남에서 귀하게만 자라 세상 물정 모르고 살아온 귀공자의 말이 귀에 거슬릴 수밖에 없었다.

그의 표정이 좋지 않은 걸 재빠르게 알아차린 정화가 그를 대신하여 입을 열었다.

"아미타불. 그들의 성장세가 워낙 빨랐던 데다 흑도의 무리라는 생각에 다소 방심한 것도 사실입니다. 그래도 그들의 본령이 드러난 다음에는 강북의 모든 방파들이 그들을 예의 주시한 채 경계심을 늦추지 않고 있습니다."

정화의 말을 듣고서야 마종의는 자신이 무심코 내뱉은 말이 듣기에 따라서는 상대에 대한 모욕이나 조롱으로 들릴 수도 있다는 걸 깨달았다. 그는 멋쩍은 표정으로 이정문과 정화를 향해 사과했다.

"그렇구려. 불초가 워낙 좁은 산장에만 머물러 있다 보니 강호의 정세에 대해 어두워서 본의 아니게 실례를 저지를 때가 있소. 두 분께서 넓은 아량으로 이해해 주시기 바라오."

"별말씀을. 마 소장주께서 포검사수 중에서도 단연 으뜸가는 실력을 지녀 옥검랑군(玉劍郎君)이라는 별호로 불린다는 걸 알고 있습니다. 흑갈방의 발호를 막지 못한 건 본 사를 비롯한 강북 무림의 정파에 일단의 책임이 없다고 할 수 없으니 너무 괘념치 마십시오."

두 사람 덕분에 자칫 딱딱해질 수 있는 분위기가 한결 부드러워졌다.

마종의는 준수한 외모만큼이나 성격도 낙천적이고 구김살이 없어서 보는 이의 호감을 사는 인물이었다. 강호삼정랑에 못지않은 풍류재사의 소질이 엿보인다는 우스갯소리도 들을 정도로 인품이 좋아서, 앞으로의 장래가 더욱 기대되었다.

그러고 보니 마종의를 비롯해 이번에 조장에 선출된 자들은 모두 대인 관계가 원만하고 성격이 좋기로 소문난 인물들이었다. 정화와 마종의는 말할 것도 없고, 남해일 또한 임풍옥수 같은 외모에 행동거지가 비범해서 청성파의 기대를 한 몸에 받고 있었고, 팽철영은 워낙 신중하고 생각이 깊어서 다소 성급하고 직선적인 가풍(家風)이 있는 하북팽가의 고수답지 않다는 말까지 듣고 있는 형편이었다.

아마 그렇기에 이들은 제법 치열한 눈치 경쟁을 뚫고 다른 사람들의 지지를 얻어 조장의 자리에 오를 수 있었을 것이다. 성격이 모나고 성정이 거친 자를 자신의 윗자리에 앉히고 싶은 사람은 없을 테니 말이다.

그렇게 본다면 조장을 자체적으로 선별하게 한 진산월의 선택은 무척이나 좋은 방법인 셈이었다. 다른 사람들의 반발이나 거부감을 없애면서 성품이 좋은 조장들을 고르게 되었으니, 처음부터 이를 의도한 것이었다면 상당히 탁월한 안목이라고 하지 않을 수 없을 것이다.

이정문이 흑갈방에 대한 이야기를 마치자 장내의 분위기는 한층 더 뜨거워졌다. 흑갈방의 세력이 당초 예상했던 것보다 훨씬 더 강력해서 이번 일이 생각보다 훨씬 더 험난하고 어려운 일이 될 것이 분명해졌음에도 누구도 실망하거나 겁을 집어먹지 않았다.

그것은 그들이 모두 젊기 때문일 것이다. 이들 중 가장 나이가 많은 팽철영조차도 이제 겨우 갓 서른에 접어들었을 뿐이었다. 명문세가의 촉망받는 인재로서 자신들의 역량을 선보일 기회를 얻은 것에 흥분과 설렘, 그리고 투지가 일어나는 모습들이었다.

진산월은 일단 그들이 두려워하지 않는다는 것에 만족했다.

이 자리에 오기 전에 진산월은 이정문에게 흑갈방의 세력과 수뇌부들의 면면을 그들에게 솔직하게 공개하라고 당부했었다. 이정문은 처음에는 그것에 우려를 나타내기도 했었는데, 결과적으로 본다면 진산월의 판단이 옳은 셈이었다.

그 점에 대해 이정문은 진산월의 혜안에 새삼 감탄하는 한편 약간의 씁쓸함을 느끼기도 했다. 자신이 진산월에 비해 그나마 내세울 수 있는 것이 누구보다 뛰어난 두뇌와 인간의 심리에 정통하다는 것뿐이라고 생각했었는데, 머리를 굴리거나 사람의 마음을 예측하는 면에서도 점차 뒤처지고 있는 것이 아닌가 하는 불안감이 들었던 것이다.

네 명의 조장 중 가장 연장자이면서 성격적으로도 가장 신중한 팽철영이 조심스런 표정으로 진산월을 쳐다보았다.

"진 장문인께서 흑갈방을 첫 목표로 정하신 것은 솔직히 저로서는 무척이나 반가운 일입니다만, 지금까지 보여 준 그들의 위세가 심상치 않습니다. 진 장문인께서는 그들을 상대할 특별한 복안이 있으신지요."

팽철영이 우려하는 것도 무리는 아니었다. 팽철영은 하북팽가의 인물답게 흑갈방이 하북성으로 세력을 확장하면서 이미 검보와 몇 차례의 충돌을 벌였다는 걸 알고 있었다. 바로 며칠 전에는 가문에서 전해 온 소식통에 의해 검보에서 적지 않은 손해를 입고 몸을 잔뜩 웅크린 채 반격의 기회를 노리고 있다는 말을 들었기에 과연 선반의 힘만으로 흑갈방을 쓰러뜨릴 수 있을지 순간적인 회의감이 들었던 것이다.

팽철영은 선반이 독자적으로 움직이는 것보다는 이미 흑갈방과 충돌이 있는 검보와 힘을 합치는 것이 더 낫지 않을까 판단하고 있었다. 만약 그렇게 된다면 가문에 연락하여 하북팽가도 합류하게 만들 생각이었다.

아무리 흑갈방의 세력이 강력하다고 해도 선반과 검보, 하북팽가가 힘을 합친다면 충분히 감당할 수 있을 것 같았다. 더구나 선반을 이끄는 자는 다름 아닌 강호제일검객 신검무적이 아닌가?

팽철영의 기대 어린 시선을 받은 진산월은 잠시 생각에 잠겨 있었다.

선반의 기본 방침은 이미 정해 둔 상태였다. 다만 그것을 다른 사람들에게 어떤 방식으로 납득시킬지를 고민했던 것이다.

진산월은 이내 마음을 결정했다.

선반의 여정은 쉽지 않을 것이다. 때로는 위험하고, 때로는 외로우며, 무엇보다 거칠고 험한 길이 될 것이다. 그런 여정을 함께 헤쳐 나가기 위해서는 무엇보다 상호 간의 신뢰가 절대적으로 필요하다. 그리고 그러한 신뢰는 숨김없는 솔직함에서 비롯되는 것이다.

진산월은 그들에게 자신의 생각을 솔직하게 털어놓았다.

"나는 기본적으로 이번 흑갈방과의 싸움은 단순한 서장 무림과의 전초전이 아닌 그들과의 본격적인 대결이라고 생각하오. 흑갈방의 수뇌들은 실질적인 서장 무림을 이끄는 무리들이 다수 포진되어 있는 사실상의 주축 세력이라고 할 수 있소."

네 사람은 시선을 그에게 고정시킨 채 그의 입에서 나오는 말에 촉각을 곤두세웠다.

"그들과 전면전을 벌이기에는 선반 자체의 힘만으로는 무리가 있는 게 사실이오. 게다가 흑갈방의 수뇌들을 제외한 하부 조직은 대부분이 중원인들이니, 싸움 와중에 얼마나 많은 중원인들의 희생이 따르게 될지 우려하지 않을 수 없소. 그렇다고 다른 문파나 세가와 연계하는 것은 자칫 싸움의 무대를 너무 확장하여 강북 전체를 전쟁터로 만들지 모르니 절대적으로 지양해야 하는 일이오."

팽철영의 얼굴 표정이 어두워졌다. 진산월이 검보나 하북팽가는 물론이고 다른 어떤 세력과도 공조하거나 힘을 합칠 생각이 없음을 알게 되었던 것이다.

"그래서 나는 흑갈방의 완전 말살이 아닌 그들의 수뇌들만을 선택적으로 제거하려 하오. 그게 강호의 혼란을 최소화하면서도 서장무림의 야욕을 분쇄할 수 있는 가장 좋은 방법이라고 생각하오."

팽철영은 그의 말에 일리가 있음을 인정하면서도 한편으로는 선뜻 납득이 되지 않는 부분도 있었다.

"흑갈방의 수뇌에 대해서는 최근에 와서야 몇몇 인물들만의 이름이 겨우 알려진 상태일 뿐, 그들의 정확한 거처나 정체에 대해서는 아직도 흑막에 가려진 부분이 많습니다. 진 장문인의 의도는 충분히 공감하지만 과연 그들의 수뇌들만 선별하여 제거할 수 있을지 살짝 걱정이 되는군요."

진산월의 시선이 뚱한 표정으로 한쪽에 앉아 있는 이정문에게로 향했다.

"다행히 우리에게는 강호에서 가장 소식이 빠르고 정보에 능한 사람이 있소. 그 문제는 그 사람이 답해 줄 수 있을 거요."

이정문은 자다가 물벼락이라도 맞은 사람처럼 눈을 치켜뜨다가 진산월이 자신을 빤히 쳐다보자 어쩔 수 없다는 듯 한숨을 푹 내쉬었다.

"후우. 팔자에도 없는 부반주가 되었으니 자리값이라도 해야겠지. 그들의 수뇌 전부는 아니더라도 가장 핵심적인 인물 몇의 행방은 알아볼 수 있을 거요."

"핵심 인물이라면?"

진산월이 조용히 묻자 이정문은 딱 잘라 말했다.

"흑갈방의 방주와 부방주, 그리고 두 명의 봉공을 말하는 거요."

"거기에 서장십이기와 십육사의 인물들도 추가하면 되겠구려."

이정문의 얼굴이 휴지 조각처럼 구겨졌다.

"흑갈방에 속해 있는 십이기의 인물이 네 명이고 십육사는 다섯 명이나 되는데, 그들의 행적을 모두 조사하란 말이오?"

"숫자까지 자세히 알고 있는 걸 보니 그들에 대해 얼추 파악한 모양이구려. 적어도 그들까지는 제거해야 흑갈방에 숨어 있는 서장 무림의 세력을 일소했다고 할 수 있지 않겠소?"

"그 정도면 아예 흑갈방을 완전히 궤멸시킨 것이나 마찬가지일 거요."

이정문은 입을 삐죽거리며 투덜거렸으나, 진산월이 담담한 눈으로 응시하자 급히 입을 다물었다. 별다른 빛이 담겨 있지 않은 차분한 시선인데도 왠지 모르게 마음이 오그라드는 듯한 기분이 들었던 것이다.

'제길. 이제는 말도 함부로 못하겠군.'

언제부터인가 이정문은 진산월을 대하는 것이 점점 어려워지고 있다는 것을 피부로 느끼고 있었다. 그의 태도 하나, 말투 하나에도 가슴이 덜컥 내려앉았고, 지금처럼 가벼운 눈빛만 받아도 손끝이 떨려 왔다.

그것이 단순히 기세에 눌렸기 때문인지, 아니면 실제로 진산월의 몸에서 흘러나오는 무형지기에 억압되었기 때문인지는 이정문도 정확히 알지 못했다. 다만 앞으로 그를 상대하는 것이 자신에게는 다른 무엇보다 힘들고 어려운 일이 될 것이라는 사실은 분명하게 알 수 있었다.

그 광경을 바라보는 네 명의 조장들은 신기하면서도 의아한 생각이 들었다.

산수재 이정문은 그 뛰어난 지략만큼이나 성격 또한 모나고 심술 맞아서 상대하기 여간 까다로운 인물이 아니라는 소문이 자자했다. 그런 이정문이 유독 진산월에게는 꼼짝도 못 하고 있으니 지켜보는 사람 입장에서는 이상한 일이 아닐 수 없었다.

'대체 그들 사이에 무슨 일이 있었던 것일까?'

의아한 마음을 가슴 한구석에 묻은 채 팽철영이 진산월을 향해 입을 열었다.

"이 소협께서 흑갈방 수뇌들의 행방을 확실하게 알아 올 수만 있다면 진 장문인의 말씀대로 일을 진행하기가 한결 수월해질 것입니다. 그렇다면 진 장문인께서는 언제쯤 일을 진행하실 계획이신지요?"

"그건 아무래도 당사자인 이 부반주가 언제까지 임무를 완수하느냐에 달려 있지 않겠소?"

진산월은 일부러 이정문에 대한 호칭을 선반의 지위로 불렀다.

이정문은 자신에게 주어지는 책무가 점점 무거워지는 것을 깨닫고 눈살이 잔뜩 찌푸려졌으나, 지금 당장은 그 책무에서 벗어날 방법이 없다는 것을 알고 짧은 한숨을 내쉬었다.

"흠. 길면 이십 일, 짧으면 보름이면 될 거요."

딴에는 이 정도면 충분하리라고 생각하고 내뱉은 말이었으나, 진산월은 그다지 만족스러워하지 않는 것 같았다.

"너무 길군. 좀 더 줄일 수는 없소?"

이정문은 어처구니없다는 표정을 지었다.

"그건 흑갈방의 세력이 얼마나 광활한 곳에 퍼져 있는지 진 장문인이 몰라서 하는 소리요. 그들은 섬서성과 산서성뿐 아니라 감숙성과 하남성, 심지어 하북성까지 세력을 확장하고 있소. 그 와중에 수뇌들 중 상당수가 여기저기 흩어져 있을 텐데, 이십 일 내에 그들의 행적을 모두 조사한다는 것도 그동안 계속 그들을 예의 주시하고 있었기에 가능한 것이오. 그렇지 않았다면 어림도 없는 일이었을 거요."

"그래도 이십 일은 너무 기오. 열흘 이내로 줄이시오."

진산월이 명령투로 말하자 이정문은 순간적으로 반발심이 치밀어 퉁명스런 음성을 내뱉었다.

"그건 불가능한 일이오."

"가능할 거요."

"아무리 진 장문인이라도 안 되는 건 안 되는 거요. 열흘 이내로 흑갈방의 수뇌들 대부분의 행적을 파악한다는 건 정말 무리한 일이오."

이정문이 다시 반박했으나, 진산월은 요지부동이었다.

"열흘 내로 할 수 있을 거요."

이정문은 무어라고 말을 하려다, 갑자기 입을 다물고 진산월을 가만히 쳐다보았다. 진산월은 결코 무리하게 사람을 윽박지르거나 생각 없이 자기주장을 고집하는 사람이 아니었다. 진산월이 이렇게 열흘을 주장하는 것은 필연적인 이유가 있을 것이다.

"꼭 열흘이어야 하는 이유라도 있소?"

이정문이 한결 침착해진 표정으로 묻자 진산월은 담담한 음성으로 대꾸했다.

"조만간 흑갈방의 수뇌들 대부분은 한곳에 모일 거요. 그러니 그들의 행적을 조사하기에 열흘이면 충분한 시간이오."

이정문의 눈이 여느 때보다 날카롭게 빛났다.

"그들이 모두 한곳에 모인단 말이오?"

"그렇소."

"그들이 왜……?"

무심코 질문을 던지려던 이정문이 무언가를 느낀 듯 표정이 변하며 나직한 신음을 토해 냈다.

"음. 무림집회가 끝났기 때문이오?"

무림집회가 끝난 다음 중원 무림인들의 시선이 자신들에게 쏠리리라는 것은 흑갈방의 수뇌들이 누구보다도 잘 알고 있을 것이다. 그들로서는 앞으로 전개될 중원 무림의 반격에 대비하기 위해서라도 사방에 흩어져 있는 수뇌들을 집결시키고 그에 대한 대책을 강구하려 할 것이다.

이정문은 이 점을 미리 생각하지 못한 자신의 머리를 속으로 질책했으나, 진산월의 다음 말을 듣자 정신이 번쩍 들었다.

"그게 첫 번째 이유이긴 하오."

이정문의 머리가 영활하게 돌아가기 시작했다. 자신이 말한 것이 첫 번째 이유라면 두 번째도 있을 것이다. 그리고 이정문은 이내 다른 이유를 알아냈다.

"그렇군. 그들은 검보와의 전면전을 생각하고 있군."

흑갈방은 조만간에 무림맹이나 중원 무림에서 어떤 식으로든 자신들을 향한 공격을 해 올 거라고 예상하고 있었다. 그런 상황에서 검보라는 강적을 뒤에 두고 있을 수는 없었다.

그러니 그들로서는 무림맹의 공격이 시작되기 전에 자신들의 등 뒤에 도사린 후환을 없애려 할 것이다.

진산월은 보충 설명을 해 주었다.

"흑갈방의 수뇌들이 당신 말처럼 각지에 흩어져 있다면 그들이 다시 규합되기 위해서도 적지 않은 시간이 소요될 거요. 무림집회가 끝나고 선발대가 조직되었다는 소문이 그들의 수뇌들에게 들어가는 시간이 사 일, 그들이 사방에 흩어진 무리들을 소집하기 위해 전령을 보내는 시간이 사 일, 그리고 그들이 한자리에 모이는 시간도 그쯤 될 거요. 다시 말해서 열흘에서 십이 일이면 그들이 모두 모이고, 그들은 곧장 검보를 공략하려 할 거요. 그래서 늦어도 열흘 후에는 우리가 그들을 먼저 공격해야 하오."

아무리 검보가 힘을 모으고 있다고 해도 흑갈방의 전력이 투입된다면 검보의 멸망은 불을 보듯 뻔한 것이었다.

진산월은 그것을 막기 위해 열흘의 시간을 고집한 것이다.

그의 말을 듣고 있던 팽철영이 한결 신중한 표정으로 물었다.

"그렇다면 굳이 사전에 그들의 행적을 알기 위해서 노심초사하는 것보다 그들이 검보를 공격할 때 그들의 뒤를 노리는 것이 더 낫지 않겠습니까?"

진산월은 고개를 저었다.

"일단 검보와 전면전이 시작되면 너무 많은 피가 흐르게 되고, 그 피의 대부분은 중원인들의 것일 거요. 그건 무조건 막아야 하오."

남자답게 각져 있는 팽철영의 얼굴이 벌겋게 물들었다.

"제가 생각이 짧았습니다. 죄송합니다."

"팽 소협이 사과할 일은 아니오. 그 일은 최후의 방법으로 생각해 볼 만한 것이오."

중인들의 표정이 모두 무거워졌다.

진산월은 최후의 방법이라고 표현했지만, 그들은 만약 일이 그렇게 될 경우 선반의 임무는 실패에 가깝게 된다는 것을 깨달았던 것이다.

무림맹에서 선반을 조직한 이유는 단순히 중원에 숨어 있는 서장 세력을 제거하고 앞으로 벌어질 서장 무림과의 싸움에서 기세를 얻기 위함만이 아니었다. 중원의 피해를 최소화하고, 무림인들 사이에 퍼져 있는 서장 무림에 대한 막연한 두려움을 해소하려는 목적도 있었다.

그런데 시작부터 많은 중원인들이 피를 흘리게 된다면 오히려 서장 무림에 대한 두려움이 더욱 널리 퍼지게 될지도 몰랐다. 게다가 검보 같은 무림의 명문정파마저 서장의 침공에 휘둘리게 된다면 그 여파는 상상할 수 없을 정도로 거대할 것이 뻔했다.

진산월의 지적이 있은 다음부터 줄곧 깊은 생각에 잠겨 있던 이정문이 문득 고개를 들었다. 그의 얼굴에는 더 이상 짜증 어린 빛이 보이지 않았다. 대신 번뜩이는 기광과 현기(玄機) 가득한 눈빛만이 있을 뿐이었다.

"칠 일만 주시오. 그 안에 무슨 수를 써서라도 흑갈방 수뇌들의 행적을 알아내고야 말겠소."

자신에 찬 그의 표정을 본 진산월이 모처럼 희미한 웃음을 지었다.

"이제야 산수재다운 모습이 보이는구려."

모처럼 진지한 표정을 짓고 있던 이정문의 얼굴이 다시 구겨졌다.

"나다운 모습이 어떤 건데 그러시오? 나는 원래 늘 이 모습이었소."

진산월은 그에게 살짝 고개를 끄덕이고는 다른 네 명의 조장들을 둘러보았다.

모두의 얼굴에 신념에 가까운 투지가 번뜩이는 것을 확인한 진산월이 나직하면서도 그 어느 때보다 힘이 담긴 음성으로 말했다.

"조별로 출발하여 육 일 후까지 하남성 낙양으로 모이시오. 선반의 첫 임무는 그곳에서부터 시작할 거요."

훗날 서장 무림인들에게는 '신검무적의 추자(錐子:송곳)' 라고 불렸고, 중원 무림인들에게는 '중원의 수호자' 라고 불렸던 선반의 신화는 이렇게 시작되었다.

제 333 장

정세급변(情勢急變)

제333장 정세급변(情勢急變)

전풍개가 산해루에 있는 노해광의 거처에 도착한 것은 해가 뉘엿뉘엿 서쪽으로 기울고 있는 저녁 무렵이었다.

전풍개는 노해광의 집무실을 날카로운 눈으로 한 차례 둘러보고는 이내 중앙에 있는 커다란 의자에 시선을 고정시켰다. 여타의 장소에서는 좀처럼 보기 드문 호화롭고 편안함이 절로 느껴지는 태사의였다.

전풍개의 얼굴에 못마땅한 표정이 떠오른 것을 본 노해광이 멋쩍은 표정을 지었다.

"제가 하루의 대부분을 저 자리에서 보내는지라 모처럼 사치를 부려 봤습니다. 이런 모습으로 사숙의 심기를 어지럽히게 되어 죄송합니다."

전풍개는 한 소리를 하려다 노해광의 말을 듣자 입을 굳게 다물었다.

평생을 검 한 자루에 의지하여 검소하게 살아온 전풍개로서는 안락함의 상징과도 같은 태사의를 보자 순간적으로 울컥 반발심이 치밀었던 것이다.

하나 달리 생각해 보면 서안 최고의 실력자 중 한 사람인 노해광은 사실 저 정도의 사치를 부려도 되는 위치였다. 더구나 그 태사의 외에 집무실의 다른 부분에는 그다지 호화롭거나 눈살을 찌푸리게 할 만한 것이 없어서 사치와는 거리가 먼 모습이었다. 오히려 그런 위치에 있음에도 자신의 눈치를 살피며 용서를 구하는 그의 모습에 못마땅했던 마음이 이내 풀어져 버렸다.

전풍개가 태사의 앞에 놓인 평범한 의자에 가서 앉자 노해광이 난감한 표정으로 어쩔 줄 몰라 했다.

"불편하시겠지만 이쪽 자리에 앉으시지요, 사숙."

노해광이 태사의에 앉을 것을 권했으나, 전풍개는 고개를 저었다.

"그런 의자에 앉았다가는 허리에 녹이 슬어 버릴 것이다. 노부는 괜찮으니 너나 앉도록 해라."

"사숙께서 계신데 제가 어찌 감히……."

"각자 편한 곳에 앉으면 되지 무슨 쓸데없는 신경을 그리 쓰는 게냐? 그보다 노부를 이곳까지 부른 걸 보니 사태가 의외로 급박하게 진행되는 모양이구나."

전풍개가 바로 본론을 꺼내자 노해광은 어쩔 수 없다는 듯 태사의 한쪽에 엉덩이를 걸치고 엉거주춤한 자세로 앉았다. 전풍개가 그 모습을 보고 혀를 차자 노해광은 비로소 제대로 자세를 잡고 앉으며 엷은 미소를 지어 보였다.

“사숙을 그런 자리에 앉히고 제가 이런 호사를 누리는 걸 남들이 안다면 후안무치한 놈이라고 온갖 욕을 다 해 댈 겁니다. 그래도 제 별호가 철면호인지라 낯짝이 두꺼워서 어지간한 욕쯤은 그냥 웃어넘길 수 있으니 다행이라면 다행일 수 있겠지요.”

“네놈이 주위의 시선에 그다지 신경 쓰지 않는다는 건 이미 알고 있다. 객쩍은 소리 하지 말고 일이 어디까지 진행되었는지 말해 보거라.”

“일단 화산파를 배후에 두고 있던 적류문은 대충 정리가 되었습니다. 문주인 마강은 놓쳤지만, 마강의 동생들인 대부분의 수뇌들을 제거하여 적류문은 껍데기만 남아 있는 상황입니다.”

“그런 흑도의 무리들이 어찌 되었는지는 상관없다. 그런데 네 행사가 제법 꼼꼼하다고 들었는데, 어떻게 마강이란 놈을 놓치게 된 것이냐?”

적류문을 거의 와해시켰다고 해도 우두머리인 마강이 살아 있는 한 후환은 남아 있는 상황이었다. 그리고 노해광은 이런 식으로 후환이 남는 일 처리를 극도로 싫어했다.

그의 평소 성격을 잘 알고 있는 전풍개로서는 졸개도 아니고 적의 수뇌를 완벽하게 제거하지 못한 것에 의문을 품지 않을 수 없었다.

노해광의 얼굴에 쓴웃음이 떠올랐다.

“적의 방수(幇手)가 예상보다 무서운 인물이었습니다.”

"흑도의 방수라고 해야 뻔할 텐데, 그렇지 않았던 모양이구나."

"악살 장병기였습니다."

전풍개의 눈초리가 꿈틀거렸다.

"소문삼살의 그 장병기 말이냐?"

"그렇습니다."

"흑도의 무리가 어떻게 장병기를 방수로 부릴 수 있단 말이냐?"

장병기가 비록 악명이 자자한 마도의 인물이라고 해도, 최고의 실력을 지닌 뛰어난 고수였다. 일개 흑도 세력과 연류되기에는 지나치게 거물이라고 하지 않을 수 없었다.

"마강이 무언가 대단한 걸 주기로 한 모양입니다."

"그게 무언데?"

"구문백절환(毬門百節環)이라는 물건입니다."

"구문백절환?"

"손목에 차는 팔찌 형태의 기병(奇兵)인데, 장병기의 사부인 소마 신지림이 오래전부터 찾던 물건이라고 하더군요."

전풍개의 얼굴에 의아한 빛이 떠올랐다.

"신지림이 찾는 물건이라면 천하에 보기 드문 기물일 텐데, 마강 같은 흑도의 나부랭이가 그런 기물을 갖고 있었단 말이냐?"

"자세한 경위는 모르겠습니다만, 아무튼 마강이 구문백절환을 보상으로 장병기를 방수로 고용한 것은 사실입니다. 그래서 적류문을 사지로 끌어들이긴 했습니다만, 장병기가 보호하는 마강을 제거할 수는 없었습니다."

"흠. 상대가 장병기였다면 오히려 네가 위험했을 텐데, 용케도 그를 물리쳤구나."

노해광은 희미하게 웃었다.

"마침 저희 쪽에서도 쓸 만한 방수를 구할 수 있었습니다."

"그가 누구냐?"

"금조명이란 사람입니다."

전풍개가 고개를 갸웃거렸다.

"금조명? 최근에 나타난 신흥 고수냐?"

"검마의 둘째 아들입니다."

전풍개의 눈썹이 찌푸려지며 눈에서 차가운 빛이 흘러나왔다.

"검마의 아들을 방수로 썼다고?"

당당한 명문정파인 종남파에서 마도의 인물로 알려진 검마의 아들과 연수(聯手)했다는 것은 종남파에 대한 자부심이 누구보다 강한 전풍개로서는 도저히 용납할 수 없는 일이었다.

노해광은 전풍개가 그런 반응을 보일 것을 알고 있으면서도 거짓을 말하거나 사실을 숨기지 않았다. 어차피 검마의 아들과 소마의 제자가 충돌한 사실은 조만간 서안 일대에 파다하게 퍼질 테고, 머지않아 전풍개의 귀에도 들어가게 될 것이 분명했다.

"엄밀히 말하면 그가 저희를 찾아온 셈입니다. 그리고 공식적으로 그를 방수로 고용한 사람은 흑선방주인 최동이며, 앞으로도 그는 오직 장병기만을 상대할 것입니다."

노해광의 말에도 전풍개의 표정은 여전히 싸늘하게 굳어져 있었다.

"그런 눈 가리고 아웅 하는 수작은 다른 놈들에게나 써라. 노부의 눈에 흙이 들어가기 전에는 본 파가 한낱 마도의 무리들의 힘을 빌리는 일 따위는 결코 용납할 수 없다."

"물론 본 파가 화산파를 상대하는 데 외부의 힘을 빌리지는 않을 것입니다. 다만 소마의 제자를 상대하는 데는 오히려 그가 더 적당하다고 봅니다. 흑도에는 흑도의 방식이 있으니, 그것을 우리의 방식과 다르다고 무작정 거부하는 것도 옳은 일은 아니라고 사료되는군요."

"지금 네가 노부를 훈계하는 것이냐?"

전풍개가 호통을 치자 노해광은 황급히 자리에서 일어나 그를 향해 머리를 조아렸다.

"제가 감히 사숙께 그런 무례를 저지를 수 있겠습니까? 다만 그를 방수로 사용하는 것은 흑도 사이의 분쟁에 국한된다는 것을 말씀드리려 했을 뿐입니다. 흑도의 일에 본 파 제자의 손을 더럽힐 수는 없지 않습니까?"

전풍개는 한동안 사나운 눈으로 노해광을 쏘아보다가 이내 싸늘한 음성을 내뱉었다.

"흑도의 일이 언제까지 흑도 사이의 문제로 그치지 않는다는 건 네놈이 더 잘 알고 있을 것이다. 본 파의 일에 외부의 힘을 끌어들이는 것은 절대적으로 지양해야 한다."

"명심하겠습니다, 사숙."

"적류문의 일은 그렇다 치고, 화산파와의 일은 어떻게 되었느냐? 검단현이 그렇게 당하고 가만히 있을 리는 없을 텐데."

전풍개가 화제를 돌리자 노해광은 속으로 안도의 한숨을 내쉬면서 재빨리 대답했다.

"검단현도 적류문을 이용해 저의 손발을 묶는 방법은 더 이상 통하지 않는다는 걸 알았을 겁니다. 이제는 뒤에서 수작을 부리며 상대의 반응을 떠보는 단계는 지났으니, 본격적인 힘겨루기가 시작되는 셈입니다."

전풍개는 묵묵히 그의 말을 듣고 있었다.

"처음에 검단현은 저를 직접 노릴 생각으로 몇 번 사람을 풀어 제 행방을 찾았는데, 제가 계속 모습을 드러내지 않자 방법을 조금 바꾸었습니다."

"어떻게 말이냐?"

"제가 운영하는 주루들의 영업권을 노골적으로 노리더군요."

가뜩이나 딱딱하게 굳어 있던 전풍개의 얼굴이 잔뜩 찌푸려졌다.

"아무리 검단현이 천하의 개자식이라고 해도 어엿한 화산파의 인물인데, 그런 추잡한 짓까지 벌인단 말이냐?"

전풍개답지 않은 욕설에 노해광은 살짝 웃어 보였다.

"검단현이 그보다 더한 짓도 서슴지 않을 작자라는 건 사숙께서도 아시지 않습니까?"

"그래서? 너는 검단현이 두려워 계속 숨어 다니다가 주루를 빼앗길 위기에 처하자 다시 집무실에 나타난 것이란 말이냐?"

"검단현이 그렇게 생각해 주길 바라고 있습니다."

전풍개의 눈빛이 여느 때보다 날카롭게 빛났다.

"그럼 정확히 네가 노리는 건 뭐냐?"

"검단현이 제가 운영하는 주루를 들쑤시고 사숙에게 살수를 보내면서 계속 시비를 걸어오는 것은 우리 쪽에서 좀 더 적극적으로 대응해 오길 바라서입니다. 그래야 나중에 본 파와 정면충돌을 하더라도 명분이 쌓이기 때문입니다."

"그놈이 명분 같은 걸 신경 쓴단 말이냐?"

"검단현은 예전부터 본 파를 철저하게 말살시키려고 노력해 왔습니다. 단순히 힘으로 해결하려 했다면 여러 번의 기회가 있었겠지요. 하지만 명분이 없었기에 지금껏 손을 쓰지 못했던 겁니다. 겉으로는 한없이 무모한 것 같아도, 막상 따져 보면 행사 하나하나에 누구보다 주도면밀하고 냉정한 자가 바로 검단현입니다."

전풍개는 냉랭하게 코웃음을 쳤다.

"흥. 그래서 예전에도 그놈만 보면 그렇게 꼬리를 말고 도망쳤느냐?"

노해광은 조금도 부끄러워하거나 쑥스러워하지 않고 오히려 빙그레 웃었다.

"그에게 쓸데없는 빌미나 명분을 주지 않기 위해서였다고 생각해 주십시오."

"뚫린 입이라고 말은 잘하는구나. 하지만 그런 식으로 피하는 것은 본 파답지 않은 일이다."

"옳은 말씀입니다. 그래서 이번에는 그 명분을 제대로 쌓게 해 줄 생각입니다."

"어떻게 말이냐?"

"좀처럼 행적을 드러내지 않던 제가 사숙을 모시고 다시 집무실에 나온 것을 알게 된 검단현이 무슨 생각을 하겠습니까?"

"도망만 다니던 놈이 다시 눈앞에 나타났다면 자신에게 정면으로 대들 결심을 한 것으로 생각하겠지."

전풍개의 비아냥 섞인 말에도 노해광은 여전히 입가의 미소를 그치지 않았다.

"잘 보셨습니다. 좀 더 정확히 말하자면, 검단현은 이제 비로소 본격적으로 본 파에 시비를 걸 기회라고 판단할 겁니다. 그래서 제가 이곳에 있음을 알게 되면 반드시 조만간에 어떤 식으로든 공세를 취해 올 겁니다."

"본 파와의 격돌을 마다하지 않고 노골적으로 손을 써 올 거란 말이지?"

"제가 아는 검단현의 성격이라면 그럴 겁니다."

"그래서 너는 어떻게 상대할 생각이냐? 설마 이번에도 꼬리를 말고 몸을 숨기려는 건 아니겠지?"

"하하. 제가 그럴 생각이었다면 사숙을 이곳까지 모셔 왔겠습니까?"

전풍개의 주름진 두 눈에 번쩍이는 섬광이 피어올랐다.

"그렇다면 이번에는 제대로 된 반격을 하겠단 말이지?"

노해광은 그 어느 때보다 자신에 찬 표정으로 고개를 끄덕였다.

"기대하셔도 좋습니다. 검단현은 가벼운 전초전 정도를 예상하고 있겠지만, 저는 전초전은 예전에 끝났다고 생각하고 있습니다.

이번에 그는 자신만 날카로운 칼을 가지고 있는 게 아니라는 걸 절실하게 깨닫게 될 겁니다."

* * *

날은 점점 어두워져 가고 있지만, 산해루는 여전히 불야성(不夜城)을 이루고 있었다.

산해루는 서안의 중심지에 위치해 있지도 않았고, 기루나 도박장을 함께 운용하지도 않았다. 사층으로 된 누각에 뒤쪽으로 제법 넓은 객잔이 딸려 있을 뿐이었다.

그럼에도 산해루는 사시사철 늘 사람들로 북적거렸고, 늦은 밤까지도 불이 꺼진 적이 없었다.

오늘도 초경(初更)이 훨씬 지나 이경(二更)이 가까워 오고 있음에도 산해루에는 적지 않은 인원들이 들락거리고 있었다. 흥겨운 노랫가락과 떠들썩한 소리가 뒤섞여 산해루의 일 층과 이 층은 그야말로 저잣거리를 방불케 했다.

삼 층부터는 등(燈)도 거의 걸려 있지 않아서 다른 곳과는 달리 어둠에 잠겨 있었는데, 삼 층에 산해루의 주인인 노해광의 거처가 있고 사 층에는 특별한 사람들만이 출입할 수 있는 특실이 있다는 것은 산해루에 조금만 관심을 가지고 있는 사람이면 모르는 자가 없었다.

특히 산해루의 특실에 대해서는 별의별 소문이 많이 나 있어서, 그 안에서 하룻밤 자기를 염원하는 자들이 적지 않았다.

하나 사정을 알고 보면 산해루의 특실은 하룻밤을 묵는 데 은자 다섯 냥의 거금이 드는 무척 값비싼 객실일 뿐이었다. 다만 그 특실에 투숙하면 절세 미녀들의 시중을 받을 수 있을 뿐 아니라 천하에 보기 드문 진미와 명주들을 마음껏 맛볼 수 있다는 소문 때문에 사람들이 환상을 갖게 된 것뿐이었다.

그래도 산해루의 특실에 투숙했던 사람들 중 누구도 불만을 표하지 않는 걸 보면 소문만큼은 아니더라도 무언가 특이한 매력이 있는 공간임은 분명한 사실이었다.

시끌벅적한 산해루의 일 층에서도 유난히 고성이 오가는 곳이 있었다. 네 명의 장한이 소매를 걷어붙인 채 서로 언성을 높이고 있었는데, 하나같이 얼굴이 불콰한 것이 만취에 가까운 모습들이었다.

"뭐라고? 네놈이 지금 나를 무시하는 거냐?"

"무시는 제길. 난 사실을 말하는 거다. 너 같은 놈과 몇 번 어울려 주었다고 내가 네놈과 같은 수준인 줄 아느냐?"

"이 빌어먹을 놈이!"

그중 유독 얼굴이 붉은 장한이 분노에 찬 욕설을 퍼부으며 다른 장한의 얼굴을 후려쳤다. 그러자 그 장한은 옆 탁자로 나가떨어졌다. 그 바람에 탁자 위의 음식과 술병이 사방으로 흩어지며 탁자에서 술을 마시고 있던 사람들이 봉변을 당했다.

그 탁자 주변에 앉아 있던 사람들은 모두 세 명의 백의인들이었는데, 접시와 깨진 술병에서 튄 음식 찌꺼기와 술에 옷이 더러워지고 말았다. 가뜩이나 모두 하얀색 옷을 입고 있었던지라 더럽

혀진 부분이 더욱 눈에 확 들어왔다.

탁자 위에 나뒹굴었던 장한이 벌떡 일어나 자신을 때린 붉은 얼굴의 장한에게 덤벼들려 했다. 그때 백의인 중 한 사람이 불쑥 손을 내밀어 그 장한의 뒷목을 잡았다.

"어? 뭐야?"

그 장한은 자신의 목덜미를 잡은 백의인을 돌아보려 했으나, 뒷목이 어찌나 세게 잡혔는지 고개를 돌릴 수 없었다.

오히려 백의인이 손을 쳐들자 뒷목이 잡힌 채로 몸이 딸려 올라갔다. 그 바람에 목을 조이게 된 장한의 얼굴이 시뻘겋게 변했다.

"크윽! 이거 뭐야? 안 놔……?"

장한의 목소리가 점점 기어들어 갔다. 자기가 발버둥 칠수록 목덜미를 움켜쥔 손에 힘이 가해지는 것을 느꼈던 것이다. 더구나 그 힘이 어찌나 강력했던지 마치 거대한 쇠기둥에 묶인 것 같았다.

장한의 일행들이 이 광경을 보고 일제히 욕설을 퍼부으며 백의인들에게 달려들었다. 심지어는 제일 먼저 주먹을 휘둘렀던 붉은 얼굴의 장한도 거친 숨소리를 내며 옆에 있는 의자를 집어 던졌다.

"이놈아! 내 친구를 내놔라!"

날아오는 의자를 백의인 중 한 사람이 손으로 쳐 내자, 의자가 다른 탁자로 날아가는 바람에 그 일대도 난장판이 되었다. 때마침 장한의 목덜미를 움켜쥐고 있던 백의인이 장한을 일행들에게 집어 던졌다. 그들이 사방을 나뒹굴며 여기저기서 욕설과 비명 소리가 터져 나왔다.

음식물을 뒤집어쓴 사람들이 고함을 지르며 다시 장한들에게 달려들었고, 장한들은 장한들대로 백의인들 쪽으로 손에 잡히는 물건들을 닥치는 대로 집어 던졌다.

접시와 술병들이 날아다니고 사방의 탁자와 의자들이 부서진 채 파편을 흩뿌렸다.

일 층 한쪽에서 벌어진 소란이 층 전체로 퍼지는 것은 순식간이었다. 처음에는 그저 웃으며 장내의 싸움을 지켜보던 사람들도 여기저기서 날아오는 술병이나 의자에 한 대씩 얻어맞고는 이를 갈며 난장판 속으로 뛰어들어, 소란은 그칠 줄을 몰랐다.

조금 더 시간이 흐르자 불씨를 당겼던 장한들과 백의인들은 아예 보이지도 않고 다른 손님들끼리 서로 치고받고 있었다.

그때 갑자기 누군가의 고함 소리가 장내를 뒤흔들었다.

"멈춰라!"

그 고함 소리가 어찌나 컸던지 아수라장을 방불케 했던 주루 안이 한 차례 들썩이더니 일순간에 조용해졌다.

모두의 시선이 한곳으로 향했다. 이 층으로 향하는 계단 중앙에 한 사람이 우뚝 서 있었다.

당당한 체구에 탐스런 수염을 기른 그 중년인은 다름 아닌 산해루의 주인 노해광이었다. 그가 모습을 드러내자 서로 죽기 살기로 싸웠던 많은 사람들이 황급히 손을 늘어뜨린 채 뒤로 물러났다.

그제야 사람들은 자신들이 소란을 피운 장소가 어디인지를 뒤늦게 깨달은 모양이었다.

노해광은 단순히 산해루의 주인일 뿐 아니라 서안 일대를 암중에 장악하고 있는 최고의 실력자였다. 항상 얼굴에 부드러운 미소를 짓고 다니며 때로는 호탕한 면을 보일 때도 있지만, 한번 화가 나면 그가 얼마나 무섭고 잔인하게 변하는지는 그를 아는 모든 사람들이 너무도 잘 알고 있었다.

노해광은 천천히 주위를 둘러보았다.

담담한 시선이었으나, 누구도 그와 감히 시선을 마주하는 사람이 없었다.

노해광은 태반이 박살 난 탁자와 의자들을 보고는 이내 굵직한 음성으로 입을 열었다.

"처음 싸움을 시작한 자는 누구인가?"

사람들은 서로를 마주 보다가 이내 주위를 두리번거렸다. 그들의 얼굴에 당혹스런 표정이 떠올랐다.

누구도 앞으로 나서는 사람이 없자 노해광은 그중 한 사람을 지목했다.

"변일호(卞一虎). 자네가 제일 열심히 싸운 것 같으니 자네가 말해 보게."

노해광에게 지목을 받은 변일호는 체구가 우람하고 거친 수염이 얼굴 가득 나 있어 용맹해 보이는 인상이었다. 노해광의 말마따나 그는 조금 전의 싸움에서 누구보다 맹렬하게 주먹을 휘둘렀고, 그만큼 맞기도 많이 맞았다.

두 주먹이 피로 물들어 있고, 자신도 얼굴의 여기저기에 멍을 달고 있는 변일호는 피 묻은 주먹을 슬쩍 옷자락에 닦으면서도 노해광을 제대로 쳐다보지도 못하고 쩔쩔맸다.

"제…… 제가 오늘 술이 너무 과했던 것 같습니다. 죄송합니다."

"자네를 탓하려는 게 아닐세. 술 마시다 주먹질 몇 번 하는 거야 주루에서 흔히 볼 수 있는 일이지. 나는 다만 오늘 싸움을 최초로 벌인 자들이 누구냐고 묻고 있는 걸세."

변일호는 찔끔하여 황급히 주위를 둘러보다가 고개를 갸웃거렸다.

"저쪽에서 처음 싸움이 났었는데……."

그가 손으로 가리키는 방향에 서 있던 자들이 화들짝 놀라며 뒤로 물러났다.

"우…… 우린 아닙니다."

삽시간에 사람들이 모두 피해 그 일대가 텅 비어 버렸다. 그곳에는 산산이 부서진 탁자의 잔해들과 빈 술병들만이 휑하니 굴러다니고 있었다.

노해광의 조용한 음성이 다시 들려왔다.

"좀 더 확실하게 말해 보게. 저쪽의 누구인가?"

그리 크지 않은 음성임에도 변일호는 얼굴이 핼쑥하게 변한 채 땀을 주르르 흘렸다.

"분명히 저쪽에서 싸움이 시작되었습니다. 그러니까 백의인이 사람 하나를 집어 던졌고, 그때부터 주먹질이 난무했었는데……."

변일호가 쩔쩔매며 말을 제대로 잇지 못하자 노해광이 그의 말을 받았다.

"그런데 지금은 그자들이 보이지 않는다는 말이군."

변일호는 안도의 한숨을 쉬며 재빨리 고개를 끄덕였다.

"그렇습니다. 아무리 찾아도 안 보이는 걸 보니 그들은 모두 줄

행랑을 친 모양입니다."

여기저기서 사람들이 모두 합창을 하듯 떠들어 댔다.

"맞습니다. 백의를 입은 세 사람과 장사꾼 차림의 네 명이 먼저 시비가 붙었습니다. 그들이 싸우는 통에 우리는 어쩔 수 없이 휘말리게 된 것뿐입니다."

"그러니까 자네들은 가만히 있었는데, 누군가가 싸움을 시작했고 자네들은 운이 없어서 끼어들었단 말이지?"

"그렇습니다. 저희들은 정말 억울……."

"주동자들은 이미 모두 빠져나간 것도 모른 채 자네들끼리 열심히 주먹다짐을 하며 내 가게의 기물들을 파괴하고 있었단 말이지?"

그 말에 중구난방으로 떠들어 대던 사람들이 모두 입을 다물었다.

"내가 나서지 않았다면 주루를 모두 때려 부술 기세로 싸우던데, 자네들 중 누구도 싸움을 말리거나 자제를 하는 사람이 없더군. 내가 조금만 더 늦게 내려왔으면 정말 볼만한 일들이 벌어졌을 거야."

노해광의 목소리가 낮게 가라앉을수록 사람들의 표정이 점차로 굳어져 갔다.

"정말 신기한 일 아닌가? 자네들 중 상당수는 내 주루의 단골손님들이고, 이 주루가 내 소유이며 내가 늘 머무르고 있다는 것도 알고 있는 사람들이네. 그런데도 사소한 다툼에 끼어들어 소란을 확대시키고 나로 하여금 기어코 집무실을 벗어나 일 층으로 내려오게 만들었네."

노해광의 시선이 다시 주루 안을 쓰윽 훑었다. 날카롭지도, 그렇다고 매섭지도 않은 평범한 시선이었으나 중인들은 그 시선이 닿는 순간 자신들도 모르게 살짝 몸을 떨었다.

"내 주루에서 싸움이 벌어진 건 지난겨울에 떠돌이 낭인들 이후로 처음 있는 일일세. 소궁(蘇宮), 자네도 그때 그 자리에 있었지?"

노해광에게 지목당한 인물은 비쩍 마른 체구에 유난히 하관이 긴 중년인이었다.

소궁은 열심히 머리를 조아렸다.

"예. 그때 흥안령 쪽에서 행세깨나 하던 칠랑(七狼)인지 팔랑(八狼)인지 하는 낭인들이 일부러 대놓고 행패를 부렸었지요."

"그들이 어떻게 되었는지 아나?"

소궁은 그때 생각을 하는지 가볍게 진저리를 쳤다.

"모두 다음 날 팔 하나와 다리 하나가 잘린 채 남문 밖에 버려졌지요."

"그래도 그들은 행운이었던 거야. 다리 하나가 남았으니 몸을 움직일 수도 있고, 팔 하나가 남았으니 음식을 먹는 데 지장이 없지 않겠나?"

"그렇습죠, 모두 나으리의 넓은 아량에 감복했을 겁니다. 헤헤."

"그러니 정말 이상한 일이 아닌가?"

"무엇이 말입니까?"

"흥안칠랑(興安七狼) 이후 본 루에서 작은 소란이 일어난 적은 몇 번 있어도 싸움이 크게 번져서 기물이 파괴되거나 사람이 다친

적은 없었네. 그런데 오늘은 내가 집무실에서 내려오지 않을 수 없을 정도로 커다란 소란이 벌어졌고, 누구도 그걸 말리거나 제지한 사람이 없었네."

"……."

"그런데 막상 사건을 일으킨 자들은 모두 어딘가로 사라져 버리고, 나와 안면이 있는 자들만 남아 있더란 말일세. 마치 내가 나타나기를 기다리고 있다는 듯이. 심지어 비삼(費三), 적대룡(狄大龍) 같은 겁 많고 소심한 자들도 모두 도망치지 않고 남아 있으니 정말 이상한 일 아닌가? 자네들은 설마 홍안칠랑 꼴이 나는 게 두렵지도 않단 말인가? 아니면 내가 그때처럼 아량을 베풀어 자네들의 손과 다리를 하나씩 잘라 주기를 기대하고 있단 말인가?"

몇몇 사람들의 표정이 모두 시커멓게 변했다. 그들 중 유난히 체구가 왜소한 인물이 비삼이고, 그 옆에 있는 다소 뚱뚱한 체구의 중년인이 적대룡이었다.

차분한 눈길로 주위를 둘러보던 노해광의 시선이 소궁에게로 향했다.

"그러니 말해 보게, 소궁. 자네들에게 이런 짓을 시킨 자는 누구인가?"

소궁의 마른 얼굴이 눈에 띄게 경직되었다.

"시키다니요? 누가 저희들에게 일부러 산해루에서 싸움을 하라고 시켰단 말입니까?"

"그렇게 물어보니 내가 바보가 된 것 같군. 아니면 자네가 나를 우습게 보았든지. 자네 눈에는 내가 바보로 보이나?"

철면호 노해광을 바보로 보는 사람은 적어도 서안 일대에서는 없다고 단언할 수 있다.

소궁이 무심결에 고개를 젓자 노해광은 탐스럽게 난 수염을 쓰다듬으며 웃었다.

"그렇다면 내가 우습게 보였단 말이로군. 소궁, 정말 내가 그렇게 우습게 보였나?"

소궁은 무어라고 입을 열려 했으나, 노해광의 웃음을 보자 아무 말도 하지 못하고 몸을 떨기만 했다. 그것은 먹이를 본 호랑이가 으르렁거리는 듯 무서운 웃음이었던 것이다.

노해광은 소궁에 이어 변일호와 비삼, 적대룡 등 자신과 평소에 안면이 있는 사람들을 차례로 둘러보았다. 그들은 노해광과 시선이 마주치는 순간, 소스라치게 놀라며 두려운 얼굴로 고개를 떨구었다.

천천히 주루 안의 인물들을 훑어보던 노해광의 시선이 적대룡의 뒤에 있는 한 사람에게 고정되었다. 그 사람은 체구가 커다란 적대룡의 뒤에 몸을 숨기듯 서 있어서 적대룡이 머리를 떨구지 않았다면 미처 발견하지 못했을 것이다.

그는 유달리 왜소한 체구에 얼굴에는 곰보 자국이 가득한 중년인이었다. 곰보 중년인은 노해광의 시선이 자신을 향한 것을 알아차리고는 황급히 다시 적대룡의 뒤로 몸을 숨기려 했다. 하나 그때는 이미 노해광이 그의 정체를 파악한 후였다.

"오호! 이게 누구신가? 형제들을 모두 내팽개치고 용케도 혼자 살아난 적류문의 마 문주 아니신가?"

곰보 중년인의 얼굴이 붉게 상기되었다. 그것은 분노와 깊은 원한, 그리고 수치심이 결합된 것이었다.

그는 다름 아닌 혈음도 마강이었다.

마강은 흑선방의 수뇌들을 완전히 제거하려고 마안거를 습격했다가 오히려 최동의 계략에 빠져 대부분의 수하들을 모두 잃고 자신만 간신히 살아 나올 수 있었다. 그나마 장병기가 구문백절환을 얻으려고 그를 구해 주지 않았다면 그곳에서 형제들과 함께 뼈를 묻었을 것이다.

그 생각을 하면 지금도 치가 떨리고 잠을 이루지 못하는 마강이었다.

수하들을 모두 잃고 혈혈단신이 된 마강이 꽁꽁 숨어 있기는커녕 오히려 흑선방의 배후 인물인 노해광의 본거지에 나타난 것은 뜻밖의 일이 아닐 수 없었다.

노해광은 무서운 눈으로 자신을 노려보는 마강을 향해 여유로운 웃음을 지어 보였다.

"형제들의 뒤를 따라가기 위해서 스스로 불 속으로 뛰어든 건가? 그렇다면 그 용기가 가상하다고 칭찬해 주지. 아니면 너무 미련한 짓이었다고 해야 하나?"

마강은 얼굴이 시뻘겋게 변한 채 금시라도 노해광을 향해 달려들 듯하다가 갑자기 무슨 생각이 들었는지 분기를 가라앉히며 차가운 음성을 내뱉었다.

"흥, 노해광! 세상 모든 일이 네 뜻대로 돌아간다고 생각하겠지. 하지만 강호가 그렇게 만만한 곳이 아니다."

노해광은 파안대소를 터뜨렸다.

"크하하! 지금 자네가 나를 가르치려는 건가? 강호가 어떤 곳인지 자네가 나보다 더 잘 알고 있단 말이지? 이것 참 재미있군, 정말 재미있는 일이야. 하하하!"

허리를 움켜쥐고 한참을 웃던 노해광이 고개를 절레절레 내저었다.

"아, 이렇게 크게 웃어 본 건 최근 들어와서 처음 있는 일이군. 그나저나 자네가 저들을 사주해서 본 루에서 소란을 일으키게 한 장본인인가?"

"그렇다면 어쩔 테냐?"

노해광은 여전히 입가에 빙글빙글 미소를 매달았다.

"정말 자네가 저들을 사주했단 말이지? 무엇으로 사주했나? 옆구리에 차고 있는 그 커다란 칼로 위협했나? 아니면 금은보화를 주겠다고 유혹했나? 그것도 아니면 아름다운 미녀라도 안겨 주겠다고 했나? 대체 그들이 자네의 무얼 보고 꼬임에 넘어갔나?"

자신을 비아냥거리는 노해광을 싸늘한 눈으로 바라보던 마강이 괴이한 안광을 번뜩였다.

"정말 알고 싶으냐?"

"그래, 어서 말해 주게. 정말 궁금해서 견딜 수가 없군."

"그렇다면 말해 주지. 내가 저들을 사주할 수 있었던 건……."

마강이 말을 끊자 노해광은 그의 입에서 나올 말이 기대되는지 관심 어린 눈으로 그를 주시했다.

그리고 그 대답은 그의 뒤에서 들려왔다.

"자네가 곧 죽을 운명이라 더 이상 자네 눈치를 볼 필요가 없어졌기 때문이지."

노해광의 웃음기가 감돌던 얼굴이 그대로 굳어지며 그의 신형이 번개보다 빠르게 뒤로 돌았다.

이 층에서 한 사람이 노해광이 서 있는 계단으로 내려오고 있었다. 눈부신 백의를 입은 준수한 용모의 중년인이었다. 그를 보자 노해광의 입에서는 자신도 모르게 나직한 신음성이 흘러나왔다.

"검단현……."

백의 중년인, 한때 철혈매화라 불리며 그를 아는 모든 사람들을 두려움에 떨게 했던 검단현은 노해광과 시선이 마주치자 하얀 이를 드러내며 웃었다.

"오랜만이군. 이십여 년 전에 내가 온다는 말을 듣고 술자리에서 꽁무니를 뺀 뒤로 처음인가?"

"당신이 어찌 여길……."

검단현은 양팔을 활짝 벌리며 주위를 한 차례 둘러보았다.

"멋진 주루더군. 신경 써서 구석구석까지 잘 가꾼 티가 나. 이런 곳인 줄 알았으면 진즉에 찾아올 걸 그랬어."

노해광은 이내 평정을 되찾은 듯 떨리던 눈빛을 가다듬었지만, 얼굴 한구석에는 여전히 당혹감이 감돌고 있었다.

"여긴 어떻게 왔나?"

"주루에 술 마시러 왔지, 다른 이유가 있겠나?"

"그걸 물은 게 아니란 걸 알지 않나?"

검단현은 짐짓 탄성을 터뜨렸다.

"아! 내가 어떻게 자네의 이목을 속이고 산해루의 이 층에 나타날 수 있었느냐고? 물으려면 좀 더 분명하게 물었어야지. 자네는 여전히 흐리멍덩한 구석이 있군."

노해광은 아무 말도 하지 않고 눈살을 살짝 찌푸린 채 검단현을 쏘아보고 있었다.

검단현은 그의 따가운 시선에도 오히려 더욱 활짝 웃었다.

"나는 내 발로 걸어왔네. 내 거처 부근을 배회하고 있는 자네 끄나풀들의 눈을 피하는 일이 조금 번거롭긴 했지만, 그 뒤로는 어렵지 않은 일이었어. 대로를 따라 곧장 이곳으로 들어왔는데, 아무도 막아서거나 나를 알아보는 사람이 없어서 내가 오히려 어리둥절할 지경이었지."

노해광은 검단현의 말에서 자신의 수하들이 그를 감시하는 데 커다란 맹점(盲點)이 있음을 깨달았다.

검단현과의 대치가 며칠째 계속되면서 그가 머무르고 있는 거처 일대를 철저하게 지키고 있었지만, 그곳만 벗어나면 오히려 방비가 소홀해져 버리는 것이다. 그것은 줄곧 노해광의 눈과 귀가 되어 왔던 흑선방이 적류문과의 일전으로 하부 조직이 궤멸되는 바람에 감시 체계가 전반적으로 허술해진 것이 가장 큰 원인이었다.

게다가 설마 검단현이 대로를 통해 산해루로 직접 오겠느냐는 심리적인 허점이 결합되어 일시적인 공백을 만들어 냈던 것이다.

노해광은 웃고 있는 검단현의 얼굴을 한동안 응시하다가 고개를 끄덕였다.

"내가 한 방 먹었군. 확실히 자네는 상대하기 쉽지 않은 사람이야."

검단현은 느긋한 표정으로 대꾸했다.

"자네는 상대하기 만만하더군. 예전에도 늘 내가 무서워서 나만 보면 꽁무니를 뺐으면서 무슨 배짱으로 감히 내게 덤빌 생각을 한 건가?"

"예전과는 사정이 달라졌지. 본 파도 그렇고, 나도 그렇고."

"달라진 건 하나도 없네. 종남파는 여전히 본 파의 적수가 되지 못하고, 자네도 내 상대가 아니야. 그걸 몰랐던 게 자네의 가장 큰 실수일세."

"죽을 자리에 들어오고도 큰소리를 치는군."

검단현은 어깨를 들썩이며 웃었다.

"크하하. 이곳이 용담호혈이라도 된단 말인가? 그것참 재미있군. 이렇게 재미있는 농담은 정말 모처럼 만일세. 하하."

검단현은 조금 전에 노해광이 했던 말을 빗대어 조롱하듯 유쾌한 웃음을 터뜨렸다.

노해광은 그런 검단현을 냉정한 눈으로 바라보았다.

"용담호혈까지는 아닐지라도 자네 혼자 헤쳐 나가기는 힘든 곳이지."

검단현은 계속 미소를 그치지 않았다.

"내가 이곳에 혼자 왔다고 누가 그러던가?"

"마강까지 두 사람이라고 해 두지."

"그러니까 우리 둘만 이곳에 왔다고 누가 그러더냔 말일세."

검단현의 말에 무언가를 느낀 듯 노해광의 안색이 살짝 변했다.

검단현은 재미있다는 듯 그를 보며 빙글거렸다.

"제법 시간이 흘렀는데도 위에서 아무도 자네를 도와주러 내려오지 않는 게 슬슬 이상해지는 모양이군."

"……!"

"자네는 지금까지 나한테 이런저런 말을 하면서 시간을 끌고 있다고 생각했겠지만, 사실 자네를 붙잡고 시간을 끄는 건 나라는 생각은 하지 못했나?"

노해광의 얼굴이 딱딱하게 굳어졌다. 그리고 그때 비로소 노해광은 위에서 나는 희미한 비명 소리를 들을 수 있었다. 그것은 삼 층과 사 층에서 흘러나오는 소리였다.

삼 층은 그의 집무실과 그를 호위하는 수하들의 거처가 있고, 사 층은 몇 개의 특실이 있다. 그리고 지금 그 특실 중 하나에는 아주 특별한 손님이 머무르고 있었다.

삼 층의 수하들은 하나같이 상당한 실력을 지닌 고수들이었다. 그럼에도 전혀 아무런 기척도 알아차리지 못하고 습격을 당했다는 것은 그만큼 공격을 해 온 자들이 그들을 뛰어넘는 무공의 소유자들임을 나타내는 것이었다.

"위에 누가 올라갔나?"

노해광이 황급히 묻자 검단현은 느긋한 표정으로 대답했다.

"많지 않네. 본 파의 일대제자 네 명과 두 분의 장로일세."

검단현의 말대로 많지 않은 숫자이긴 하다. 삼 층에 머무르는 수하들은 모두 열두 명이나 되며, 사 층의 손님들까지 포함하면 스무 명에 가까운 인원이 있을 것이다.

하나 그 상대가 화산파의 일대제자 네 명과 두 명의 장로들이라면 사정은 판이하게 달라질 것이다. 숫자는 절반도 되지 않아도 그러한 전력이라면 삼 층과 사 층의 인원들로는 절대로 그들을 막을 수 없다.

화산파의 장로와 일대제자들은 하나같이 특수한 신분이어서 그들이 외부 세력을 공공연하게 침범하는 경우는 거의 없었다. 더구나 지금처럼 야음을 틈타 주루로 난입한다는 것은 화산파의 명성으로 볼 때 상상하기 힘든 일이었다.

검단현은 창백해진 노해광의 얼굴을 유심히 바라보며 비릿한 웃음을 지었다.

"사실 산해루가 제아무리 용담호혈이라고 해도 본 파가 힘을 기울인다면 진즉에 주춧돌 하나 남기지 않고 없애 버릴 수 있었네. 그런데 지금까지 그러지 못한 것은 첫째, 아직 종남파와 본격적인 대결을 벌일 만한 상황이 아니었고, 둘째는 자네가 이곳에 있다는 확신이 없었기 때문일세. 그리고 셋째는 별다른 명분 없이 멀쩡한 주루를 없앨 수 없기 때문이었지."

"그런데 왜……."

"그런데 왜 오늘 갑자기 일을 저질렀느냐고? 첫째로 종남파에 대한 본 파의 방침이 확실히 정해졌고, 둘째로 자네가 이곳에 있음을 확실히 알았기 때문이지."

검단현은 아직도 일 층에서 노해광을 노려보고 있는 마강을 턱으로 가리켰다.

"그리고 셋째는 확실한 명분이 있지 않나? 산해루의 식솔들을 모두 죽이고 이곳에 불을 질러 홀랑 태운 자는 다름 아닌 마강일세. 마강은 산해루의 수족인 흑선방에 당한 자신의 수하들 복수를 하기 위해 오늘 혈겁을 일으킨 걸세."

노해광의 시선이 자신도 모르게 마강을 향했다.

마강은 이미 허리춤에 차고 있는 칼을 뽑아 든 채로 진득한 살기를 날리고 있었다.

뿐만 아니라 어디에 숨어 있었는지 병기를 든 무리들이 사람들 틈에서 하나둘씩 모습을 드러냈다. 그들은 적류문의 잔당들이었다.

검단현의 말대로라면 이들은 오늘 산해루에 있는 모든 사람들을 한 명도 빼놓지 않고 살해한 다음 산해루를 불 질러 버릴 속셈이었다.

아니나 다를까? 적류문의 잔당들은 불문곡직하고 주위에 있던 사람들을 향해 병장기를 휘두르기 시작했다.

"아악!"

"왜 우리를……!"

몇 사람이 미처 피하지 못하고 피를 뿌리며 쓰러지자, 다른 사람들이 주루의 구석으로 도망을 쳤다. 하나 이내 그들은 하나둘씩 차디찬 시신이 되어 바닥에 쓰러지고 말았다.

제 334 장

고검출세(孤劍出世)

제 334 장 고검출세(孤劍出世)

주루 일 층에 피바람이 불고 있는데도 막상 노해광이 서 있는 계단 일대의 분위기는 잔잔했다. 확실한 승기를 잡고 노해광을 사지로 몰아넣은 검단현이 느긋한 것은 이해가 가는 일이었으나, 목숨이 경각에 처해 있는 노해광의 표정이 의외로 차분한 것은 뜻밖의 일이 아닐 수 없었다.

검단현도 그것을 알아차렸는지 눈빛이 서늘하게 번뜩였다.

"자네 얼굴을 보니 아직도 무언가 믿고 있는 게 있는 모양이군. 어디 숨겨 놓은 패가 있으면 꺼내 보도록 하게. 기꺼이 감상해 주지."

사실 검단현이 노해광을 대수롭지 않은 상대로 표현했지만, 그것은 그만큼 그가 노해광을 만만치 않은 적수라고 생각하는 방증이기도 했다. 진짜 하잘것없는 상대였다면 검단현이 그를 제거하기 위해 직접 이 자리까지 몸을 움직이지는 않았을 것이다.

예전에도 무공 실력은 대단치 않았으나 심기나 사람을 상대하는 면에서는 탁월한 구석이 있는 노해광이었다. 그래서 한편으로는 변변치 않은 실력을 지닌 자라고 폄하하면서도 마음 한구석으로는 은근히 그에 대한 경계심을 가지고 있었다.

과연, 이십 년 만에 다시 돌아온 노해광은 불과 몇 년 사이에 서안을 암중에서 호령하는 최고의 실력자가 되어 버렸다. 더구나 욱일승천의 기세로 일어나는 종남파의 위세를 생각해 본다면 더 이상 예전의 하찮은 존재로 무시할 수는 없는 일이었다.

조금 전까지만 해도 검단현은 노해광을 완전히 구석으로 몰아넣고 절대적인 승기를 잡았다고 확신하고 있었지만, 평온한 안색을 보이는 노해광을 보자 불현듯 마음 한구석에 묘한 불안감이 도사리기 시작했다.

그런 검단현의 심리 상태를 꿰뚫어 보기라도 한 듯 노해광의 입가에 희미한 미소가 떠올랐다. 무어라고 표현하기 어려운 야릇하면서도 보는 이의 마음을 불편하게 만드는 괴이한 미소였다.

"숨겨 놓은 패가 없는 건 아니지만 남에게 내보일 만큼 대단한 건 아닐세. 그래도 꼭 구경하고 싶나?"

검단현은 왠지 기분이 나빠져서 노해광의 패를 보고 싶은 마음이 전혀 들지 않았다. 하나 그렇다고 이제 와서 고개를 내젓기에는 그의 자존심이 허락지 않았다.

"과연 숨겨 둔 한 수가 있단 말이지? 어서 보여 주게. 부디 나를 실망시키지 않았으면 좋겠군."

"실망해도 어쩔 수 없는 일이지. 워낙 변변치 않은 수라서 말일세. 일단 일 층을 자세히 봐 주게."

검단현은 순간적으로 어리둥절했으나, 이내 그의 말뜻을 알아차리고 표정이 살짝 변했다.

자세히 보고 말고 할 것도 없었다. 칼바람과 비명 소리가 요란했던 일 층의 형세는 어느새 이상하게 바뀌어 있었다. 비명 소리는 거의 그쳐 있었고, 약간의 신음과 가쁜 숨소리 외에는 조금 전의 아수라장과는 비교도 되지 않을 만큼 조용해지고 있었다.

벌써 모든 손님들이 제거된 것일까?

그렇지 않았다. 일 층에는 아직도 적지 않은 사람들이 이리저리 분주하게 움직이고 있었다.

그럼에도 조금 전과 상황이 많이 달라져 보이는 이유를 검단현은 즉시 알아차렸다. 일 층의 손님들을 도륙하고 있던 마강과 그의 수하들이 오히려 하나둘씩 쓰러지고 있었던 것이다.

마강의 수하들은 사실 대부분이 위장한 화산파의 속가제자들이었다. 적류문의 고수들 중 쓸 만한 실력의 소유자들은 이미 마안거에서 대부분이 희생되었기에 검단현은 부득이 강호에 별로 알려지지 않은 속가제자들을 그에게 붙여 주었던 것이다.

속가제자라고는 해도 검단현이 고른 인물들인 만큼 그들 개개인은 하나같이 범상치 않은 실력을 지닌 자들로, 적류문의 흑도 무리들과는 차원이 다른 진짜 고수들이었다. 그들이라면 산해루의 일개 손님들 정도는 눈을 감고도 제거할 수 있을 것이다.

그럼에도 그들은 일 층을 채 정리하기도 전에 오히려 자신들이 손님들의 손에 제압당하고 있었다. 검단현은 일 층을 빠르게 둘러보고 이내 사정을 확실하게 파악할 수 있었다.

일 층의 손님들 대부분은 평범한 인물들이었다. 그들 중 상당수는 이미 피를 뿌리며 바닥에 누워 있었고, 나머지는 우왕좌왕하며 이리저리 몰려다니고 있는 상태였다. 그런데 자세히 보면 그들 중 일부가 속가제자들의 곁을 지날 때마다 매섭게 칼을 휘두르던 속가제자들이 힘을 잃고 비틀거리거나 허무하게 쓰러지고 있었다.

'하나, 둘, 셋, 넷……. 모두 네 명이구나. 그런데 저놈들은……?'

예리한 눈으로 손님들 틈에 섞여 있는 이질적인 존재들을 파악하던 검단현이 이를 부드득 갈았다.

덩치 큰 두 명의 손님들 사이에 교묘하게 몸을 숨기고 있는 왜소한 체구의 인물.

그는 화산파의 제자가 검을 휘두를 때 짧은 비명을 지르며 바닥으로 나뒹굴었다가 일어났는데, 그가 지나간 옆에는 검을 휘두르던 화산파 제자가 옆구리를 움켜쥔 채 쓰러지고 있었다. 바닥을 구르는 그 짧은 순간에 그의 오른손이 빗살처럼 날아 검을 내뻗던 화산파 제자의 옆구리를 가격했던 것이다. 그때 그의 손이 거무스름하게 변해 있는 것으로 보아 흑살장(黑煞掌) 종류의 수공을 익히고 있음이 분명했다.

반대로 우람한 체구에 수염을 기른 흑의인 한 명은 자신을 쫓아오는 화산파 제자에게 당황한 얼굴로 양팔을 마구잡이로 휘두르며 대항했는데, 그 어설퍼 보이는 주먹에 턱을 가격당한 화산파 제자가 일 장 밖으로 나가떨어져 버렸다. 검단현은 한눈에 그 흑의인이 휘두르는 주먹이 상당한 현기(玄機)를 지닌 뛰어난 권격술임을 알아보았다.

세 번째 인물은 걷기만 해도 힘들어 보일 정도로 뚱뚱한 중년인이었다. 그 중년인은 외모와는 달리 요리조리 날렵하게 화산파 제자들을 피해 사람들 틈에 숨어 다녔는데, 무심결에 그를 쫓던 화산파 제자 하나가 목을 움켜쥔 채 쓰러지는 광경이 검단현의 시야에 들어왔다.

검단현은 그 중년인의 손이 움직일 때 한 줄기 실선이 그려지는 것을 발견하고는 이내 그 중년인이 보기 드문 암기의 고수임을 알아차렸다.

그리고 마지막 인물은 마강을 상대하는 자였다. 마강은 체구에 어울리지 않는 커다란 칼을 쓰는 도법의 고수였는데, 혈음도라는 별호답게 칼을 휘두르는 솜씨가 살벌하기 그지없어서 적어도 일대일로는 서안 일대의 흑도들 중 누구에게도 뒤지지 않을 실력을 지니고 있었다.

그런 마강이 한 사람을 상대로 땀을 뻘뻘 흘리며 쩔쩔매다가 결국 십여 초 만에 왼쪽 가슴에 시뻘건 피 구멍이 뚫린 채 바닥에 허물어지듯 주저앉고 말았다.

그를 쓰러뜨린 사람의 손에는 길쭉한 쇠꼬챙이 모양의 특이한 병기가 쥐어져 있었다. 두 자쯤 되어 보이는 그 쇠꼬챙이는 평상시에는 그 사람의 허리 뒤춤에 꽂혀 있기에 누구의 주목도 받지 않았으나, 일단 허리춤에서 나와 그 남자의 손에 쥐어지자 실로 무시무시한 위력을 발휘하여 혈음도 마강을 피투성이로 만들어 버린 것이다.

검단현은 그 남자가 조금 전에 노해광에게 추궁을 받던 소궁이란 인물임을 알아보았다.

소궁뿐만이 아니었다. 흑살장을 익힌 왜소한 체구의 사내는 비삼이었고, 우람한 체구의 권격 고수는 변일호라는 자였으며, 뚱뚱한 몸집의 암기 고수는 적대룡이라는 인물이었다.

그들은 모두 산해루의 단골들로, 검단현이 이번 일을 위해 산해루에 자주 출입하는 손님들을 포섭하려 했을 때 제일 먼저 목표가 되었던 인물군에 속해 있는 자들이었다.

검단현은 자신의 수하들 중 눈이 빠르고 수단이 좋은 장표에게 일을 맡겼는데, 장표는 검단현의 기대에 어긋나지 않게 노해광의 눈을 피해 산해루의 단골들 열다섯 명을 완벽하게 포섭해 냈다.

그런데 이제 보니 그들 중 네 명은 이미 그전부터 노해광의 수족들이었던 것이다.

장표가 철저히 뒷조사를 했음에도 그런 사실을 전혀 파악하지 못한 것은 그들이 상당히 오래전부터 이런 일에 대비하여 산해루의 단골 행세를 해 왔기 때문이다. 심지어 검단현조차도 지금 자신의 눈으로 직접 보고 난 후에야 그들이 노해광의 수하들인지를 알게 되었으니, 그들의 행사가 얼마나 은밀하고 정교했는지 새삼 절감하지 않을 수 없었다.

상반신이 온통 가슴에서 흘러나오는 피로 시뻘겋게 물든 채 가쁜 숨을 몰아쉬던 마강이 숨을 거두는 것을 마지막으로 일 층의 싸움도 끝이 났다. 제법 고르고 뽑은 자들이었건만, 속가제자들 중 누구도 그들의 손을 피하지는 못했다.

마강과 속가제자들을 모두 쓰러뜨린 네 명의 장한들은 한 명씩 차례로 노해광의 뒤로 와서 우뚝 섰다.

노해광의 뒤에 병풍처럼 늘어선 그들을 노려보던 검단현이 차가운 표정으로 고개를 끄덕였다.

"과연 확실한 한 수가 있었군. 이런 실력의 고수들을 미처 몰라봤으니 창피막심한 일이군. 어느 방면의 고인들인가?"

마강을 쓰러뜨린 쇠꼬챙이의 사나이, 소궁이 피 묻은 쇠꼬챙이를 다시 허리 뒤편에 꽂으며 심드렁한 표정으로 입을 열었다.

"고인은 무슨. 나는 소일광(蘇一光)이라는 무명소졸이오."

"소일광?"

검단현은 재빨리 머리를 굴려 보았으나, 소일광의 말마따나 그런 이름의 고수를 들은 기억이 나지 않았다.

검단현의 시선이 소일광의 옆에 서 있는 우람한 체구의 흑의인에게로 향했다.

노해광이 변일호라고 불렀던 흑의인은 검단현의 시선을 받자 히죽 웃었다.

"내 이름은 변후(卞侯)라 하오. 철혈매화 나으리 같은 고귀한 분이 아실 리 없을 테니 너무 머리 굴리지 마시오."

검단현은 비아냥 섞인 그의 말에도 냉정함을 잃지 않고 다시 그 옆으로 시선을 돌렸다.

비삼이란 이름으로 불렸던 비쩍 마른 흑살장의 고수는 비적신

(費赤紳)이라 했고, 뚱뚱한 몸집의 암기 고수의 본명은 적마흠(狄瑪欽)이었다.

그들 네 사람의 이름은 확실히 들어 본 적이 없었다. 하나 검단현은 그들의 외모와 그들이 사용한 무공들을 곱씹어 본 결과 이내 하나의 이름을 떠올릴 수 있었다.

한동안 생각에 잠겨 있던 검단현이 이윽고 무심한 음성으로 입을 열었다.

"일전에 산서성(山西省) 오대산(五臺山) 일대에서 한때 반짝 활약하던 네 명의 살성(煞星)에 대해 들은 기억이 나는군. 하나같이 무서운 실력을 지닌 고수들이었는데, 때마침 오대파(五臺派)와 시비가 붙었다가 오대파를 피해 모습을 감추었다고 하던데, 그들 이름이 추혼사절(追魂四絕)이었나?"

소일광을 비롯한 네 사람이 순간적으로 몸을 움찔거렸다.

검단현은 얼음장처럼 냉정하고 차가운 시선으로 그들을 차례로 둘러보았다.

"각기 철조(鐵條)와 흑수(黑手), 폭권(暴拳), 엽도(葉刀)의 고수라고 하던데, 당신들을 보니 그들이 생각나는군. 오대파에서 이 사실을 알면 꽤나 반가워하겠는걸?"

소일광이 조금 전보다 한층 굳어진 얼굴로 대꾸했다.

"확실히 철혈매화답군. 알릴 테면 알려 보시오. 우리는 기꺼이 감당할 자신이 있으니."

"과연. 종남파를 등에 업고 있다면 아무리 오대파라도 일대제자가 죽은 원한 정도는 꾹 눌러 참을 수밖에 없겠지."

"그 일은 오늘 일과는 상관이 없소."

"그래. 상관이 없겠지. 오대파에서도 그렇게 믿어 줄지 모르지만."

검단현은 계속 오대파를 거론하며 그들을 자극하려 했으나, 그때 노해광이 나직하게 웃었다.

"하하. 자네의 이런 모습은 정말 모처럼 보는군."

검단현이 못마땅한 눈으로 그를 쏘아보았다.

"이런 모습이라니?"

노해광은 여전히 빙글거리며 말을 이었다.

"당황하면 쓸데없는 일로 화제를 돌리는 모습 말일세. 남들은 자네의 겉모습만 보고 철혈매화니 바늘로 찔러도 피 한 방울 안 나올 냉정한 인물이니 하고 떠들어 댔지만, 나는 자네도 예상에 어긋나는 일을 만나면 당황하고 허둥댄다는 걸 알고 있었지. 단지 그걸 지금처럼 다른 방식으로 표출해서 남들이 미처 알아보지 못했을 뿐이지."

검단현의 눈초리가 꿈틀거렸다. 그와 함께 눈에서 흘러나오는 안광이 한층 더 차갑고 싸늘해졌다.

"감춰 둔 한 수가 성공했다고 기고만장해 날뛰는군."

"누가 그러던가, 한 수뿐이라고?"

노해광은 조금 전에 검단현이 자신에게 했던 말을 그대로 흉내 내었다. 그 말을 들었을 때의 노해광처럼 검단현의 표정도 살짝 굳어졌다.

"또 다른 한 수가 있단 말이지?"

노해광은 여전히 느긋했다.

"일단은 그렇지."

"일단?"

"그게 한 수가 될지 두 수가 될지, 아니면 몇 수가 될지 그걸 누가 알겠나?"

검단현의 눈초리가 가늘게 떨렸다. 그것은 항상 극도의 냉정함을 유지하고 있던 그에게서는 좀처럼 볼 수 없는 모습이었다.

노해광의 말은 해석하기에 따라서는 자신쯤은 얼마든지 옭아맬 수 있다는 광오한 허풍으로 들릴 수도 있고, 이미 모든 일이 철저하게 준비되어 있어서 자신은 도저히 빠져나갈 수 없다는 분명한 선언으로 들릴 수도 있었다. 그리고 검단현은 왠지 후자일 것 같다는 불길함을 떨칠 수 없었던 것이다.

그리고 그때 비로소 노해광이 자신에게 일 층을 바라보라고 했을 때도 '일단'이라는 단서를 붙였음을 기억해 냈다. 그 말은 곧 다른 숨겨진 수법이 더 있다는 확실한 의미가 아니겠는가?

조금 전과는 달리 굳어진 검단현의 얼굴을 바라보며 노해광은 조용한 음성을 내뱉었다.

"귀를 기울여 보게."

검단현의 표정이 한층 더 무겁게 가라앉았다. 노해광이 굳이 그 말을 하지 않아도 이미 무엇이 이상한지 여실히 느끼고 있었던 것이다.

조금 전만 해도 위층에서 들려오던 비명 소리가 언제부터인지 전혀 들리지 않고 있었다. 비명 소리가 없다면 하다못해 신음성이

나 싸우는 소리라도 들려야 하건만, 쥐 죽은 듯 고요해서 아무런 소리도 흘러나오지 않고 있었다.

산해루의 삼 층과 사 층에 머물러 있는 자들이라면 노해광의 수하들 중에서도 가장 뛰어난 실력자들일 것이다. 비록 두 명의 장로와 네 명의 일대제자라 해도 일체의 소리도 내지 않고 그들을 모두 제거할 수는 없었다.

믿고 있던 자신의 가장 큰 수 하나가 커다란 암초를 만난 것이 분명했다.

검단현이 딱딱하게 굳은 얼굴로 위층을 올려다보고 있을 때, 누군가가 삼 층으로 향하는 계단 위에 모습을 드러냈다. 검은 수염을 기르고 눈빛이 서늘한 흑의 중년인이 무심한 시선으로 그를 내려다보고 있었다.

나이는 오십 대 중반쯤 되었을까? 잔주름이 가득한 얼굴에 뺨은 유달리 홀쭉했고, 입술이 얄팍해서 어딘지 모르게 차갑고 냉정해 보였다.

은은한 청광이 살짝 어른거리는 흑의 중년인의 눈빛은 수정처럼 맑고 깨끗했으나, 보는 이의 마음을 섬뜩하게 만드는 기이한 힘을 담고 있었다. 흑의 중년인의 옆구리에 걸려 있는 고색창연한 보검이 유달리 시선을 끌었다.

그 중년인과 시선이 마주친 순간, 검단현은 북풍한설이 휘몰아치는 차가운 얼음 봉우리 위에 알몸으로 서 있는 듯한 오싹함을 느꼈다. 다른 사람이었다면 심신이 오그라들어 제대로 서 있지도 못했을 텐데, 검단현은 오히려 굳어졌던 얼굴을 풀고 하얀 이를 드러내며 빙긋 웃었다.

"이런 정도의 무형지기를 본 건 정말 오랜만이군. 종남파에 신검무적 말고 이런 수준의 무형지기를 발출할 수 있는 고수가 있었던가?"

흑의 중년인의 음성은 눈빛만큼이나 무덤덤하고 차가웠다.

"나는 종남파의 고수가 아닐세."

"그렇소? 그나마 다행이라고 해야 하나? 어느 파의 고인이시오?"

"나는 나력지라는 사람일세."

나력지라는 말에 검단현의 눈빛에 기광이 번뜩였다.

"황성고검?"

"예전에는 그렇게 부르는 자들도 있더군."

검단현은 새삼스런 눈으로 흑의 중년인의 전신을 찬찬히 훑어보았다.

"이십 년 가까이 강호에 모습을 보이지 않던 장성제일검객(長城第一劍客)께서 이곳에는 웬일이시오?"

"옛 친구를 보러 왔네."

"옛 친구라면?"

그때 다른 한 사람이 계단 앞에 나타났다.

"노부다."

나타난 사람을 본 검단현의 눈썹이 살짝 꿈틀거렸다. 그는 다름 아닌 전풍개였던 것이다.

검단현이 종남삼검 중의 한 사람인 전풍개를 몰라볼 리가 없었다. 예전부터 전풍개는 검단현을 상종도 못할 놈처럼 여겼으며, 검단현 또한 종남파의 고수들 중 그를 가장 경계하고 있었다.

성격이 직선적이면서도 무공이 고강한 전풍개는 종남파를 위해서라면 기꺼이 섶을 지고 불 속으로 뛰어들 수 있는 인물인지라 언제든지 화산파를 향한 날카로운 비수가 될 가능성이 있었다.

그가 종남파의 본산을 나와 노해광에게 합류했다는 소식에 경각심을 갖고 있기는 했지만, 장성제일검객인 황성고검 나력지와 오랜 친구 사이라는 것은 뜻밖의 일이 아닐 수 없었다. 그리고 하필이면 나력지가 이런 민감한 시기에 그를 만나러 산해루에 와 있다는 것은 더더욱 예상치 못한 일이었다.

나력지와 전풍개가 산해루의 삼 층에서 내려왔다는 것은 무엇을 뜻하는 것일까? 그리고 그곳으로 올라갔던 두 명의 장로와 네 명의 일대제자들은 왜 아직도 모습을 나타내지 않는 것일까?

상황이 자신에게 극도로 불리하게 돌아가고 있음을 알았을 텐데도 검단현은 평정심을 잃지 않고 전풍개를 향해 포권을 해 보였다.

"전 대협, 오랜만이오. 여전히 정정하시구려."

전풍개는 냉랭한 코웃음을 쳤다.

"흥. 말은 번지르르하게 잘하는구나. 네가 보낸 선물은 잘 받았다."

전풍개가 말한 선물이란 수세관에서 자신을 암습하기 위해 살수를 보낸 것을 빗댄 표현이었다. 검단현은 조금도 놀라거나 당황하지 않고 담담한 모습이었다.

"전 대협께서 모처럼 종남산을 내려오셨다기에 가벼운 문안 인사를 드렸을 뿐이외다. 선물이 너무 약소했다고 서운해하지 마시지요."

"그래서 이번에는 제대로 된 선물을 주려고 직접 찾아온 것이냐?"

"그럴 생각이 없었던 건 아니지만, 아무래도 오늘은 날이 아닌 것 같소."

전풍개의 송충이같이 짙은 눈썹이 거칠게 꿈틀거렸다.

"제멋대로 쳐들어와 놓고는 이제 와서 꼬리를 빼고 물러날 셈이냐?"

검단현은 피식 웃었다. 눈은 전혀 웃지 않고 입꼬리만 살짝 비틀어진 차가운 조소였다.

"흐흐. 전 대협의 눈에는 내가 일이 불리해진다고 꼬리를 뺄 사람으로 보인단 말이오? 이거 정말 실망스럽군."

전풍개는 기이한 광망이 이글거리는 검단현의 눈을 뚫어지게 바라보고 있다가 혼잣말처럼 나직한 음성으로 중얼거리듯 말했다.

"비록 찢어 죽일 놈이긴 하지만, 철혈매화가 겁쟁이는 아니지. 하지만 그게 이제 와서 무슨 소용이 있단 말이냐?"

"나를 죽일 자신은 있는 거요?"

전풍개의 주름진 두 눈에 얼핏 진득한 살광이 어른거렸다.

"자신이 아니라 확신이다. 오늘 네놈은 살아서 이곳을 벗어나지 못할 것이다."

전풍개의 장담과는 달리 검단현은 조금도 기가 죽거나 낙담하는 표정이 아니었다.

"말씀은 그럴듯한데, 전 대협의 실력으로 그게 가능한 일인지는 모르겠소."

"곧 알게 될 거다."

전풍개가 금시라도 계단 아래로 몸을 날려 자신을 향해 달려들듯하자 검단현이 급히 입을 열었다.

"싸울 때 싸우더라도 한 가지만 말해 주시오."

"무엇이냐?"

"삼 층에 올라갔던 사람들이 있었을 텐데, 그들은 어찌 되었소?"

전풍개의 얼굴에 냉랭한 미소가 떠올랐다.

"해가(奚家)와 평가(平家) 말이냐?"

"그렇소."

"해가는 나 노제(羅老弟)와 일검의 격돌 후에 의식을 잃었다. 그걸 본 평가가 흥분해서 덤비다가 노부 손에 몇 초 버티지도 못하고 쓰러져 버리더군."

검단현의 눈이 거의 알아차릴 수 없을 정도로 살짝 찌푸려졌다가 이내 원상을 회복했다.

'평 장로의 성격이 결국 일을 그르치게 만들었군.'

전풍개가 말한 해가와 평가는 모두 화산파의 장로들이었다. 해가는 십대장로 중의 난매신검 해정설을 가리켰고, 평가는 철장비응(鐵掌飛鷹) 평수형(平守瑩)이었다.

해정설은 침착하고 냉정했으나 무공이 여타 장로들에 비해 뒤처지는 편이었고, 평수형은 장공과 신법으로는 누구보다 뛰어난 고수였으나 성격이 화급하고 흥분을 잘하는 인물이었다.

해정설이 나력지의 일검에 쓰러진 것은 충분히 이해할 수 있는 일이었다.

해정설의 검법은 화려하고 중후한 맛이 있었으나, 강맹함이 부족하고 속도도 빠른 편이 아니었다. 그에 비해 나력지는 이미 오래전부터 장성 일대에서 첫손가락으로 꼽히는 절세의 검객으로 누구보다도 빠르고 날카로운 검을 구사하는 인물이었으니, 그야말로 해정설과는 상극이라고 할 수 있었다.

반면에 평수형은 무공 실력만 따진다면 종남삼검의 누구와도 충분히 자웅을 겨룰 수 있는 실력자였다. 그럼에도 전풍개에게 맥없이 제압당한 것은 해정설이 쓰러진 것에 분노하여 앞뒤를 가리지 않고 덤벼들었기 때문일 것이다.

평수형은 그 불같은 성격과 화가 나면 극도로 시야가 좁아지는 치명적인 단점 때문에 강력한 장법과 뛰어난 신법을 지니고 있으면서도 강호에서 별다른 명성을 얻지 못하고 있었다. 그가 좀 더 냉정하고 차분한 성정을 가지고 있었다면 십대장로 중에서도 상위의 서열에 오를 수 있었을 것이다.

검단현은 두 사람이라면 서로의 단점을 보완하고 장점을 살릴 수 있으리라고 판단하여 그들을 함께 보냈는데, 전풍개의 말을 들어 보면 오히려 각자의 단점 때문에 제대로 실력 발휘도 해 보지 못하고 제압당한 게 분명했다. 그야말로 상상할 수 있는 최악의 일이 벌어진 셈이었다.

"그들 외에 몇 사람이 더 있을 텐데……."

"네 명의 애송이들 말이냐? 그들에게는 따로 손을 쓰지 않았다. 쓸 필요도 없더군."

검단현은 굳이 그 이유를 묻지 않았다. 전풍개의 말만으로도 어떤 상황이었는지 대충 짐작할 수 있기 때문이었다.

네 명의 일대제자 들 중 세 사람은 해정설의 제자였고, 다른 한 명은 평수형의 제자였다. 사부들이 상대의 손에 쓰러졌는데 제자들이 함부로 행동할 수는 없었을 것이다.

자신이 준비한 회심의 한 수가 너무도 어이없게 허물어졌으나, 검단현은 실망하지도, 그렇다고 흥분하거나 좌절하는 모습도 보이지 않았다.

단지 얼굴의 표정이 점차 사라지며 가면을 씌운 듯 무심한 모습으로 변해 가고 있었다. 그야말로 바늘로 찔러도 피 한 방울 나오지 않을 것 같은 '철혈의 매화' 본연의 모습을 보여 주고 있는 것이다.

"사정을 알고 나니 마음이 편하군. 그런데 전 대협은 나를 감당할 자신이 있으시오?"

전풍개의 노안이 살기로 가득 차서 간담이 약한 사람은 보기만 해도 오금이 저릴 정도로 무시무시한 분위기를 풍겼다.

"네놈이 예전에 본 파를 멸살시켜야 한다고 떠들고 다닐 때부터 언제고 네놈의 못된 버르장머리를 고쳐 주고야 말겠다고 마음먹고 있었다. 네놈이야말로 단단히 각오하는 게 좋을 거다."

"늙어서 뼛골이 삭아 가는 전 대협 혼자 나를 감당하는 건 힘들테니, 숨겨 둔 수가 있으면 모두 꺼내 보도록 하시오."

전풍개는 이를 부드득 갈았다.

"찢어진 주둥아리라고 정말 함부로 놀리는구나. 네놈이 비록 한천검(恨天劍)의 제자라고 해도 아직 노부 눈에는 새파란 애송이로 보일 뿐이다."

한천검 한세일(韓世溢)!

그는 화산파의 전대 장문인이었던 검중선 사마원의 사제로, 당시 검법은 사마원보다 오히려 고강하다고 인정받았던 실질적인 화산제일검이었다. 하나 그의 심정이 너무 표독하고 아량이 좁은 것 때문에 결국 장문인이 되지 못하고 장로에 머무르고 말았다.

원래 한세일의 별호는 정천검(頂天劍)이었다.

이십여 년 전 한세일의 제자 중 한 사람이 소림사의 승려와 다툼이 벌어졌는데, 사소한 시비로 그쳤어야 할 그 일이 한세일의 거친 성정 때문에 크나큰 싸움으로 번지게 되었다. 당시 소림사에서는 나한당의 당주인 굉수가 중재자로 참석했었는데, 제자를 따라 나왔던 한세일이 돌연 그에게 공식적으로 비무를 신청했던 것이다.

"비무에서 진 문파의 제자가 잘못을 인정하고 사과하는 것으로 합시다."

그의 안하무인 격인 제안에 굉수는 한동안 아무 말 없이 그를 가만히 지켜보기만 했다.

한참 후에야 굉수는 그의 제안을 승낙했고, 제자들 간의 사소한 시비는 두 문파의 최고 고수들 사이의 대결로 격화되어 버렸다.

당시 굉수의 실력은 강호에 정확히 알려지지 않았다. 다만 소림사에서도 가장 핵심적인 나한당을 맡고 있다는 것만으로 그의 무공이 소림에서 다섯 손가락 안에 꼽힐 거라고 미루어 짐작할 수 있을 뿐이었다.

굉수는 특이하게도 한 자루의 장검을 들고 비무에 임했는데, 처음 한세일은 그가 자신을 우습게 본다고 생각하고 발연대노 했으나 그와 일검을 겨룬 후에는 그 어느 때보다 진지한 표정이 되어 버렸다.

두 사람의 격전은 모두의 예상을 깨고 굉수의 승리로 돌아갔다. 굉수는 살벌하리만치 사납고 맹렬한 한세일의 검법을 웅혼하기 그지없는 검법으로 격파했는데, 그때 그가 마지막 순간에 사용한 것이 바로 달마십삼검 중의 최절초인 달마삼절초였다.

검법에 관한 한 천하의 어떤 문파에도 뒤지지 않는다고 자신하던 화산파의 제일검객이 검으로 소림사의 고수에게 패했으니 그 충격은 이루 말할 수 없는 것이었다.

한세일은 정천검이라는 자신의 외호를 한천검으로 바꾸었고, 화산파의 깊숙한 곳에 칩거한 후 두 번 다시 강호에 모습을 드러내지 않았다.

검단현은 그런 한세일이 가장 아끼는 제자 중 한 사람이었다. 한세일은 그 표독한 심정만큼이나 제자 복도 없어서 몇 명뿐인 제자들이 모두 비명횡사하고 결국은 검단현 혼자만이 남았을 뿐이었다.

그런 한세일이 직접 열과 성을 다해 가르친 만큼 검단현의 무공은 다른 화산파의 제자들 중에서도 단연 돋보이는 것이었고, 특히 검법에 있어서는 화산파의 당대 장문인인 용진산조차도 경계심을 가지고 있을 정도로 독보적으로 뛰어나다고 알려져 있었다.

검단현은 차가운 눈으로 일 층을 쓰윽 훑어보았다.

일 층은 이미 추혼사절에 의해 완벽히 정리되어 있었다. 여기저기 쓰러져 있던 시신들이 한쪽에 나란히 누워 있고, 부서진 의자와 탁자의 잔해들도 깨끗하게 치워져 있었다.

사실 추혼사절 네 사람은 그동안 오대파의 추적을 피해 이름을 숨기고 손가장의 청명숙에 머물러 있었다. 그러다 손노태야가 화산파의 압력을 이기지 못하고 노해광과의 연합을 파기했을 때 그에 대한 보상으로 청명숙에 기거하는 열두 명의 고수들을 보내 주었는데, 그들은 당시의 인원에 포함되어 있었다.

노해광은 한눈에 그들의 정체를 알아보고 그들을 어떻게 활용할지 고민을 하다가 산해루에 출입시켜 단골로 삼았던 것이다.

산해루가 공격받지 않는 한, 그들을 부리지 못한다는 것이 그들과 노해광 사이의 약조였다. 노해광은 만약의 사태에 대비하는 한 수로 추혼사절 같은 뛰어난 실력의 고수들을 둘 수 있게 된 것에 만족했고, 추혼사절 또한 특별한 일이 없는 한 정체를 드러내지 않고 산해루에서 미주가효를 벗 삼아 지내는 생활에 만족하고 있었다.

아마 이번 사건이 아니었다면 그들은 언제까지고 산해루의 단골손님으로 주위의 이목을 숨긴 채 지내 왔을 것이다.

검단현은 주변이 정리되어 한층 넓어 보이는 산해루의 일 층을 가리키며 전풍개를 쳐다보았다.

"저 정도 공간이면 서로의 솜씨를 보이기에 적당한 것 같군. 어떻소, 전 대협? 정말 나와 일대일로 겨루어 볼 생각이 있으시오?"

도발적인 그의 말에 전풍개의 얼굴이 그 어느 때보다 차갑게 굳어졌다. 하나 그가 채 무어라고 입을 열기도 전에 노해광이 먼저 앞으로 나섰다.

"무인(武人)이 검으로 승부를 가르는 건 당연한 일이지만, 싸울 때 싸우더라도 그 전에 먼저 해결해야 할 일이 있지 않나?"

전풍개는 당장이라도 검단현을 향해 달려들 듯했으나, 노해광의 표정이 워낙 진지한지라 일단 그의 말을 들어 보리라 생각했는지 입술을 굳게 다문 채 더 이상 아무 말도 하지 않았다.

검단현은 전풍개를 분노하게 하여 그와 일대일의 결전을 유도하려 했다. 일단 전풍개와 싸우기 시작하면 정파의 특성상 다른 누구도 그들의 싸움에 끼어들 수 없을 테고, 그 싸움의 결과에 따라 얼마든지 불리한 여건을 뒤집고 상황을 반전(反轉)시킬 수 있었을 것이다.

하나 누구보다 눈치가 빠른 노해광이 시의적절하게 끼어드는 바람에 검단현의 그런 의도는 무위로 돌아가고 말았다.

검단현은 한기가 일렁이는 눈으로 노해광을 응시했다.

"해결해야 할 일이란 게 무언가?"

노해광은 당장 전풍개와 검단현의 충돌을 막은 것만으로 안심했는지 표정이나 음성이 한결 여유로워졌다.

"자네는 사람을 풀어 멀쩡한 내 가게를 부수었을 뿐 아니라 일단의 무리들을 침입시켜 손님들을 다치게 했네. 마땅히 그에 대한 사과와 배상이 우선되어야 하지 않겠나?"

"사과와 배상이라……."

"당당한 명문정파의 제자가 함부로 가게를 훼손하고 인명을 살상하려 했으니 대강남북에 이 사실이 알려지면 그 수모를 어찌 당하려는가? 우선 오늘 일에 대한 철저한 사과와 재발 방지를 약속하고, 피해에 대한 응분의 배상을 해 주기를 바라네. 싸우는 건 그 다음에 생각해 볼 문제일세."

사과와 배상!

검단현에게는 참으로 낯선 단어들이었다.

지금까지 검단현은 누구에게 머리를 숙여 본 적이 없을 뿐 아니라 자신이 한 일에 대해 사과를 한 적은 더더욱 없었다.

배상은 더욱 기막힌 말이었다.

구대문파 중에서도 세 손가락 안에 꼽히는 화산파에 감히 배상을 청할 간 큰 무림인은 어디에도 없었다. 더구나 배상을 하기 위해서는 먼저 자신의 잘못을 시인해야 하는데, 그건 화산파의 제자로서는 너무도 치욕스런 일이 될 것이다.

검단현은 아무런 대답 없이 한동안 노해광을 가만히 바라보고 있었다. 의미를 알 수 없는 무심한 시선이었다.

남들은 견디기 힘든 검단현의 시선을 받고 있으면서도 노해광은 전혀 거리끼거나 두려워하는 모습을 보이지 않았다. 오히려 턱 밑에 나 있는 검은 수염을 쓰다듬으며 입가에 알아차리기 힘들 정도로 희미한 미소를 살짝 짓고 있었는데, 그 모습이 영락없이 굴러먹을 대로 굴러먹은 노회한 상인 같았다.

"장사꾼이 다 되었군."

검단현이 나직하게 중얼거리자, 노해광은 멋쩍은 웃음을 흘렸다.

"손해나는 건 딱 질색이라서 말일세. 자네도 그렇지 않나?"

"그렇지."

"그러니 이렇게 하는 게 어떤가?"

"무얼 말인가?"

"자네도 무작정 남에게 머리를 숙이고 자신의 잘못을 인정하는 건 내키지 않는 일 아닌가?"

검단현은 노해광이 무슨 말을 할지 순간적으로 의아한 생각이 들었다.

결정적으로 유리한 위치에 있는 노해광이 자신에게 한 수 양보라도 하겠다는 것일까?

하나 노해광이 그렇게 무른 인물은 아닐뿐더러 그런 식의 양보는 오히려 자신을 더욱 수치스럽게 하고 모욕하는 일이 될 것이다.

검단현은 문득 노해광의 다음 말을 들어서는 안 될 것 같다는 느낌이 들었다. 하나 그가 미처 제지하기도 전에 노해광은 이미 다음 말을 내뱉고 있었다.

"통상적으로 명문정파 사이에 분쟁이 일어나게 되면 회람연(回覽宴)을 열어 분쟁을 해결하곤 했네. 이번 일도 그런 식으로 처리하는 게 어떻겠나?"

"회람연을 열자고?"

"그게 양 문파 간에 불필요한 희생을 억제하고 최후의 선을 넘지 않기 위한 가장 좋은 방법이라고 생각되는군."

검단현은 입을 굳게 다문 채 노해광의 얼굴을 뚫어지게 바라보았다.

회람연!

언뜻 듣기에는 양 문파 사이에 친목을 도모하는 연회를 나타내는 말 같았으나, 실상은 전혀 달랐다.

세력이 서로 비등한 두 문파 사이의 분쟁이 일정 수준을 넘어가게 되면 문파의 생존을 위해서라도 파멸적인 전면전은 피해야 한다는 공감대가 형성되게 된다. 그럴 때 분쟁의 당사자들이 한자리에 모여 무공으로 승부를 겨루는 것이 바로 회람연이었다.

두 문파에서 친분이 있는 주위에 회람(回覽)을 돌려 그 사실을 널리 알리기에 회람연이라는 낭만적인 이름이 붙었지만, 사실은 지극히 무림인다운 발상이 만들어 낸 살벌하고 위험천만한 자리였다.

일단 회람연의 결과가 어떻게 나오든 두 문파는 더 이상의 시비를 걸거나 이의를 제기할 수 없다. 회람을 돌리는 이유도 바로 그것이었다.

그 한 번의 싸움으로 그동안의 모든 분쟁을 끝내고 관계를 재

정립하겠다는 의사를 공개적으로 표현한 것이기에, 만약 그것을 어기게 되면 더 이상은 명문정파로 행세할 수 없을 정도로 문파의 명예가 실추하게 되는 것이다.

하나 회람연이 실제로 벌어지는 경우는 극히 드물었다.

회람연은 두 문파의 세력이나 힘이 거의 백중지세였을 때 가능하며, 그것도 두 문파가 모두 승낙을 해야만 진행될 수 있었다.

게다가 만약 회람연에서 패하게 되면 그 후유증이 너무도 막대하기에 설사 자신들이 불리한 상황에 처해 있어도 먼저 회람연을 제의하는 경우는 별로 없었다. 그리고 자신들이 우세한 상황이라면 굳이 위험을 무릅쓰고 회람연을 열 필요가 없기 때문에 크고 작은 다툼이 끊이지 않는 강호 무림에서도 회람연을 보기란 무척이나 힘든 일이었다.

그런데 지금 노해광은 절대적으로 유리한 상황에서 먼저 회람연을 제의했으니 검단현이 그 의도를 몰라 당혹해 하는 것도 무리는 아니었다.

'회람연이라…….'

검단현은 회람연을 받아들였을 때의 유불리를 판단해 보았다.

길게 생각할 것도 없었다.

이것은 화산파가 절대적으로 유리했다.

회람연을 열어도 종남파에서는 지금 서안에 있는 인원들 외에는 추가로 보강될 세력이 거의 없었다. 그에 비해 화산파는 아직도 본산에 여러 장로들이 남아 있고, 유능한 속가제자들을 추가로 투입할 수 있었다.

게다가 지금 종남파의 세력들 중 가장 두려운 존재인 황성고검 나력지와 그의 제자들은 막상 회람연에는 나설 수 없었다. 회람연은 순수한 두 문파의 제자들과 속가들만 참여할 수 있기 때문이다.

그렇게 본다면 회람연을 열자고 한 노해광의 제의는 거의 자폭에 가까운 무모한 선택이라고 할 수 있을 것이다.

문제는 노해광이 과연 그런 정도의 예측도 하지 못했을까 하는 것이었다.

노해광은 무공이 미흡한 것 외에는 두뇌와 지략에 있어서 누구보다 뛰어난 인물이었다. 특히 정보와 소식에 빠르고 계산에 능해서 자신이 지금 생각하는 것을 파악하지 못할 리가 없었다.

그럼에도 그가 회람연을 먼저 제의한 것은 종남파에 승산이 있다고 판단했기 때문일 것이다.

과연 노해광의 심중에는 어떤 계획이 숨어 있는 것일까?

자신이 보지 못한 무언가를 노해광이 보고 있다고 생각하자 검단현의 마음은 부글부글 끓어올랐다. 위중한 일이 닥칠수록 냉철하고 차가워지던 그로서는 드물게 겪어 보는 뜨거운 분노였다.

검단현은 힐끔 전풍개를 돌아보았다.

전풍개도 노해광의 입에서 회람연이라는 말이 처음 나왔을 때는 움찔하는 모습이었는데, 지금은 오히려 차분히 가라앉은 표정이었다. 무언가 골똘히 생각에 잠겨 있는 그의 모습은 격정적이고 화급하다고 알려진 질풍검의 소문과는 어울리지 않는 것이었다.

전풍개가 특별히 반대하는 기색이 없자 검단현은 노해광을 쏘아보며 다짐하듯 물었다.

"본 파와 종남파 사이의 회람연이겠지?"

노해광은 즉시 고개를 끄덕였다.

"당연하지. 이건 어디까지나 양 파 사이의 일일세."

검단현의 시선이 한쪽에 묵묵히 서 있는 나력지를 향했다.

"일단 회람연이 열리면 두 문파의 소속이 아닌 사람은 누구도 개입할 수 없다는 건 알고 있겠지?"

노해광은 피식 웃었다.

"철혈매화답지 않군. 무슨 걱정이 그리도 많나? 어찌 되었건 자네로서는 지금보다 나빠지는 일은 없지 않겠나?"

미소 짓는 노해광의 모습이 얄밉기는 했으나, 그의 말은 틀림이 없었다.

자신만만하게 짜 놓았던 계획이 엉망으로 헝클어지고 본신의 신변마저 위험한 처지에 놓였던 검단현으로서는 아무리 생각해도 이보다 더 나빠지는 경우를 떠올릴 수 없었다.

"좋아. 회람연을 받아들이지. 날짜는?"

"오 일 후가 적당할 것 같네."

"장소는?"

"날짜는 우리가 정했으니, 장소는 양보하도록 하지."

검단현의 눈초리가 꿈틀거렸다. 노해광의 음성이나 표정, 입가의 미소는 계속 그의 자존심을 자극하고 있었다. 하나 검단현은 최후의 순간까지 냉정함을 잃지 않았다.

"화월루로 하지."

화월루는 산해루를 마주 보고 있는 기루였다. 산해루 때문에 이 일대는 그동안 은근히 노해광의 세력권으로 인정받고 있었다.

검단현이 화월루를 장소로 정한 것은 이번 기회에 노해광의 세력을 완전히 분쇄해 버리겠다는 단호한 의지의 표현이었다.

노해광은 얼음장처럼 차갑고 무심한 검단현의 얼굴을 바라보며 고개를 끄덕였다.

"화월루라. 모처럼 꽃밭에서 칼춤을 춰 보겠군."

검단현은 부상을 입은 두 명의 장로와 네 명의 일대제자들만을 데리고 산해루를 떠났다.

멀어지는 그의 뒷모습을 바라보는 노해광의 두 눈은 여느 때보다 깊게 가라앉아 있었다.

문득 지금껏 침묵을 지키고 있던 전풍개가 그를 향해 불쑥 입을 열었다.

"무슨 생각을 하고 있는 게냐?"

노해광은 그를 향해 머리를 조아렸다.

"제 결정이 정말 옳은 것이었는지 다시 한 번 고민하고 있었습니다."

"어차피 이렇게 될 수밖에 없는 일 아니었느냐?"

"그렇지요. 오늘 설사 검단현을 이곳에서 쓰러뜨렸더라도 화산파와의 싸움은 계속되었을 겁니다. 그리고 싸움이 커질수록 본 파의 희생도 커졌을 테고, 그건 이제 겨우 문호를 정리하고 몸을 일으키고 있는 본 파에게는 치명적인 약점이 되었을 겁니다."

"네 말이 일리가 있다고 생각하여 회람연을 승낙했지만, 솔직히 마음 한구석에는 아직도 탐탁지 않은 게 남아 있다. 너는 정말 자신이 있느냐?"

노해광은 그 말에는 쉽게 대답하지 않았다. 전풍개는 물론이고 한쪽에 묵묵히 서 있던 나력지 또한 흥미 어린 얼굴로 쳐다보았을 때, 노해광은 비로소 진중한 표정으로 입을 열었다.

"이번 일의 승패는 자신감 같은 게 아닙니다."

"그럼?"

"누가 더 절박하느냐 하는 것입니다. 그리고 저는 아직까지 본파의 제자들처럼 절박하게 살아온 자들을 본 적이 없습니다."

(군림천하 33권에서 계속)

환상이 숨쉬는 공간 파피루스 www.ipapyrus.co.kr
이사이다 현대 판타지 장편소설
스펙의 신
손에서 불을 뿜고, 진시황에게 불로초를 선물하고……
허무맹랑한 소리 같지?
나도 그렇게 생각했었어
그래, 그날까지는
『스펙의 신』
어쩔 땐 냉혹한 킬러
어느 땐 유능한 수색대원
거기다 최고의 몬스터 헌터까지!
책에서 얻은 능력으로 현실을 살고
미래를 개척하는 이도진
그가 바로 스펙의 종결자다!